# SINN UND FORM

BEITRÄGE ZUR LITERATUR

HERAUSGEGEBEN VON DER
AKADEMIE DER KÜNSTE

74. JAHR / 2022 / 1. HEFT

Januar / Februar

SINN UND FORM

Redaktion: Postfach 21 02 50, 10502 Berlin, Akademie der Künste, Hanseatenweg 10, 10557 Berlin, Tel. 030/20057-2220, -2221 oder -2222, Fax 030/20057-2223, E-Mail sinnform@adk.de, www.sinn-und-form.de. ISBN 978-3-943297-63-8. ISSN 0037-5756. Anzeigenverwaltung: Agentur Hanne Knickmann, Römerstraße 45, 69115 Heidelberg, Tel. 06221/67342-50, Fax -51, www.kulturzeitschriften.net. Satz: Dörlemann Satz, Lemförde. Druck: Thiele & Schwarz GmbH, Kassel. Printed in Germany. Der Chefredakteur ist v.i.S.d.P. Bei unverlangt eingesandten Manuskripten ohne beiliegendes Porto keine Rücksendung. Beurteilungen werden nicht gegeben. Auf den Textseiten erscheinen in der Regel keine Literaturangaben und Anmerkungen. Nachdruck eines Beitrages während der gesetzlichen Schutzfrist nur mit Genehmigung der Redaktion. Die Zeitschrift erscheint zweimonatlich. Jahresbezugspreis einschließlich Versand 45,00 € (Inland) und 60,00 € (Ausland). Einzelheft 11,00 €. Vorzugsabonnement für Schüler und Studenten 34,00 €.

Bestellungen von Abonnements und Einzelheften: tableau, Neumagener Straße 27, 13088 Berlin, Tel. 030/4236606, Fax 030/42850078, E-Mail tableau@t-online.de. Zuschriften, die den Inhalt betreffen, sind an die Redaktion, solche, die den Bezug angehen, an die Firma tableau zu richten. Das Abonnement kann spätestens sechs Wochen vor Ablauf des Bezugsjahres gekündigt werden. Die Kundennummer ist unbedingt anzugeben.

INHALTSVERZEICHNIS

ISABEL FARGO COLE

# WORTE, WÖRTER, WANDLUNGEN

## Widerspruchseinheiten aus Franz Fühmanns Zettelkästen

> *Es ist so gewiß als wunderbar, daß Wahrheit und Irrtum aus einer Quelle entstehen; deswegen man oft dem Irrtum nicht schaden darf, weil man zugleich der Wahrheit schadet. (Goethe, Maximen und Reflexionen, Nr. 310, zitiert in Franz Fühmanns Zettelkästen zum Stichwort ›Dialeckdich‹)*

### *Lebensweg*

Will man ein Leitmotiv in Franz Fühmanns Biographie und Werk benennen, drängt sich das der Wandlung auf. Uwe Kolbe sagte 2009: »In der deutschen Literatur nach Wolfgang Borchert, in jener der Generation Fühmanns, deren männliche Angehörige ›für Führer, Volk, Vaterland‹ an die Front gingen, hat kaum einer so radikal und präzise ausgesagt, wie er geworden und vor allem, wie er anders geworden ist.«

Am 15. Januar 1922 in Rokytnice/Rochlitz (Tschechien) geboren und in einem katholisch-konservativen Milieu erzogen, wandte sich Fühmann als junger Mann dem Sudetenfaschismus zu. Gleich zu Kriegsbeginn 1939 meldete er sich zum Militärdienst, wurde aber zunächst, da erst siebzehn Jahre alt, zum Reichsarbeitsdienst eingezogen. Ab 1941 erlebte er den Krieg als Funker an der Ostfront und in Griechenland. 1945 geriet er in sowjetische Gefangenschaft und wurde im Zuge der Umerziehung mit den Verbrechen des NS-Regimes konfrontiert. Schließlich kam er auf eine »Antifa-Schule« und wurde 1949 in die DDR entlassen, um als Kulturfunktionär der NDPD am Aufbau des neuen Staates mitzuwirken. Nach den Irrwegen des Katholizismus und Faschismus hatte er im Sozialismus seinen Leitstern gefunden: das »wahrhaft Wahre« schien bereits in Reichweite. Doch sein Weg als Sozialist wurde zunehmend zur schmerzhaften Wahrheitssuche. Gerade sein Idealismus schärfte den Blick für die realexistierenden Mißstände und gab ihm den Mut, uneingelöste Versprechen einzuklagen, etwa die Möglichkeit zur freien Selbstentfaltung und einen Humanismus, der der Mannigfaltigkeit menschlicher Erfahrung gerecht wird.

In der Aufbruchszeit der fünfziger Jahre fand der unersättliche Leser zunehmend zu seiner eigenen literarischen Sprache. Nach außen hin war seine Lyrik und Kurzprosa zunächst der Agitprop und dem sozialistischen Realismus verpflichtet. Doch für die Schublade schrieb er Düsteres und Haderndes im Stil der tabuisierten »dekadenten Literatur«, vor allem der beklemmenden Lyrik Georg Trakls, die ihn schon im Krieg begleitet und erste »Risse« in der heilen Welt ideologischer Verblendung hatte aufbrechen lassen. Im Widerstreit zwischen Affirmation und Zweifel entstand eine unverwechselbare Stimme – poetisch, empfindsam und messerscharf analytisch.

Zugleich setzte er sich für jene Literatur ein, die den geltenden Normen nicht entsprach. 1956 machte Fühmann als Leiter des Arbeitsgebiets Kulturpolitik der NDPD parteiintern den Vorschlag, die Veröffentlichung großer, noch als »dekadent« verpönter Autoren der Moderne – Kafka, Benn, Joyce, Proust, Sartre, Eliot, Nietzsche – endlich auch in der DDR voranzutreiben. Dieser, wie er es unverblümt ausdrückte, »Schritt in das 20. Jahrhundert« sollte jedoch erst Jahrzehnte später auch nur denkbar werden. Fühmann scheiterte mit seinem Vorhaben und schied aus seiner kulturpolitischen Funktion aus, was ihm jedoch den Raum eröffnete, sich immer erfolgreicher als freier Schriftsteller zu betätigen. Mit dem Erzählzyklus »Das Judenauto« (1962) legte er eine Abrechnung mit der eigenen NS-Vergangenheit vor, die ihresgleichen sucht. Scharfsichtig und sprachlich virtuos schildert er den Weg von faschistischer Verblendung über Desillusionierung bis hin zur Erlösung durch sozialistische Ideale. Einzige Schwäche des Werkes ist das plumpe Happy-End, von dem sich Fühmann bald wieder distanzierte – der Wandlungsprozeß, den er im »Judenauto« voreilig für abgeschlossen erklärt hatte, war noch längst nicht zu Ende.

Nicht nur für Fühmann stellte das Scheitern des »Prager Frühlings« 1968 einen traumatischen Wendepunkt dar – aber die zerschmetterten Hoffnungen gingen ihm, der sich stets um Austausch mit seiner tschechischen Heimat bemühte, besonders nahe. Die politische Sinnkrise steht im Mittelpunkt seines 1973 erschienenen Tagebuchs einer Ungarn-Reise »Zweiundzwanzig Tage oder die Hälfte des Lebens«, das Beobachtungen, Gedanken- und Traumscherben auf einzigartige Weise verwebt. Fühmann hatte sich zu jenem Zeitpunkt längst eine wichtige Stellung im literarischen Establishment der DDR erarbeitet, unter anderem im Vorstand des Deutschen Schriftstellerverbands. Diese privilegierte Position und seine Beziehungen nutzte er, um sich für künstlerische Freiheit einzusetzen und verfolgte Kollegen zu unterstützen. 1976 gehörte er zu den Verfassern des offenen Protestbriefs gegen die Ausbürgerung Wolf Biermanns und sah sich danach zunehmend Repressalien und Bespitzelung ausgesetzt. Dennoch konnte er weiter veröffentlichen, genoß auch in der Bundesrepublik hohes Ansehen und bemühte sich unermüdlich um die Förderung nonkonformistischer, vor allem junger Talente. Als er 1984 an Krebs starb, hinterließ er mit seinem Testament ein Vermächtnis an erschütternd hellsichtigen Sätzen: »Ich habe grausame Schmerzen. Der bitterste ist der, gescheitert zu sein: In der Literatur und in der Hoffnung auf eine Gesellschaft, wie wir sie alle einmal erträumten. (...) Ich grüße alle jungen Kollegen, die sich als obersten Wert ihres Schreibens die Wahrheit erwählt haben.«

*Literarisches Bergwerk*

Mit seinem Schaffen sprengte Fühmann nicht nur ideologische, sondern auch literarische Grenzen. Sein Werk ist auch deshalb so faszinierend, weil es in keine Schublade paßt – doch damit fällt es für die Nachwelt allzu leicht durch das Raster. Fühmann war in fast jedem erdenklichen Genre zu Hause, ob Kurzprosa, Essayistik, Hörspiel, Kinderbuch, Libretto oder Filmszenario – allein am Roman ist er gescheitert. Das Romanfragment, das er hinterließ, heißt im Untertitel sogar »Bericht eines Scheiterns«: »Das Bergwerk«, sein ehrgeizigstes Projekt, wuchs sich während seines letzten Lebensjahrzehnts zu einem Ungetüm aus, das er nicht mehr bewältigen konnte. In seiner Unabgeschlossenheit (1993 unter dem Titel »Im Berg« veröffentlicht) steht es für Fühmanns Schaffen, wie kein sauber abgeschlossenes Narrativ dies gekonnt hätte: eine stillgelegte Grube, unauslotbare Tiefe, die Faszination verzweigter Gänge, die unter Tage weit entfernte Räume und Zeiten miteinander verbinden.
Fühmanns Genie lag darin, Stoffe bis in ihre Tiefenschichten »aufzuspellen« und neu zu verknüpfen, scheinbar Unvereinbares zu vereinen oder die Paradoxien des scheinbar Schlüssigen aufzudecken. Stets wollte er der Ganzheit der widersprüchlichen Realität gerecht werden. Daher das vorprogrammierte Scheitern, das ihm zur Leiterfahrung wurde, qualvoll und schöpferisch zugleich.
Daher aber auch seine großartige Leistung gerade in der Form des offenen Versuchs – beim Essay. Sein eigentliches *Opus magnum* ist das 1982 veröffentlichte »Vor Feuerschlünden. Erfahrung mit Georg Trakls Gedicht«, ein Langessay, der aus dem ausufernden Nachwort zu einer Trakl-Auswahl hervorgegangen war, die 1981 endlich erscheinen durfte. »Vor Feuerschlünden« macht das harte, doch euphorisierende Ringen um Wahrheit und freien Ausdruck erfahrbar, bezeugt Fühmanns Einsatz für das Werk anderer und spiegelt Grundsatzkonflikte wider, die ihm schließlich eine neue – letzte – Lebensbilanz abnötigen. Der im »Judenauto« schon einmal beschriebene Weg wird neu erzählt, das zuvor Verdrängte tritt zu Tage: etwa die verstörende Figur Georg Trakls. Als Dichter eines »unlebbaren Lebens« treibt er Fühmann zur Aufdeckung eigener und fremder Abgründe an. Zugleich schonungslos und empathisch erweitert dieser den holzschnittartigen Humanismus des sozialistischen Dogmas um die »Nachricht vom Menschen. (...) Das Menschliche, das ist der Mensch ganz: in seinen Siegen und

Triumphen wie in seinen Nöten und Niederlagen, in seinen Anfechtungen und Besessenheiten, in Glanz und Kot, in Zwängen und Freiheit, in dem, worin er ein Zeichen der Würde, wie in dem, darin uns vor ihm schaudert!«
Der niemals abzuschließende Wandlungsprozeß hin zu einem menschengerechteren Menschenbild erfolgt hier nicht allein durch Ideologie, sondern vor allem durch Poesie: »die Einheit von Gegensätzen als das Wesen des dichterischen Wortes«.

*Worte und Wörter*

Durch Fühmanns Werk ziehen sich leitmotivisch einzelne Begriffe, eine Tendenz, die in »Vor Feuerschlünden« besonders ausgeprägt ist. Das Buch beginnt mit einer aufschlußreichen Reflexion über das Wort an sich: »Die deutsche Sprache ist so hellsichtig gewesen, dem Substantiv ›Wort‹ zwei Pluralformen zukommen zu lassen: ›Worte‹ und ›Wörter‹, und wir beabsichtigen die Konsequenz, hier nicht den Fall eines zweifachen Plurals anzunehmen, sondern schon den zweier verschiedener, wenn auch gleichlautender Singulare, weshalb wir fortan den Begriffsausdruck ›Wort‹ zu der Mehrzahl ›Worte‹ dem Bereich der Dichtung zuweisen wollen, streng im Unterschied zu einem Singular ›Wort‹ mit dem Plural ›Wörter‹, der für uns das Wort als Instrument des wissenschaftlichen Zugriffs bezeichnet. (…) Diese Konsequenz aber bedeutet nichts anderes, als zwei in den Grundelementen gleichlautende und dennoch wesensverschiedene Sprachen anzunehmen, eine Sprache der Wissenschaft und eine der Dichtung (…) ›Rot‹ – das ist der Name für den Netzhauteindruck einer Frequenz von $4 \cdot 10^{14}$ Hertz; und ›rot‹ sagt eine Einheit von Leben und Tod.«
Fühmanns Auslotung dieses Unterschieds führt in schwindelerregende Tiefen – was zunächst als Haarspalterei erscheint, wird zu einer Art Kernspaltung. Im dichterischen *Wort* wird eine Kraft ausgemacht, die in der Vereinigung gegensätzlicher Energien besteht. Diese »Widerspruchseinheit« steht für eine komplexe Realität, der mit den »ganz einfachen« Wahrheiten des politischen Dogmas nicht beizukommen ist. Denn, so gibt Fühmann zu verstehen, auch die Sprache der Politik speist sich aus *Wörtern* – aus vermeintlich wissenschaftlich eindeutigen Begriffen also, die zu leeren Hülsen geworden sind, lebensfern und menschenfeindlich. Dagegen stellen sich die *Worte* der Poesie als eine im tieferen Sinne humane Sprache dar, die dem »ganzen Menschen« mit all seinem widersprüchlichen Potential gerecht wird. Das poetische Wort führt zusammen, was das politische Wort trennt.

*Wortkästchen*

»Wir fassen Worte nicht durch Wörter, wiewohl wir es immer wieder versuchen, weil immer wieder versuchen müssen, wollen wir sie als Gegenstand analysierenden Denkens nehmen. (…) Wie also jene Entsprechung zu ›Begriff‹ benennen: ›Beladung‹? ›Inhalt‹? ›Feld‹? ›Bedeutung‹?«

Durch ein einfaches Hilfsmittel bekam Fühmann Worte zu fassen: Er legte Karteien an. In seiner Arbeits- und Nachlaßbibliothek, die in der Zentral- und Landesbibliothek Berlin aufbewahrt wird, liegen fünf Zettelkästen, die unter Dutzenden von Schlagwörtern eigene Notizen sowie Zitate aus seiner weitschweifenden Lektüre versammeln. Jene damals gängige Datenverarbeitungstechnik mag heute antiquiert, ja befremdlich anmuten. Oder wie eine geradezu avantgardistische künstlerische Strategie – so exotisch, so auratisch wirkt inzwischen das Analoge. Das Suchen und Ordnen von Informationen, heute durch vorgegebene digitale Muster bestimmt, erfolgt bei Fühmann mittels selbstentwickelter Algorithmen, trägt buchstäblich eine persönliche Handschrift und offenbart feine Nuancen seiner Denkprozesse. Er denkt in diesen Kästen wie so oft über das Denken nach, reflektiert über das Reflektieren – und zugleich wird das Steril-Analytische spielerisch konterkariert; was sich allein an einer Auflistung seiner Schlagwörter erkennen läßt:

Abgründe, Abnormes, Absurdes, Akademie, Anders, Alltag, Angst, Antisemitismus, Arbeit, Aufklärung, Ausscheidungen, Außen/Innen, Autoritärismus, Bergwerk, Bewußtsein, Bösegut, Böse Böse/Gut, Gut-Böse, Böse + Gut, Bürokratie, Demokratie/Diktatur, Denken, Deutsches Wesen, Dialeckdich, Dialektik, Dick, Dogma, Dogmatik, Ehe, Entfremdung, Erfahrung, Erinnern, Erinnerung, Erotik, Er: oh Tick!, Ethik, Farben, Faschismus, Feudalsystem, Fortschritt, Freiheit, Freyheit, Freimaurer, Gammler, Geheimnis, Generationsproblem, Genie, Glauben, Glück, Grauen, Heile Welt, Heuchelei, Ich, Ideal, Ideologie, Intelligenz, Internat, Kinder, Kindheit, Kitsch, Kultur, Landschaft, Lied, Literatur, Lidderadur, Lüderlatur, Liederadur, Logik, Macht, Macht + Geist, Macht + Kunst, M8, Märchen, Manipulation, Marx, Masochism, Meer, Mensch, Möhntsch, Menschheit, Menschl. Natur, Militär, Mythos, Nackt, Nationalismus, Optimismus, Österreich, Parteilichkeit, Patriotismus, Perversität, Philosophie, Physiognomik, Pilze, Poesie, Poe: sieh!, PO-äh-sieh!, Polemik, Porno, Positiv, Präzision, Prägung, Preussen, Prozesse, Psychoanalyse, Psychologien, Rübezahl, Rußland, Russisches Wesen, Sadism, Saatismus, Sah dies'm, Sah dies Mus, Saat iß Muß!, Sanatorium, Satire, Scham, Schicksal, Schriftsteller, Schuld, Sexualethik, Sozialismus, Soz. Realismus, Spiegel, Spieltheorie, Spießbürger, Spießertum, Sport,

SU, Suicid, Tabu, Teufel, Toleranz, Totalitarismus, Traum, Trotzdem, Tyrannocid, Übergang, Übersetzen, Übersetzung, Untertan, Vergessen, Wahnsinn, Wahrheit, war heut, Wandlung, Weltuntergang, Werden, Widerspruch, Zensur, Zweifel.

In solch exzentrischer Sammlung werden Wörter zu Worten, Begriffe zu Feldern, die eine Fülle von Inhalten und Assoziationen umfassen. Wie eingegebene Begriffe in Internet-Suchmaschinen zeichnen sie ein Profil des Suchenden mit seinen Obsessionen, Wünschen, Ängsten. Da es sich aber um *Worte* handelt – nicht etwa um *Wörter*, also um rein algorithmisch erfaßbare Datenpunkte –, dominiert das Rätselhafte-Schillernde. Schon beim Sichten der Begriffe beschleicht einen ein voyeuristisches Gefühl – bei dem man sich immer wieder ertappt fühlt, weil Fühmann derart lebendig aus den Kärtchen spricht und den Vorgang ironisch kommentiert. Stichwörter werden zu Kalauern und Bildrätseln verfremdet – Spielereien, die gerade bei Schlüssel- und Reizbegriffen auftreten. Häufen sich die Kärtchen zu einem bestimmten Begriff, leben die Überschriften auf. Tabubegriffe werden im Witz gebannt, hochtrabende Abstrakta und ideologische Worthülsen persifliert. Oder Fühmann macht sich über seine Sammelschrulle selbst lustig. Die Worte gehen gewissermaßen mit ihm durch. Die Kartei voller Buntstiftgekritzel ist zugleich Verkörperung und Parodie des Ordnungswahns. Die Worte nimmt er todernst – aber nicht bierernst. Er zieht sie ins Absurde, auch dadurch werden sie neu »beladen« (Fühmanns eigensinniges Wort) und belebt.

Solche »Techniken« durchziehen auch Fühmanns veröffentlichtes Werk, so etwa in seiner Beschäftigung mit konkreter Poesie (unter anderem bei »Zweiundzwanzig Tage oder die Hälfte des Lebens«) oder in den Sprachspielen seiner Kinderbücher (»Die dampfenden Hälse der Pferde im Turm von Babel«). Bei den Kärtchen treten sie weniger als wohlüberlegte Strategien denn als spontane Einfälle in Erscheinung. Das macht sie gleichzeitig so typisch für Fühmann, dem es stets darum ging, das Unbewußte, Assoziative, (Tag)träumerische zur Geltung kommen zu lassen. In seiner Werkstatt arbeitete er gern bildnerisch als Ergänzung – oder Vorstufe? – zum Geschriebenen. So legte er zu mehreren Projekten großformatige Collagen an, und in der Zentral- und Landesbibliothek Berlin gibt es eine Mappe mit Zeichnungen, die quasi im Spiegelverhältnis zu den Spielereien der Kärtchen stehen. Bei diesen werden Worte bildhaft verfremdet; bei den Zeichnungen wird abstraktes Gekritzel rorschachartig zu einem Bild ergänzt und mit einem Titel oder Satz versehen. Zwei Assoziationsprozesse zeichnen sich ab: vom Wort zum Bild oder vom Bild zu Worten.

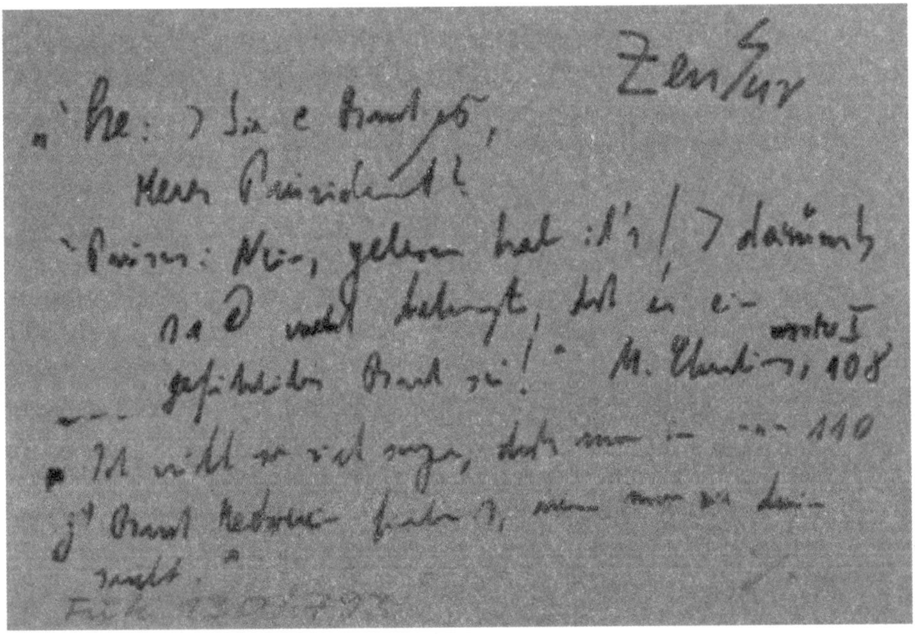


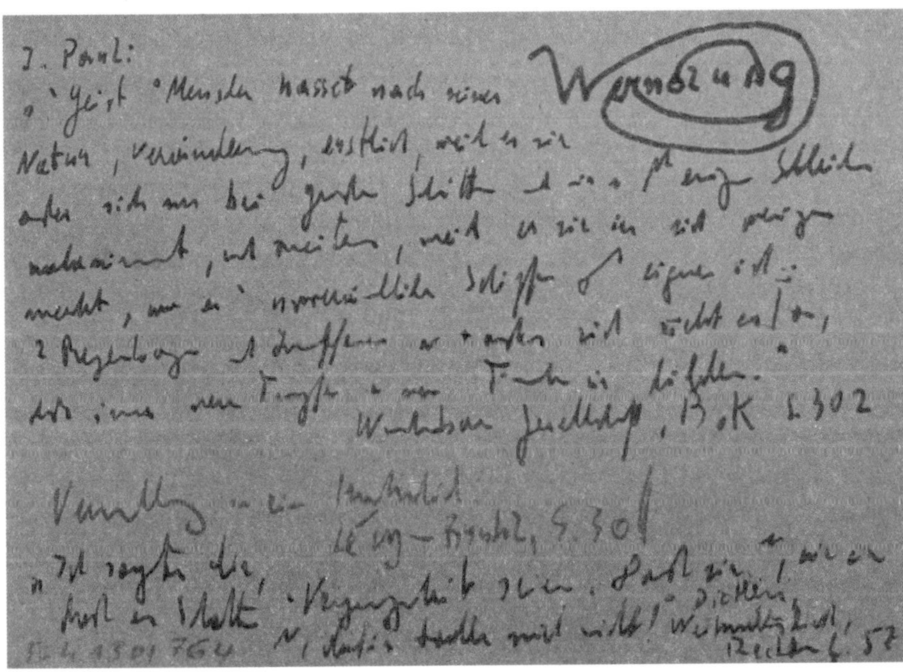

*Karteikärtchen aus Franz Fühmanns Zettelkästen, Zentral- und Landesbibliothek Berlin*

*Zensur*

Das Bildhafte kann die Botschaft des Wortes unterstreichen: das Z der Zensur als brutale Durchstreichung oder Zensur als enger Kasten. Auf den ersten Blick Ein-, auf den zweiten Mehrdeutigkeit: Die Zensur streicht sich selbst durch oder sperrt sich selbst ein.
Ein Bild, oder auch nur das Schriftbild, kann die Botschaft verschlüsseln, das nicht Sagbare sagen. Das *S* als SS-Rune deutet auf Fühmanns heikelste Erkenntnis hin: die Gemeinsamkeiten rechter und linker Diktaturen.
Zugleich verweisen solche Bildrätsel unverkennbar auf die Notwendigkeit der Verschlüsselung, die Realität der Zensur schlechthin. Diese wird ebenfalls mit einem Bild verschlüsselt: Zehns-🕒, Zens-🕒.
Im Kalauer kann auch ein tieferer Sinn stecken. Wie ist das Zen der Zensur zu verstehen? *Zen's Ohr*, *Zens-Uhr* – stellt sich die Zensur als ein philosophisches Problem, eine mit buddhistischer Abgeklärtheit hinzunehmende Herausforderung dar?
Auch die Uhr ist bei Fühmann ein Schlüsselbild: »das Klimmen blinder Zeiger, und der Ort der Begegnung: *Mitternacht*«. Mitternacht als Schicksalsmoment, Kippunkt, Kairos.

*Bösegut*

Die Worte »gut« und »böse« treten in der Kartei fast ausschließlich als Begriffspaar, ja als Kompositum auf: *Bösegut*. Gerade im materiellen Zusammenhang, als Kärtchen in einer Kartei, führt das Stichwort eindrücklich vor Augen, daß Gegensätze stets zusammengedacht und als Einheit einsortiert werden. So wird der Zwang zum dualistischen Denken verdeutlicht, dessen Gefahr sich bei diesem Stichwort zeigt: Das Schwarzweißdenken über Gut und Böse führt gerade zu deren fataler Verquickung. In »Vor Feuerschlünden« sinnt Fühmann über seine Indoktrinierung in der stalinistischen Antifa-Schule nach und zieht den brisanten Schluß: »Dieses völlig duale Weltbild (…) war *hierin* ein Kontre-Stück zu der Weltsicht, die ehedem unser Denken beherrschte.«
Dialektik ist bei Fühmann kein Lippenbekenntnis. Er fragt nach den Spannungen des Dualismus – ob im Weltbild, im Begriffspaar oder in der Widerspruchseinheit eines Wortes – und nach der Möglichkeit von deren konstruktiver Entfaltung im Sinne eines »dritten Wegs« oder der »ausgeschlossenen Mitte«. Mit den Bild-Spielen der Kärtchen wird der Raum in der Mitte eines jeden Wortes ausgelotet. *Tertium datur*.

## *Wandlung*

In diesem Stichwort drückt sich das dialektisch-schöpferische Potential der Widersprüche aus, die jedes Leben prägen. Der dem katholischen Internat Entflohene wendet sich dem Faschismus zu, der siegesgewisse junge Faschist verfällt dem mahnenden Georg Trakl, der zerknirschte Kriegsgefangene wird durch den Sozialismus geläutert, der überzeugte Sozialist wächst aus dem Korsett des Dogmas heraus. Dialektisch betrachtet: Aus These und Antithese geht Neues hervor, und daraus wiederum Neues. Aber selbst diese Formel ist wohl zu einfach. *Dialeckdich.* Wandlung ist kein geradliniger Prozeß. Sie ist nicht mit »Fortschritt« gleichzusetzen. »Fortschritt« wird in der Kartei durch den Kakao gezogen: *Ford schritt, Fortschritt geht in Forschtritt.* Dem Wort wachsen gar forsche Vorwärtspfeile – die aber gleich wieder nach hinten zeigen oder sich ewig im Kreis drehen.

Das Stichwort *Wandlung* bekennt sich gleich zum schillernden Farbwechsel oder geht mittendrin ins Altgriechische über. Es bildet Schlenker und Schnörkel, zieht Spiralen, schlägt Bögen. Eine feste *Wand* weicht einer schwammigen *Lunge.* Daß alles sich wandeln muß, darauf ist Verlaß. Aber wie und worin – das entzieht sich der Kontrolle.

## *Polyphone Wahrheitssuche*

Fühmann schrieb gegen die Kontrollsucht an, gegen eine linksautoritäre Kulturpolitik, deren menschlicher Anspruch durch den Druck des antifaschistischen Kampfes und des kalten Krieges deformiert worden war. Damit arbeitete er eine Zerrissenheit auf, an der seine gesamte Generation litt. Zugleich beleuchtet er für heutige Leser die historische Dimension gegenwärtiger Debatten, da Worte erneut ins Zentrum politischer Auseinandersetzungen geraten sind. Fragen, die jetzt im Feuilleton hitzig debattiert werden, stellte Fühmann bereits mit unübertroffener Eloquenz. Kann oder soll die Literatur eine Vorbildfunktion besitzen? Kann oder soll sie »Auswege« aufzeigen? Was »darf« literarisch ausgesprochen werden, wie, und von wem? »Darf« die Politik die Sprache lenken oder zügeln? Mit welcher Sprache – politisch oder poetisch – kann man menschliche Abgründe ausleuchten? Läßt sich das Gute – oder das Böse? – mit entsprechender Sprache herbeireden?

Heute entzünden sich die erbittertsten Kämpfe an einzelnen Worten, gar an Pronomina, Suffixen oder Sternchen. Wer darin bloße Spitzfindigkeit sieht, kann durch Fühmann einen frischen Blick gewinnen. Sprachkontroversen sind nicht etwa deshalb so vertrackt, weil sie sich um triviale Scheinfragen drehen, sondern im Gegenteil, weil sie an tiefe Mysterien rühren. Zugleich warnt Fühmann vor plumpen Klärungsversuchen oder vor dem Heilsversprechen neuer Sprachformeln, die allzu leicht zum dogmatischen Regelwerk erstarren. Das Paradoxon der normativen Sprachkritik: Wenn wir die ungeheure Macht der Sprache begreifen, wenn wir am eigenen Leib erleben, wie sie für oder gegen uns arbeiten kann, ist es naheliegend, sie lenken zu wollen. Doch wenn wir glauben, die Sprache rational und kalkulierbar lenken zu können, verkennen wir, daß ihre Macht gerade in ihrer ambivalenten Eigendynamik liegt.

Wenn politische Polarisierung als allumfassend erlebt wird, dann wird einzelnen Worten die ganze Last des dualistischen Kampfes aufgebürdet, sie gelten nunmehr als Heils- oder Unheilsbringer. Indem Fühmann nach der inneren Spannung eines jeden Wortes fragt, erkundet er das Potential der Sprache, sich solchen Festschreibungen und Instrumentalisierungen zu widersetzen. Einen »Ausweg« aus unseren Dilemmata zeigt er nicht; denn diesen muß jeder selbst suchen. Vielmehr macht er vor, wie man ungelöste Widersprüche fruchtbar und sogar befreiend werden lassen kann. Weit davon entfernt, Pessimismus zu verbreiten, verspricht seine Vision, uns von der Zermürbung durch festgefahrene Sprachkämpfe zu befreien, und schafft Raum für das spannungsreiche Zusammenspiel polyphoner Wahrheitssuche.

AUS DEM ARCHIV DER AKADEMIE DER KÜNSTE

FRANZ FÜHMANN

# DAS UNGEFÄHRE GILT NICHT MEHR

## Frühe Gedichte (1953 / 54)

MALEN. Wenige Farben sind, und auch die ergreife
zögernd. Hüte dich vor allem Deutlichen,
immer hübsch im Ungefähren. Gegen rot
sind die wenigsten Bedenken. Aber beim Blau schon
fängts an.

Malen. Wenige Farben: Zögerndes Blau
und von den Spreemauern das schlagende kalte Schwarz.
Weisses, vom Regen verwaschen und ungenau
und das späte Grün von meinem sterbenden Baum (ohne Harz)

fallende Farben.

ICH SCHREIBE GEDICHTE –

Mein Lieber, du rümpfst
ja jetzt schon die Nase und spöttelst und schimpfst:
Was nennt ihr denn da bei euch ein Gedicht?
Ein Leitartikel, der hinten sich reimt,
Phrasen, mit Phrasen zusammengeleimt,
einen vom Staat zensurierten Bericht
von Aktivisten, Erhöhung der Normen,
von Sollerfüllung, VP-Uniformen,
von Es-e-de und Ef-de-jot,
vom Kampf für den Frieden und gegen Gott,
vom letzten Streik auf Liberia
und vor allem: Gegen Amerika!
Sogar der Reim ist euch vorgeschrieben:
Ihr reimt Republik auf Wilhelm Pieck
und Aufstieg auf Sieg, Taube flieg auf Krieg –
für das Seelische ist kein Platz mehr geblieben.

Ihr dichtet nach Norm und erfüllt euer Soll
einfach als linientreue Versarbeiter:
Es lebe die Republik! – und so weiter.
Eure Herzen sind nur von Losungen voll,
und tönen nach einem befohlenen Schlagwerk
ihr »Hauruck« ins uniformierte Tagwerk.
Ihr geht mit Scheuklappen der Ideologie
vor den Augen durchs Leben, seht nur eine enge
Spur, die verreimt ihr in Lobgesänge:
Die politische Linie! Hoch lebe sie!

Was singt ihr von Liebe? Was gar vom Eros?
Was wisst ihr von dem, was heut auf der Welt ist?
Ihr singt den proletarischen Heros
der immer ein makelloser Held ist
der niemals fehlt und der niemals schwankt
[mein lieber Sohn?], dafür sei bedankt!

ich glaube an meinen deutschen Staat
und ich liebe meine Republik
und reime nun justament drauf: Pieck!
ein politischer Faktor
den Traktor

Wir gehen ins Lichte
Drum schreib ich Gedichte.

## BARLACH: VERHÜLLTE BETTLERIN

Die Hände hoffnungslos sinkend, offen. Aus Grauem
das Tuch über den Kopf. Viel Schmerz fliesst nieder
über den müden Leib. Sie hat nur die Hände
gegen eine ganze Welt hat sie nur
die Hände zu zeigen.

Diese denn, freilich: Unschön
sind sie, verzerrt. Krümmungen
über der Strasse: hinter ihnen
wächst Tuch und Fleisch und Nacht zusammen

Der Himmel, der ihr überm Haupt ist, zusammen ist geschrumpft,
es ist ein mitleidiger Himmel: Er macht sich klein
dass sie ihn ertragen kann.

Sie hat
die Hände noch offen, als ob
die Welt noch da wär, wie sie sie wähnt: Barmherzig.

Das Haupt, ich will es enthüllen. Schwer hebt
das Tuch sich

Das Kinn hebt sich spitz. Die fallenden Falten
vom Mund zu ihm hin wie die Bäche vom Berg. Dahinter, nur Tiefe,
die Wangen, und Höhlen: Die Augen.

nun schlägt sie die Hände
zusammen übers Gesicht, und schrecklich nunmehr,
ohne Kunst, steht sie da, alltäglich geworden

sie hat kein transzendentes Leid,
o diese Gemeinheit: Metaphysik
suchen sie, wo sie zu helfen haben.

Die Kunst hat aufzudecken, nicht zuzudecken.
Zeigt, was dahinter ist! Aber sie,
die Erhabnen, sie verhüllen es,
und dann murmeln sie noch: Geheiligt! Geheiligt!

DIE NACHT ÜBER BÜCHERN durchwacht; das Denken
niedergeschlagen in schwarzen Spuren: Ein Ahnen
von einem Gedicht. Es dämmern die Verse herauf
und füllen die düsteren Grotten der schwarzen Weiden.

Glocken von oben: Blattwerk, in die Himmel gewirkt,
und Stille tönend; die Stille rinnt nieder,
doch aus dem Herz will der schmerzlich erschaffne
Vers heraus …
                Es ist zum Morgen.

Der fahle Wald wird schwarz, da der Himmel sich rötet.
Das Ungeheure gewinnt, da es Licht wird, Kontur;

die Verse, dämmerungsträchtig noch, lösen
sich auf in Streit und Widerstreit

und alle die zwielichtfahlen Dinge
sie werden Gestalt und Schatten. Entscheidungen
werden erheischt. Das Ungefähre
gilt nicht mehr, auch nicht mehr im Gedicht.

Der Nacht sind Verse, unzählige. Aber im Taglicht
geprüft, bleiben wenig.

## WINTERTAG

Der Schnee, der herunter vom Himmel fiel
die Winde, die Sonne, wie jagten sie ihn!
Er verkroch sich in einer schwarzen Eck,
er verbrüderte sich mit Russ und Staub.

Es kamen die Strassenfeger
mit ihrem phantastischen Besen.
Sie machten ganze Arbeit
sie fegten die graue Strasse
wieder richtig grau.

Die Strasse war wieder grau.
Die Bäume reckten ihr nacktes Geäst.
Die Kinder hatten keinen Schnee.
Alles war wieder in Ordnung.

## BAUM IN EINER ALLEE

Sie haben ihn in eine Reihe gesetzt
mit seinesgleichen, und er grünte gewaltig,
da beschnitten sie ihm die Äste.

Sein grandioses Blattwerk, seine Krone
ward ebenmässig den andern, kaum unterscheidbar
im Grünen ein Grün, in der Kronen Reih
eine ebenmässige Krone.

Schön ists nun anzuschauen: Die Galerie
des Laubes, schattenspendend und nützlich, keine

Disharmonie, eine Augenweide
symmetrisch, angenehm für das menschliche Auge.

Die Wunden des Baums, der der Reihe entstrebte
sind längst verheilt, er spürt sie nicht mehr.
Der widerspenstige Baum ist ein nützlicher Baum geworden,
und damit ist er schöner geworden.

Schade, nicht alle Bäume
die da herumwachsen so weit das Auge reicht
kriegt man in die Alleen, wirklich schade!
um wieviel schöner wäre die Welt, wieviel übersichtlicher!

DIE NACHT, da ich durch die Herbstebene schritt.
O diese Nebel, wie weiss sie stiegen
zum Himmel. Aus alten Mären Dämone
sah ich über die nackten Baumkronen fliegen.
Sie wiegten sich wie auf Pferden: Ein Ritt
der Gestorbnen in der Lebendigen Zonen.
Sie sahen mich nicht, sie vernahmen mich nicht
und sie waren doch nach Menschen aus.
War ich kein Mensch mehr? War mein Gesicht
schon selbstverständlich in diesem Graus
der ungeheuer verfluchten Ritte?
Oder war ich so klein in dem Laub, das fiel?
Es war ein entsetzliches Spiel
va banque; Nichts und alles, es gab keine Mitte …

Wie die Nebel sanken, wie die Nebel aufstiegen
ach, ich dachte damals, auch ich könne fliegen
über die herbstlichen Ebenen fort
mit den Gespenstern hin über das Land.
Zauberfluch, raunend das Zauberwort
pur wie Gold, im Schmelztiegel gediegen,
fliegen ach fliegen
Flügel breit

INGO SCHULZE

# »ICH MÖCHTE IHNEN HOFFNUNG MACHEN«

## Franz Fühmann oder Der Mythos als Ort der Verständigung

Anfang Juli 1984 wartete ich in der Sektion Altertumswissenschaften der Uni Jena darauf, zu meiner ersten mündlichen Prüfung (Grundkurs Griechenland) aufgerufen zu werden. Der Dozent, der schließlich die Tür öffnete und mich hereinbat, sagte, während ich aufstand und auf ihn zuging: »Ach, wissen Sie schon? Gestern ist Fühmann gestorben!«

In diesem Augenblick brach für mich eine Welt zusammen. Ich hatte Franz Fühmann nie persönlich erlebt, war nie auf einer Lesung von ihm gewesen, ich hatte ihm nie geschrieben, ich hatte weder Fernsehbilder von ihm gesehen noch wußte ich, wie seine Stimme klang. Ich kannte nur einige seiner Bücher. Trotzdem lebte ich in der Gewißheit, in ihm einen wohlwollenden Leser zu haben, sobald ich nur etwas Selbstgeschriebenes vorzuweisen hätte. Ich würde nicht leichtfertig sein, denn in unserem Land, so schien mir, gab es kaum jemanden, der nicht schrieb und seine Texte nicht Fühmann schicken wollte. Auch mir war er die Versicherung dafür, nicht unbeachtet zu bleiben, sollte meine Schreiberei etwas taugen.

Ich weiß nicht, woher ich damals diese Gewißheiten nahm. 1984 hatte ich von ihm gerade die im Jahr zuvor erschienenen Essays gelesen. Lag es an seinem Text über Wolfgang Hilbig? Da schenkt Fühmann seinem Verlag einen Schriftsteller. Und welcher unveröffentlichte Autor träumte nicht davon? Oder lag es an seiner Vorlesung »Das mythische Element in der Literatur« oder den E. T. A.-Hoffmann-Essays? Und noch während meines Grundwehrdiensts hatte ich »Vor Feuerschlünden«, seinen großen Trakl-Essay, gelesen, der den Schattenriß einer Autobiographie in sich barg. Dessen Offenheit, das Vorweisen der eigenen grauenhaften Irrtümer, war bestürzend und befreiend. Nicht weniger unerhört war Fühmanns Reflexion darüber, daß er selbst nach Salzburg fahren durfte, während anderen diese Möglichkeit verwehrt wurde. Wer von denen, die fahren durften, sprach sonst darüber? Wenige Wochen vor jener ersten Prüfung hatte ich einen Vortrag halten dürfen, ein Vergleich von Christa Wolfs »Kassandra« mit Fühmanns »König Ödipus«, es ging um die verschiedenen Arten des Umgangs mit dem Mythos. Daher wußte der Dozent, daß mich dieser Autor etwas anging.

Doch 1984 gab es für den einundzwanzigjährigen Studenten kaum Bücher, die ihn nicht ergriffen, veränderten, erhoben, quälten oder zum Epigonen machten. Beinah jedes Zeugnis von Geistigkeit konnte brisant werden, jede Lektüre, jedes

Gespräch fand in einem Alltag statt, den politisiert zu nennen sich erübrigte. Alles war politisch. Einen anderen Alltag kannte ich nicht.
Doch warum ausgerechnet Franz Fühmann? Der Sternenhimmel der ostdeutschen Literatur leuchtete schließlich hell.

Als Kind habe ich nicht gelesen, drängte aber darauf, vorgelesen zu bekommen. Relativ früh bekam ich »Das hölzerne Pferd – Die Sage vom Untergang Trojas und von den Irrfahrten des Odysseus. Nach Homer und anderen Quellen neu erzählt von Franz Fühmann« geschenkt. Bei Fühmann sind die Götter keine erhabenen Wesen, aber mächtig und gefährlich. »Poseidon hat in meiner Vorstellung oft Züge eines Bahnhofvorstehers«, schreibt er 1973. »Den Apollo könnt' ich mir ganz gut so denken, den Hermes und Ares zur Not, den Hephaistos, Hades, Dionysos gar nicht. Auch Zeus nicht, ihn am wenigsten: Dies Amt wäre für ihn zu groß / Den Prometheus auch nicht, der spielte herum ... Aber Epimetheus wäre die ideale Besetzung.« Wenn meine Langeweile zu groß wurde, nahm ich mir das Buch heraus und blätterte zu jener Stelle – ich erkannte sie an den Illustrationen –, an der die Trojaner die Griechen fast zu besiegen scheinen. Weil es in dieser Neuerzählung soziale und ökonomische Unterschiede gibt, gewinnt eine Figur wie Thersites an Bedeutung. Er, der einzige ohne Genealogie und Adelsrang, der Mann aus dem Volk, der »immer zum Friedensschluß und zur Rückkehr in die Heimat geraten« hat, erzählt bei Fühmann von Prometheus, denn »die Götter sind grausam und böse und den Menschen feind«. Doch Fühmann weiß: »Im Mythos ist immer der ganze Mensch da, auch als Geschlechts-, auch als Naturwesen, aber nie auf diese reduziert.«
Auf Troja und Odysseus folgte beim abendlichen Vorlesen bald das Kinderbuch »Prometheus«. In ihm entdeckt Fühmann eine Figur, die Aufstieg und Fall verschiedener Zeitalter verbindet. Der Menschenfreund Prometheus wird zum Protagonisten eines Machtkampfs, der den jungen Lesern oder Zuhörern ein Gefühl für das Gewordensein der Welt gibt, für die Abfolge von Bündnissen und Kämpfen, aus denen Hierarchien und damit Herrschaftsverhältnisse entstehen. Erwachsenen mußte es schon damals (und heute erst recht aufgrund der postum erschienenen Teile) als Parabel auf das 20. Jahrhundert erscheinen. Das gilt auch für die »Nibelungen« und erst recht für »Reineke Fuchs«, der im Grunde bereits ein Muster für alle Mafia-Serien liefert: Der Schurke ist tatsächlich ein Schurke, aber als Leser hält man ihm unfaßbarerweise die Treue.
Fühmanns Neuerzählungen von Mythen und Sagen beunruhigten mich als Kind. Warum findet Hektor solch ein schmähliches Ende? Warum muß Prometheus so schrecklich leiden und gewinnt nicht gegen Zeus? Warum sind Götter eitel und egoistisch? Das waren nicht jene Figuren, die ich später im Museum fand. In einer

Gegenwart, in der alles überdeutlich in Gut und Böse aufgeteilt war, stifteten Fühmanns Neuerzählungen Verunsicherung. Man wußte ja nicht einmal, wer die Guten und wer die Bösen waren. Diese Verunsicherung war für mich (und nicht nur für mich) noch wichtiger als die lustvolle Vermittlung weltliterarischer Stoffe, über die wir in der Schule (mit Ausnahme des »Reineke Fuchs«) kaum etwas hörten.

Im Schullesebuch der 8. Klasse begegnete ich Fühmann mit »Kabelkran und blauer Peter«. Ich war irritiert, vielleicht sogar etwas enttäuscht, daß »mein« Autor, der doch bisher ganz der häuslich-vertrauten Atmosphäre angehört hatte, nun »allen« gehörte und Götter und sprechende Tiere keine Rolle spielten. Ich kann mich nicht mehr an die Lesestellen erinnern. Sie werden den Vierzehnjährigen nicht vom Hocker gerissen haben.

Wer heute in Bitterfeld an dem großen, gerade einmal wieder vor dem Abriß geretteten Kulturhaus vorüberfährt, in dem einmal herausragende nationale und internationale Ensembles und Solisten auftraten, in dem die Arbeitenden und ihre Kinder sich in Ballett und Fotografie, in bildender Kunst und Schauspiel versuchen konnten, dem bleibt der Spott über den »Bitterfelder Weg« im Hals stecken, auch wenn dieser in mehrfacher Weise ein Irrweg war. Denn was tatsächlich für »Bitterfeld« tauglich gewesen wäre, wie zum Beispiel der grandiose Roman »Erziehung eines Helden« von Siegfried Pitschmann, dem zweiten Ehemann von Brigitte Reimann, der aus freien Stücken und vor dem Bitterfelder Beschluß auf den Baustellen von Hoyerswerda/Schwarze Pumpe geschuftet hatte, wurde nicht nur nicht gedruckt. Der Autor wurde durch absurde Kampagnen gedemütigt und zum Selbstmordversuch getrieben.

Fühmann hat sich dem Anspruch des »Bitterfeldes Wegs« gestellt und immer wieder versucht, ihn zu erfüllen. Doch sein Widerspruch ist grundsätzlicher Art: »Was zum Beispiel empfindet ein Mensch, der weiß, daß er sein Leben lang so ziemlich dieselbe Arbeit für so ziemlich dasselbe Geld verrichten wird, als beglückend und was als bedrückend an eben dieser Arbeit; wo bringt sie ihm Reize, wo Freude, wo Leid, in welchen Bildern, auf welche Weise erscheint sie in seinem Denken und Fühlen usw. usw. Ich weiß es nicht und kann es nicht nachempfinden, und der Arbeiter spricht, obwohl er mein Freund ist, nicht darüber, weil es für ihn die allerselbstverständlichsten Dinge sind, so selbstverständlich, daß man die Frage danach gar nicht versteht, weil man die Antwort eben in Fleisch und Blut hat, nicht im Mund.«

Fühmann schummelt nicht. Es ist der Blick von einem, der die Welt der Arbeiterinnen und Arbeiter nicht aus eigener Erfahrung kennt, sich das aber als Defizit ankreidet und sich damit nicht abfinden will.

»Aufs Gymnasium kamen Arbeiter nicht; nach dem Abitur war ich zur Wehrmacht gekommen und hatte ein Maschinengewehr bedienen gelernt; in sowjetischer

Kriegsgefangenschaft hatte ich in einem kleinen Waldlager Bäume gefällt und dann Karl Marx gelesen, und nach meiner Entlassung war ich für zehn Jahre an einen Büroschreibtisch geraten«, wo er seine Zeit »mit der Gliederung von Lektionen und Referaten, mit Aktennotizen und einem Rattenkönig an Papier und Protokollen hingebracht« hat. Hier macht sich einer auf den Weg, der nur den »Abklatsch der Wirklichkeit auf Rotations- und Schreibmaschinenpapier« kennt.

Fühmann, für den »Wahrheit und Schreiben« Synonyme sind, markiert eher die Unterschiede, die ihn von den Arbeitern trennen, als daß er die Grenzen mit seiner erzählerischen Kraft verwischt. Weil er die Voraussetzungen seines Schreibens benennt, weil sein Blickwinkel nichts vortäuscht, weiß ich als Leser immer, woran ich bei ihm bin.

Deshalb ist »Kabelkran und blauer Peter« heute wohl noch interessanter als bei seiner Veröffentlichung 1961. Denn diejenigen, deren Arbeit körperliche Schufterei ist, werden heute in der Literatur, im Film und Fernsehen kaum noch sichtbar – und wenn, dann als *underdogs* in den Nachmittagsprogrammen. Diese Exkursion des Schriftstellers auf die Werft (er hat viele weitere Versuche unternommen, in Großbetrieben zu arbeiten) liest sich von heute aus auch als Beginn eines Weges, der zu seiner literarischen Schürfarbeit »Im Berg« führen wird.

Seine Erzählungen entdeckte ich nicht selbst. Anfang 1978, in den Winterferien der 9. Klasse, saß ich der Malerin Gerda Lepke in ihrem winzigen Atelier am Laubegaster Ufer in Dresden Modell. Ich hatte gerade die Hermann-Hesse-Romane und Erzählungen gelesen und rang mit mir, ob ich in den sogenannten persönlichen Gesprächen mit unserem Klassenlehrer, der uns für die Offizierslaufbahn werben oder zumindest das Zugeständnis eines dreijährigen Armeedienststs abpressen wollte, nicht doch, wie mein Banknachbar, er war Mitglied im Kreuzchor, bekennen sollte, den Dienst an der Waffe aus religiösen Gründen zu verweigern. Während Gerda mit der schräg vor ihr liegenden Leinwand kämpfte – die Pinsel waren an Stöcke gebunden – und mir von dem Duft der Ölfarben und des Terpentins, dem vielen Kaffee und dem überheizten Raum schon etwas flau war, sprach sie darüber, daß sie sich gerade mit Fühmann »beschäftige«. Sie schien immer einen Autor zu haben, mit dem sie sich beschäftigte. Und darunter waren einige, die ich auch aus meinen Lesebüchern kannte, Kurt Tucholsky und Majakowski zum Beispiel, aber auch ein gewisser Robert Walser, von dem ich noch nie gehört hatte. Nun sprach sie über Fühmanns Erzählungen. Vor allem die erste, »Kameraden«, empfahl sie mir nachdrücklich (die unter dem Titel »Betrogen bis zum jüngsten Tag« verfilmt worden war). Ich kaufte mir den Band (oder bekam ich ihn geschenkt?) und muß zumindest bis zum »König Ödipus«

gelangt sein. Etwas später las ich den Zyklus »Das Judenauto«, ohne mir des Glücks bewußt zu sein, ihn in der ursprünglichen Fassung kennenzulernen, die allerdings erst 1979 herausgekommen war, achtzehn Jahre nach der Erstpublikation. Wiederum vier, fünf Jahre später, ich war schon Student, nahm ich mir die Erzählungen wegen des »Ödipus« erneut vor. Erst da fielen mir die Verletzungen auf, die Fühmann seinen Texten aus Überzeugung oder Selbstzensur zugefügt hatte. In »König Ödipus« planen Wehrmachtssoldaten während der Okkupation Griechenlands eine Aufführung der Tragödie des Sophokles. In langen Gesprächen bemühen sie sich um deren Deutung und offenbaren dabei ihren Rassenwahn wie ihre Blindheit für die eigene Situation. Die langen Sätze der Beschreibungen und wörtlichen Reden winden sich wie Schlangen um die Figuren. Immer gehetzter wird der Erzählduktus, der das Geschehen auf die Katastrophe zuführt. Die Peripetie blitzt auf den letzten zwei Seiten wie eine Erkenntnis auf, die nicht gänzlich unvorbereitet kommt, jedoch in der Eindeutigkeit, ja Konformität, mit der sie geschildert wird, die Novelle ihrer Ambivalenz beraubt und einen Hauptmann dem Publikum sagen läßt, was Sache ist: »und nun brach die neue Zeit des Menschenrechts aus den Schlünden des Balkans und den Hainen des Maquis und den sanften Ebenen Polens und rollte donnernd her aus den Weiten Rußlands, um die alte Zeit zu begraben, der anzugehören einfach schon Schuld war«.

Es zerstört nicht die Novelle, aber es bleibt ein Kratzer, den man wie auf einer Schallplatte hört. Das als Fühmanns Tribut für eine Veröffentlichung zu deuten, wäre zu billig. Allein äußeren Zwängen hätte er sich nicht gebeugt.

Die vierzehn Erzählungen von »Das Judenauto« fügen sich zu einer großen Lebenserzählung, die man heute wohl »Roman« nennen würde. Dafür, wie Fühmann die eigene Verblendung nachzeichnet, gibt es, soweit ich das sehe, kaum Vergleichbares in deutscher Sprache. Kindheit, Jugend, die Zeit im Arbeitsdienst, in der Wehrmacht und der sowjetischen Gefangenschaft werden aus der Position desjenigen erzählt, der die nationalsozialistische Gesinnung verinnerlicht hat. Dieses »ich«, sei es das Kind mit seiner Angst vor den Juden oder der Landser, der noch Anfang Mai 1945 auf die Wunderwaffe hofft, quält mich als Leser, weil er keinen Ausweg aus seiner Logik findet, einem Gespinst aus Antisemitismus, Nationalismus, Antikommunismus, Herrenmenschentum, Angst und Rechtfertigung von Kriegsverbrechen. Die Unerbittlichkeit vorzuführen, die dieses Denken beherrscht, es nacherlebbar zu machen, wie ein Glauben auch Lüge und Verbrechen zu integrieren vermag, ist die Leistung dieser Prosa. Die zwei letzten Erzählungen fallen heraus und bekennen sich nun, da sich das erzählende Ich dem Abgrund entkommen glaubt, zur im Entstehen begriffenen neuen Welt, deren Licht aus dem Osten kommt. Dabei bleibt Fühmanns

Darstellung so anschaulich und deutlich, daß ich als Leser die alten Muster unter dem neuen Bekenntnis sehe. Nun sollen sie aber wirklich einer anderen, einer besseren Sache dienen. In den Nachbemerkungen zur Ausgabe von 1979 schreibt Fühmann: »Diese vierzehn Episoden des ›Judenautos‹ werden hier dem Leser zum ersten Mal in der ursprünglichen Gestalt des Gesamtzyklus mitgeteilt. Die bisher gedruckte Version folgte dem Redigierungsvorschlag meiner damaligen Lektoren, die jene erste Fassung für unlesbar hielten. Heute scheint es mir eher umgekehrt, aber es ist meinen Autoritäten von damals gelungen, mich zu überzeugen, und ich füge hinzu: Sie hatten's nicht schwer.« Fühmann spricht von einem literarischen Qualitätsgefälle »zwischen der ersten und der letzten Geschichte«, wobei die Vorschläge der Lektoren »auf eine Angleichung« hinausliefen, »wenn auch auf eine nach unten«.

Sein Zusatz »Sie hatten's nicht schwer« ist etwas, worauf man immer wieder bei Fühmann trifft. Er schiebt das Versagen nicht auf andere, auf die Zensur. Seine inneren Nöte und Schuldgefühle, auch seine Hilflosigkeit, gehören dazu.

»Ich widerstehe jedoch auch heute der Versuchung«, fährt Fühmann fort, »diesen Zyklus, dessen methodischer Eklektizismus mir bald weh tat, zu verstümmeln oder umzuarbeiten, also eine erste ästhetische Reflexion über den Ort meiner selbst in der neuen Gesellschaft auf den Stand einer zweiten und dritten zu bringen, anstatt eben diese zweite und dritte als bewußteres Leben und Schreiben zu leisten und die erste zu lassen, was sie gewesen ist: Stufe. Im Prozeß der Selbstfindung eines Autors sind alte Arbeiten nur korrigierbar durch neue, vorausgesetzt, daß sie das überhaupt sind (...).« Nach einem Hinweis auf Brecht heißt es dann: »Das Endziel meiner literarischen Bemühungen wäre die Darstellung Eines, von dem ich erfahren könnte, dieser sei ich. Ich werde sie wohl nie in dem Grade vollbringen, in dem ich ihr Vollbringen wünsche wie fürchte: Nicht der äußere Zensor, der innere ist das Hauptproblem. Nebenbei: Die Identität dieser Instanzen (...) macht letztlich den Mangel des ›Judenautos‹ aus.«

Das Bestehen einer Zensur in der DDR öffentlich anzusprechen ist das eine, den eigenen Anteil daran zu benennen das andere. Fühmann legt den Zusammenhang beider Zensuren offen. Für ihn ist Veränderung ein gesellschaftlicher und ein persönlicher Prozeß, also etwas, das sich gegenseitig beeinflußt und in Bewegung ist. Für die Selbstermächtigung und Emanzipation, die Fühmann im Laufe seines Lebens gelingt – bei allen Skrupeln, die an ihm in verschiedenste, mitunter entgegengesetzte Richtungen zerren –, brauchen Staat und Gesellschaft letztlich bis zum Herbst 1989, auch wenn sich der Spielraum zuvor stetig erweitert hat.

Wer sich Fühmanns Erzählungen widmet, nimmt auch die Veränderungen, ja Umbrüche im Werk dieses Schriftstellers wahr, der in meinen Augen wie kein anderer deutscher Autor seiner Generation die Verführungen des 20. Jahrhunderts am eigenen Leib erfahren *und* zur Sprache gebracht hat. Dazu gehört auch die Kritik am eignen Werk. Deshalb kann ich als Leser alles ernst nehmen, deshalb interessiert mich alles. Bei Fühmann will ich jeden Mosaikstein kennen, um die Wandlungen des Autors wie seiner Bücher möglichst genau verfolgen zu können. Fühmann macht durch seine kontinuierlichen und schonungslosen Selbstreflexionen das Verhältnis zwischen Autor und Werk zum Thema, diese Auseinandersetzung wird selbst werkhaft. Wer dem Leser außer seiner Schuld und Schmach auch noch dieses schambehaftete Verhältnis offenbart – es ist keinesfalls weniger schmerzhaft, das Mißlingen eines Buches einzugestehen, als eine Verfehlung im Leben –, löst auch im Leser, ob diesem das bewußt ist oder nicht, eine Selbstbefragung aus, die den Autor in der Vorstellung oder in der Realität zum Ansprechpartner für die eigenen Nöte macht.

Die Erzählungen Fühmanns unterscheiden sich im Stil und der Struktur, auch wenn beispielsweise die Geschichten des »Judenautos« oder jene des Kleinods »Der Jongleur im Kino« stilistisch homogen sind. Es spannt sich aber ein Bogen von jenen Erzählungen, die der eigenen Schuld und Verstrickung in Nationalsozialismus und Krieg gelten, über die Versuche, der DDR-Wirklichkeit mit einem ähnlich realistischen Erzählen wie über die Vergangenheit beizukommen, bis hin zu einem satirisch-phantastischen Erzählen, das den herkömmlichen Realismus sprengt. Anna Seghers konnte noch 1956 eine (allerdings erst 1990 publizierte) realistische Erzählung wie »Der gerechte Richter« schreiben (ein junger Richter weigert sich, jemanden wider besseres Wissen schuldig zu sprechen, und wird deshalb selbst verurteilt). Fühmann hingegen braucht andere Mittel, um seiner Gegenwart angemessen beizukommen. Wirkt die »Bagatelle rundum positiv« noch satirisch-sarkastisch (ein Schriftsteller kritisiert in der Zeitung einen abgesetzten Brigadier und erfährt anschließend von diesem, daß alles ganz anders war, ohne daß sich der Verfasser daraufhin zu korrigieren vermag), scheint die Erzählung »Drei nackte Männer« nur noch phantastisch enden zu können.

Das Berückende an dieser Erzählung ist die Gelassenheit, mit der der Ich-Erzähler spricht. Sein Zorn und sein Eifer sind erkaltet zu scharfen, präzisen Beschreibungen. Allein die Schilderung, wie drei nackte Männer sich in der Sauna bewegen, macht einen Kommentar zu den realen Herrschaftsverhältnissen überflüssig. »Das alles sah völlig natürlich aus und lief ab, als sei es lang eingeübt, obwohl solche Riten gewiß nicht exerziert werden können, ja wahrscheinlich nicht einmal einer Weisung entspringen. Sie ergeben sich; (...) die Natur der Gesellschaft drückt sich darin aus.«

Der Ich-Erzähler, der einem Wir von Saunagästen angehört, erblickt am Ende der Erzählung jene drei Männer, die er in der Sauna bisher nur nackt erlebte, in einer Limousine auf einer Allee. Der Chef grüßt ihn wohlwollend, »doch da hob sich der Wagen schon vom Straßenbelag und fuhr, in eine leichte Serpentine schwenkend, in langsam stetigem Steigen direkt durch die Luft in ein lautlos von innen sich öffnendes Fenster eines fünften oder sechsten Stockes des Hochhauses am Markt, das sich lautlos und leicht wie ein Schmetterlingsflügel hinter dem Entrückten wieder schloß«.

Wann ist die neue ostdeutsche Funktionärsschicht sonst so präzise in ihren Privilegien, ihrer Machtgewißheit, ihrem Fraternisieren, ihrer Verunsicherung, ihrem Wohlleben und ihrer Selbstzufriedenheit beschrieben worden?

Fühmann gibt seiner Erzählung aber auch noch einen literarischen Bezugsrahmen, er spannt den Text zwischen zwei Einschüben auf, die für die Handlung entbehrlich scheinen. Der Erzähler ist nämlich »gerade in ästhetisch-theoretische Grübeleien um eine Apologie der Form versponnen«. Es geht um »den Unterschied zwischen lebendiger und erstarrter Form«, den er »durch einen Vergleich zweier Sonette – Texte verwandter Thematik von Gryphius und Emanuel Geibel etwa – (...) herauszuarbeiten gedachte«. Er würde den Auftritt der drei nackten Männer der lebendigen Form zuordnen, die er hätte »kaum besser studieren können als eben hier«.

Als der Erzähler die Limousine mit den drei Männern bemerkt, befindet er sich auf dem Weg »zu einer Sitzung des Verbandes der Freunde ästhetischer Forschung«. Doch seine Schrift über »Formnotwendigkeiten« fällt bei der zuständigen Kommission durch. Der Erzähler wird sogar »als Träger einer recht bedenklichen Fehleinschätzung der deutschen Barockdichtung verurteilt«, was im Text nur als Klammerbemerkung eingeschoben wird.

Fühmann muß klar gewesen sein, welche Wirkungen seine »lebendige Form« haben würde. Er, der schmählicher als Schweigen jene Kritik fand, die sich über die Schmutzflecken an den neuen Kleidern des Kaisers beschwerte, zeigte den Kaiser nackt. Das Abheben der drei Männer wird zur »Formnotwendigkeit«.

Mit dieser Schlußwendung schließt sich tatsächlich auch erzählerisch ein Fenster. Die Zustände, mit denen Fühmann sich in der DDR konfrontiert sieht, sind fur ihn nicht mehr »realistisch« zu fassen. Was ihm eben noch mit den »Studien zur bürgerlichen Gesellschaft« gelungen war (so der Untertitel von »Der Jongleur im Kino« in der Erstausgabe von 1970), greift nicht mehr in der Gegenwart. Die Diskrepanz von offiziellem Sprachgebrauch und tatsächlichem Alltag läßt die Realität zunehmend irrealer werden. Gäbe es eine Folgerichtigkeit in der literarischen Wandlung, dann müßte ich es »folgerichtig« nennen, daß die letzte Erzählung dieses Bandes, die zugleich die erste des neuen Erzählungsbands sein wird, bereits dem Genre der von Fühmann kreierten »Saiäns-fiktschen« angehört: »Ich schrieb sie, um eine existentielle

Lähmung zu überwinden, und fand in jener irrealen Welt und Weise die mir anders nicht gewinnbare Form, das, was mich quälte, in Wort zu fassen.« So formuliert er es 1981 im Vorwort zu »Saiäns-fiktschen«, der den Band der gesammelten Erzählungen fortsetzt. Es geht um die Freiheit des Willens, um die Freiheit des einzelnen und um Selbstbehauptung. Der Titel der Erzählung heißt: »Ohnmacht«.

Fühmann als Erzähler bleiben die »Saiäns-fiktschen« (»Pavlos Papierbuch«), die Traumnotate – sie machen einen ganzen Band der gesammelten Werke aus! –, seine mythischen Neuerzählungen (»Marsyas«) oder Erzählungen für Kinder (»Märchen auf Bestellung«). In dem Maße aber, in dem Fühmann als »realistischer« Erzähler seiner Gegenwart verstummt, tritt der Essayist Fühmann hervor. Im Essay, dieser freien und reflektierten Prosaform, werden Vergangenheit und Gegenwart unter ein Dach geholt.

»Zweiundzwanzig Tage oder die Hälfte des Lebens«, das Reisetagebuch eines Aufenthaltes in Budapest, 1973 veröffentlicht, geriet früh in meine Hände, vielleicht kurz vor oder nach dem Abitur, auf jeden Fall noch vor Bulgakows »Der Meister und Margarita«, denn ich verstand die Anspielung auf den schwarzen Schriftzug »Voland« nicht, den Fühmann auf einem Gütertaxi entdeckt. Prompt verwandelt sich die Budapester Szenerie in eine Bulgakowsche, was einen auf den Gedanken bringt, daß Platonow und Bulgakow die wahrhaftigen Realisten der Stalinzeit waren.

Der familiäre Ton dieses Tagebuchs, die Lebendigkeit jeder Szene, die Komik und Tragik machen den Leser zum Reisegefährten. 1967 war Fühmann als Tagebuchschreiber auf den Spuren Fontanes gescheitert. Im Ruppiner Tagebuch findet sich oft die Klammerbemerkung: Das darf ich nicht schreiben. Fünf Jahre später in Budapest ist Fühmann freier und bereit, auf die grundlegenden Fragen zuzusteuern, wie es die Anspielung auf Hölderlin im Titel verspricht: »Hätte ich nach Auschwitz kommen können? Gewiß: Ich hätte mich im September 1938 statt mit K. zur SA ja nur mit W. zur SS, zur Schwarzen SS zu melden brauchen; die Frage HJ, SA oder SS war für mich die Frage einer Freundschaft, sonst gar nichts. (...) Und W. *ist* nach Auschwitz gekommen.«

1972, ein Jahr vor der Veröffentlichung des Tagebuchs, war die vierteilige Fernsehserie »Die Bilder des Zeugen Schattmann« nach dem Roman von Peter Edel im DDR-Fernsehen gelaufen, gedreht zum Teil in Ausschwitz, etliche Darsteller waren ehemalige Häftlinge gewesen. Das war nicht der erste Film über den Holocaust (hervorzuheben ist vor allem »Sterne« von Konrad Wolf, 1959), aber der TV-Vierteiler wirkte nachhaltiger. Und nun sagt einer der bekanntesten und anerkanntesten Autoren des Landes: Nur ein Zufall hat mich davor bewahrt, Aufseher in Auschwitz zu werden.

Sein öffentliches Bekenntnis zur De-facto-Mittäterschaft wird auch zu einer Selbstbefreiung. Er habe in der Gesellschaft »bis dahin immer nur als der Mann gestanden (…), der halt aus dem Nazismus kommt und eigentlich gar kein moralisches Recht hat, sie zu kritisieren«, sagt er in einem Gespräch mit Wilfried F. Schoeller: »Ich bin aus dem Buch (…) völlig anders herausgekommen, als ich hineingegangen bin. Von da an begann ich Bücher zu schreiben – nicht um mitzuteilen, was man weiß, sondern um mir selbst im Prozeß des Schreibens Klarheit zu schaffen.«

Was auch immer er fortan zum Thema seiner Essays wählt, es läßt sich nicht darüber schreiben, ohne die eigene Lebenserfahrung zur Sprache zu bringen. Er kommt gar nicht umhin, die Welt, in der er lebt, zu kommentieren, präzise und sarkastisch. Das macht die Themen so brisant.

Zentral für das Verständnis und die Wirkung von Fühmanns Werk ist seine Vorlesung »Das mythische Element in der Literatur«, in erweiterter Form zum ersten Mal 1975 veröffentlicht. Bereits im Budapester Tagebuch gibt es längere Überlegungen zum Mythos. Auch der Begriff »mythisches Element« taucht bereits dort auf. Doch in dieser Vorlesung, diesem Essay baut er seine Überlegungen systematisch auf.

Bemerkenswert ist zum einen sein Sprachgestus: »Ich möchte Ihnen Hoffnung machen, wir werden den Gegenstand des Mythos entdecken, bis dahin aber muß ich Ihnen, wenn nicht eine Höllenfahrt, so doch eine kleine Wüstenpilgerschaft zumuten, nämlich durch eine Mini-Sahara der Abstraktion. Bitte halten Sie durch, ich mach es so kurz, als ich eben kann.«

Bei einer Vorlesung gehören Anreden und rhetorische Fragen dazu. Doch läßt sich kaum eine Haltung vorstellen, die weiter vom Dozieren entfernt ist als die Fühmanns. Er signalisiert wiederholt, selbst ein Lernender zu sein, er deckt die eigenen Irrungen und Wirrungen auf, und er macht es so kurz oder so gut, als er »eben kann«. Für studentische Ohren muß sich das 1974 wie das Andere schlechthin angehört haben. Allein mit dem Zitat aus dem Ulysses, dem Hinweis, selbst der Archetypus-Theorie von C.C. Jung anzuhängen, oder mit seiner Verwunderung darüber, daß die Ästhetik von Lukács in der DDR so schwer zu beschaffen sei, mißachtete er etliche Stoppschilder. Mehr noch hätten mich als Zuhörer seine Offenheit, sein Ernstnehmen des Publikums für ihn eingenommen. Hätte ich es nach der Vorlesung gewagt, ihn anzusprechen? Und was hätte ich gesagt? Daß er mir einen Schlüssel angeboten hat, den ich fortan höchst »aufschlußreich« für die Literatur, ja fürs Leben ausprobieren würde? Was Fühmann einem an die Hand gibt, ist gleichermaßen tauglich für den Ulysses wie für einen beliebigen Schlager, vorausgesetzt, das eine oder das andere berührt mich.

Und was für Literatur und Kunst gilt, unterscheidet sich nie grundsätzlich von den Beziehungen im Alltag.
Seine Theorie des mythischen Elements rührt an die conditio humana, sie legt offen, warum wir Literatur, warum wir die Künste brauchen: »Ich habe im Ich mein Menschsein erfahren, und nun muß die Menschheit mein Ich erfahren – aber wie könnte das geschehen? Wie teile ich meine Erfahrung mit, daß sie zu der des Andern werde – und dadurch auch die des Anderen zu meinen – und wir uns, einander und aneinander vergleichend, uns selbst erkennen und damit doch wirklich erst ein Ich sind?« Franz Fühmann beschreibt das mythische Element – »jenes Ingrediens, das bestimmte Worte und Handlungskompositionen so überwältigend wirken läßt und zugleich das Was und Wie dieses Wirkens begrifflich unerklärbar macht« – als Gleichnis wie als Zauberwort, als etwas, das jenes, was ich in meinem Inneren an Glück oder Schmerz erlebt habe, überhaupt erst vergleichbar macht. Es ist letztlich eine Poetik der Beziehungen, eine Poetik, die ein Du voraussetzt, die auf das Gegenüber, auf den anderen angewiesen ist, deren Ort in der Verständigung zwischen den Menschen liegt. Der Gleichnischarakter des Mythos ermöglicht überhaupt erst den Austausch.
»Das Gleichnis ist, wissenschaftlich gesehen, eine unwahre, eine unsinnige Aussage – wie kommt es, daß ich sie dennoch als wahr, ja als einzig adäquat empfinde, so daß ich von ihr sage, sie *habe* mein Leid gemessen, und daß ich an dieser Wahrheit einen Trost, die notwendige Hilfe finden kann? Es kommt zunächst daher, daß meine subjektive Erfahrung nur im Gleichnis objektivierbar ist, und ein Gleichnis wiederum ist nur deshalb möglich, weil Inneres durch Äußeres abbildbar ist.« Denn nur so läßt sich begreifen, daß sich auch der andere freut oder daß auch der andere leidet »so wie ich. *Wie ich*: Ich bin nicht mehr allein; das Gleichnis ist der dritte Ort, wo sich meine und seine Erfahrung als gemeinsame treffen«.

In dem Essay »Schiefer und Schreiben« von 1975, wie später auch in der Anfangspassage von »Im Berg«, beschreibt Fühmann einen Bergmann, einen Häuer. Dieser »wechselte einen der provisorischen Stahlstempel aus, die längs des Strebs wie Säulen standen; er mußte, da er den Stempel löste, sich mit der Schulter unter die Querplatte schieben, die zwischen dem Stempel und dem Rist liegt, und diesen Herzschlag lang war er Atlas, und es schien mir, als trage er den Berg«.
Unter Tage, wo »jedes Tun und Lassen im Wirkungsfeld des Todes stand«, wo man berührt, was nie zuvor berührt worden ist, wo »neue Küsten gewonnen« werden »hinab in die Zeit«, findet Fühmann seinen Ort. Hier stellt sich ihm die Frage nach dem Sinn der eigenen Arbeit, nach deren Nutzen für andere,

dringlicher als irgendwo sonst. Im Bergwerk ist besonders evident, wie unauflöslich Natur und Gesellschaft ineinander verschlungen sind.

»Mythen (...) ereignen sich ununterbrochen, und wer sie sieht und erzählen kann, ist ein Dichter«, heißt es bereits im Budapest-Tagebuch. Fühmann sieht »im Berg« den Mythos. Deshalb ist er für ihn der Ort, um die eigene Erfahrung an »Modellen von Menschheitserfahrung« zu messen, dem eigenen Leben eine Deutung zu geben, die das Jetzt und Hier nicht ignoriert, aber auch nicht darin aufgeht.

Wenn es ein Bild für Fühmann gibt, dann ist es für mich dieser Atlas. Er trägt nicht die Welt, auch nicht den Berg, aber er trägt seinen Teil an Geschichte, an Schuld, an Verantwortung, an Erkenntnis, an Glück und Schmach. Will er schreiben, kann er sich dem nicht entziehen. Er ist kein Herakles, der sich mit einem Trick dieser Last entledigt, um in weiteren Abenteuern zu glänzen.

Von seinem Scheitern hat Fühmann selbst gesprochen. Oft wird er als ein Gescheiterter beschrieben. Ich sehe ihn anders. Für mich ging und geht von ihm immer Ermutigung aus.

Fühmann hat sich aus zwei Weltanschauungen, dem Nationalsozialismus und dem Stalinismus, denen er in Gläubigkeit angehangen hat, herausgearbeitet. Und er hat sich einem dritten Glauben verweigert. Ein drittes Mal sollte es keine Eindeutigkeit mehr für ihn geben. Über die Jahre hinweg hat er versucht, diese vermeintliche Leerstelle, wohl auch mit Hilfe des Alkohols, erneut zu füllen. Nun zieht, immer vernehmbarer, etwas anderes in seinem Schreiben herauf. Er läßt sich von der ideologischen Engstirnigkeit, der Formelhaftigkeit des Sprachgebrauchs und den Schikanen nicht versteinern. Fühmann besteht auf Wahrhaftigkeit, auf einem Zuhören, Fragen und Antworten, auf einer Offenheit, die sich der menschlichen Unzulänglichkeit wie der eigenen Untaten und Schuld bewußt bleibt. Es ist diese Haltung, die jene, die seine Bücher lesen, zu Verbündeten und Gesprächspartnern macht. Und das ist es wohl auch, was mich immer wieder zu Fühmanns Büchern zieht, was seine Erzählungen und Essays im wahrsten Wortsinn so »anziehend« macht.

Mitunter frage ich mich, was Fühmann geschrieben hätte, wenn ihm noch fünf oder zehn oder zwanzig Jahre mehr an Lebenszeit geblieben wären. Wie hätte er auf den abermaligen Weltenwechsel reagiert? Fühmann fehlt. Denn gerade in seiner Kritik, in seinem Schmerz, ja in dem Selbstbild des Gescheiterten, steckt ein Anspruch an die einzelnen wie an die Gesellschaft, der auch heute nicht eingelöst ist.

Sind wir seinem Anspruch nähergekommen oder haben wir uns von ihm entfernt? Oder beides? Wer die Bücher von Franz Fühmann liest, tritt unwillkürlich in ein Gespräch ein, in dem sich auch diese Frage immer wieder stellt.

VOLKER BRAUN

# LUF-PASSION

*Der Text fußt auf Schriftverkehr im wilhelminischen Kaiserreich. –
Für den Trommler Günter Baby Sommer.*

## 1 EINLEITUNG

Im Anfange schuf Gott Himmel und Erde
Und die Erde war ohne Form und leer
Und Finsternis war auf der Fläche der Tiefe.

*(Jos. Haydn, Die Schöpfung, Nr. 1)*

Sie liefen aber auf natürlichem
Weg, über das Wasser, von fernher
Mit langen Booten auf die Inseln.
Und sahen: daß es gut war

## 2 MESSTISCHBLATT

I Wir lebten im Land und im Wasser.
Wir schrieben auf den Wind und den Sand.
Wir gingen erhobenen Haupts
Mein Kopf
ist wie leergeblasen. Mit Monsterwellen
konnten wir umgehn und Vulkanen, nicht
mit dem Hurrican Mensch.

II Ich Eduard Hernsheim & Co Hamburg
hatte errichtet im Hermit-Atoll
meine Handelsstation. Ich benötigte
Arbeitskräfte. Die Bewohner hier
lebten gleichsam vom Müßiggang, sie
bauten ihre Häuser und Hallen, und
das Brot wuchs an den Bäumen und Fische
im Wasser. Es herrschte insofern

Überfluß. Sie sorgten für sich selbst.
Das war ein Übelstand

Sie ließen die Seele baumeln:
*ich* war der Kopfjäger. Diese Leute
wollten nicht für mich arbeiten, nach Trepang
und Schildpatt tauchen und Kopra
aus den Nüssen schälen, sie waren um ihrer
selbst da! Aber in meinem Besitz
Feuer legen konnten sie.

III Wir sahen die Eisenschiffe. Der Häuptling
Levinan legte einen Stock umwickelt
mit Palmblättern und Riedgras
quer über den Weg, den sie meiden
sollen und die Bäume, welche uns
heilig sind. Ihnen aber war nichts tabu.

IV Wir fuhren mit dem Kanonenboot
Hyäne und Korvette Carola zur Züchtigung
der Aufsässigen und schossen die Hütten
in Brand. Und als die Herrschaften sich
in Busch verzogen, betraten wir
den Strand und zerhackten ihre Boote,
alle großen seetüchtigen, schön geschnitzt und
bemalt: was uns wunderte. Sie waren
lebensnotwendig wie die Pflanzungen Palmbäume
Brotbäume, die also ebenfalls nieder-
gemacht wurden, damit diese Wilden
nichts zum Leben hatten. Die Hälfte
war ohnehin hin und die andern
ins Wasser getrieben. Da habe ich zugesehn.

*(Trommeln, ad. lib.: G. Baby Sommer)*

## 3 ETHNOLOGISCHE ABTEILUNG

Sie sind zu begreifen wie Kinder, die
sie sind und bleiben werden.

*(Dr. P. Schnee)*

Prügeln Rauben Schänden Morden
nehmen einen großen Anteil der Arbeits-
kraft europ. Beamter in Anspruch.

*(»Dr. Meh. E. Efendi«)*

Ein Knabe, nackt, beugte sich in die Glut
Nahm ein brennendes Holz und verschlang
Das Feuer. Und warf die Stücke
Auf uns und brach, ein Besessner, mit ungeheuerer
Kraft durch uns durch in die See

*(Nach Thurnwald)*

## 4 STRAFEXPEDITION

V Wir machten das aber, damit ein heilsamer
Schrecken über die Kanaken kommt,
so daß dieselben nicht aus gutem Grund
einem der Unsern was zuleid tun. Auf den
ferne schwimmenden Inseln mußte die Strafe
eindrücklich sein und die Beunruhigung
andauern. In elf Tagen eliminierten 350
Marinesoldaten auf ca. 6 Quadratkilometern
5 Dörfer und den Hauptort, mit allem Gerät
und Reusen, jede Menge Kanoes, darunter
etliche von 50 Fuß Länge, um ihnen die
Mittel zur Flucht zu benehmen. Das war
zu Weihnachten unter Palmen, die
Bescherung.

VI Als es stille wurde, und wir zusammen-
liefen, waren wir wenige, von vierhundert
vielleicht hundert am Leben, Frauen
und Kinder und die Regenzeit. Auch das Männer-
haus hatten sie berührt und alles war auseinander
gebrochen. Es kam der Hunger und
viele starben dann noch

VII Wenig später hißten wir die schwarz-
weiße Fahne auf dem Archipel Bismarck
Neu-Mecklenburg Neu-Pommern auf Neuguinea.

5 PREUSSENLIED

Was mein Gott will, das gscheh allzeit
Sein Will, der ist der beste
Zu helfen den'n er ist bereit
Die an ihn gläuben feste.
Er hilft aus Not, der fromme Gott
Und züchtiget mit Maßen.
Wer Gott vertraut, fest auf ihn baut
Den will er nicht verlassen.

*(Albr. von Preußen / Joh. Seb. Bach)*

VIII Beim Durchkämmen der Riffe erblickte
Leutnant zur See Wahrendorff noch
eine Zahl Eingeborener, und sofort
wurde aus der Schützenlinie mit Erfolg
gefeuert, und da die Erwiderung ausblieb
die weitere planmäßige Verfolgung
aufgenommen.

## 6 OZEANIEN

Wir liefen den Strand lang, wo sind
Unsere Seelen, die uns heilig sind
Nämlich auch der Schatten auf dem
Sand ist heilig. Alles was der Mensch
Berührt, ist sein Spiegel. Deshalb
Soll niemand auf den Schatten treten.
Stößt einer den Freund heiter
Mit dem Finger in die Seite, sagt er:
Jage mir nicht die Seele aus dem Leib
Ich muß sonst sterben. Desgleichen
Das Auge glänzt, solange die Seele
Darin wohnt, auch im Speichel und
Den Ausscheidungen. Nämlich die Seele
Erfüllt den Körper gleich wie die Wärme.
Was den Dingen geschieht, geschieht dem
Menschen. So ist er beständig in Gefahr
Und ist achtsam und wirft nichts weg
Und achtet noch die Fäden der Wurzeln
Und alles Unglück verursacht ein Zauber
Und niemand stirbt eines natürlichen Tods.

## 7 REDE EINES ALTEN TAHITIANERS AN DEN REISENDEN BOUGAINVILLE

Du bist auf unsrer Insel umhergegangen, du und deine Leute; du wurdest geehrt; du hast von allem genossen; du hast auf deinem Weg keine Schranke, keine Weigerung gefunden: Man lud dich ein; du setztest dich; man breitete den Überfluß des Landes vor dir aus. Begehrtest du unsere jungen Töchter? ausgenommen jene, die ihr Gesicht und ihre Brüste noch nicht zeigen dürfen, brachten die Mütter sie dir in ihrer Nacktheit dar; du nahmst die Gastfreundschaft in Besitz; für sie und für dich wurde die Erde mit Blättern und Blumen bestreut; die Musiker stimmten ihre Instrumente ein; nichts hat die Süße und Freiheit deiner und ihrer Liebkosungen gestört. Euch wurde die Hymne gesungen, die Hymne, die dich ermunterte, Mann zu sein, die unser Kind ermunterte, Weib zu sein, bereitwilliges, wollüstiges Weib. Man tanzte um euer Lager; aber kaum hattest du dich aus den Armen dieser Frau erhoben, an deren Busen du den süßesten Rausch genossen, als du ihren Bruder, ihren Freund, vielleicht ihren Vater ermordetest.

*(Diderot)*

8 SYPHILIS

IX Wir sahen das Paradies – –
ein blühendes Eiland, und die Wilden,
die nicht in der Welt leben, gehen so weit
sich zu wehren! Das hat mich wild gemacht.

*(Da capo.)*

X Als mir Gewalt angetan worden
war in der Nothütte
und meinen Schwestern, kurze Zeit
später erkrankte ich, und die andern,
die die Soldaten angefaßt hatten, und
die Lust die wir erlitten war:
ein Zeichen am Leib. Wir waren
dem Tod verfallen.

9 NACHT-KLAGE

Das große Licht der Welt entzeucht sich nun der Erden /
Und eylet fort ins Meer / mit seinen müden Pferden;
Man hängt die Fenster zu / weil Morpheus komt heran /
Eß sehnt sich nach dem Schlaff / was Odem blasen kan;
Die Welt ist schon zu Bett / umringt mit vielen Träumen /
Jch aber nur allein / ich geh hier bey den Bäumen /
Da weit und breit herum / der Tau / das Kind der Nacht /
Sampt meiner Zehren-quell die Gräser feuchter macht.
Hier laß ich mein Gedicht / Mein Traurgedicht erklingen /
Und hebe niedrig an / auf Deutsch also zu singen.

*(Sib. Schwarz)*

## 10 TRAUMA DES KOLONIALBEAMTEN

Ich habe gesehn mit eigenen Augen
Die Hermitkrieger, Insel Luf, und junge
Geraubte Frauen, welche mit langen
Messern, zum Zweck ihren Rang
Und Stellung in der Stammesgesellschaft
Zu bestimmen, blutige Kämpfe aufführen
Mußten eine gegen die andere, in Gegenwart
Der Chiefs und lautstarkem Trommeln.
Bis die eine blutbespritzt dalag, und die
Zuschauer frenetischen Beifall zollten.
Das Blut gefror mir. Ich sage Ihnen, Herr
Von Luschan, es ist kein nennenswerter
Abstand von uns Zivilisierten
Zu den Primitiven.

## 11 DURCH DAS MARK NEU-BRANDENBURGS

XI Die Männer wurden verbracht auf dic Karolinen
und nach Samoa zur Zwangsarbeit
und 50 Kräfte von den Laughlan-Inseln
hergeschafft, um unsere Besitzungen
kulturell in Angriff zu nehmen.
Die Kinder standen am Dorfrand, wo jetzt
die Brache war, und sahn die Gezeiten. Eine Welle
trug Vater und Bruder fort, eine Woge
schlug mit den Fremden auf, gleichsam
die Natur in Erscheinung.

## 12 DAS BOOT

XII So wenige wir waren, ein Langboot
bauten wir noch, für Häuptling Levinan,
der wartete auf seine letzte Fahrt,
aus am Feuer gehärtetem Holz des
Brotfruchtbaums. Höhlten also einen groß
und langen doppelendigen Einbaum
und plankten ihn auf mittels Baststricken, die

Fugen und Ritzen dichtend mit Pflanzen-
kitt und dem öligen Leim der Parinariumnüsse.
Die Sitzhölzer über den Längssteg, woran Schlingen
für die Ruder stecken. Mit genauen Griffen
nun der Ausleger befestigt linksseits,
damit das Boot, wie ein Atemzug, flach und
gut zu steuern ist zwischen den Riffen.
Dann wurde bemalt der mannshohe Schiffleib
mit zerriebenem Kalk und roter Erde,
zeigend den Fisch Lau Flossen und Fleisch
und den herrlich steifen Schwanz, in
Schwärmen. Gleichso der hochgezogene
Bug und Steven samt den Insignien unseres
mittlerweile – – – gestorbenen
Hauptes, Levinan. Indessen die verbliebenen
Weiber die riesigen rechteckigen Segel
flochten aus den Fasern des Pandanus und wir
in Schlingen außerbords die zwei Masten setzten
und der Herdkasten unter der Plattform mit Sand
gefüllt wurde für die Glimmglut, wenn
das Boot mit der Ebbe in See geht.

Wir machten das so, mit unserer
Kunst, und das soll sagen, daß niemand das Recht
hat, etwas von uns zu verlangen,
das uns fremd ist

XIII Die Übrigen hatten noch dies einzige
Schiff gebaut, konnten es aber wegen
Bevölkerungsrückgangs nimmer
bemannen. Und ist niemals zum Einsatz
gekommen, weil man keine Verwendung
dafür hatte und es nicht gelang,
es zu Wasser zu lassen. Folglich am Strand
liegenblieb. Dort sah es Thiel quasi
herrenlos in seiner Pracht, und hat es ihnen
abgenommen für etwas angeschafften
Stangentabak *niggerhead* und ist in meine
Hände übergegangen.

## 13 DORFMUSIK

Letztes Boot darin ich fahr
Keinen Hut mehr auf dem Haar
In vier Eichenbrettern weiß
Mit der Handvoll Rautenreis
Meine Freunde gehn umher
    Einer bläst auf der Trompete
    Einer bläst auf der Posaune
Boot werd mir nicht überschwer
Hör die andern reden laut:
Dieser hat auf Sand gebaut

Ruft vom Brunnenbaum die Krähe
Von dem ästelosen: wehe
Von dem kahlen ohne Rinde:
Nehmt ihm ab das Angebinde
Nehmt ihm fort den Rautenast
    Doch es schallet die Trompete
    Doch es schallet die Posaune
Keiner hat mich angefaßt
Alle sagen: aus der Zeit
Fährt er und er hats nicht weit

*(Joh. Bobrowski / Friedr. Schenker)*

## 14 *EXKURS:*

## BUYING BRASS / MESSINGKAUF

Messing eine Legierung aus Kupfer und Zink
Gelbguß, gut geeignet für Treibarbeiten
Dünnwandige Herrscherhäupter
Mit Eisenbändern um die Stirn. Oder
Bronze: aus Kupfer und Zinn
Schwere Reliefplatten, *Krieger mit Gefolge.*
Wie kommt das Kupfer nach Benin?
Aus den Fuggerschen Bergwerken, massive
Ringe, Primitivgold, Zahlungsmittel im Sklavenhandel
Jakob der Neureiche, Finanzier der Kaiser
Greift in den Erzkasten *auf der Frag*, auf Nachfrage

Der portugiesischen Menschenhändler.
Benin ein mächtiges Königreich kriegs-&kunstsinnig
Überfällt die Nachbarstämme und macht Gefangene
Für die Zuckerrohrplantagen der Neuen Welt.
Nicht etwa die Armringe finden Interesse
Sondern das bloße Metall, fette Manillen
Um es einzuschmelzen im Viertel der Bronzegießer
Der Griff nach der Sache statt dem Blendwerk
Der Materialwert (Brecht), der Gewinn die Kunst.
*Bronzen wie diese da, ich habe auch ein paar Söhne darunter*
Der Kammerdiener im Königspalast
Und keiner ruft: Juchhe, nach Amerika.
Folgt eine britische Strafex-/Strafspedition
Die Plünderung für die Kriegskasse der Krone
Der reziproke Kunstgriff der Kolonialmacht
Raubkunst aus einem Räuberstaat.
Ein verwickelter Fall von Welthandel
Über drei Kontinente, Leichen und Leben
Eine globale Schuld-
Verschreibung völkerverbindenden Unrechts
Die offene Rechnung der Weltmuseen.

## 15 UNTERGANGSSAGA

XIV Nachdem sie uns vor Luf zu Gesicht
bekommen hatten, unsere Art, erlosch
ganz ihr Lebenswille, und was wie Hoffnungs-
losigkeit malte sich auf den Mienen. Sie
haben unterschrieben freiwillig: KEINE
KINDER MEHR ZU BEKOMMEN, und
beschlossen AUSZUSTERBEN.

XV Das hat aber erklärt der irische Händler
Jimmy Devlin beim Glase Bier und Gin
einem Seemann, der ins Garn ging

## 16 ETHNOLOGISCHE ABTEILUNG 2

Die viktorianischen
Rumpelkammern
Der Sonntagsausflug
In die Südsee. Zu den Toten-
Köpfen

Was Ozeanien betrifft, gilt es die Thätigkeit
der Kaiserl. Marine zu feiern, indem unter
geneigter Berücksichtigung wissenschaftlicher
Interessen bei der Expedition nach den Hermits
das aus dem raschen Untergange dortiger
Originalität hier und da noch Erlangbare glück-
lich niedergelegt worden ist.

*(Amtl. Bericht)*

## 17 DIE FAHRT DES TOTEN HÄUPTLINGS

Ich sehe ein luftiges Boot auf der gleißenden Fläche, auf der Tropenlinie, im Nimmermeer, oder sind es zwei Schiffe, schwarz von Teer, rot von einem irren Rot, chinesisch oder griechisch, oder eins von denen, wie sie noch immer von Bombay bis Aden fahren, wenn der Monsun einschläft und der Ozean ein blauer Schlamm wird. Sie brechen nachts auf, Elendsbarken in den Hüttenstädten Mombasas, in den Verstecken am Mittelmeer im Jahrhundert des Hungers, tatsächlich bemannt mit fünfzig furchtlosen Paddlern auf dem Weg zum Begräbnis!
Wo ist der Kapitän? Ich sah einen stolzen toten demütigen Häuptling, sein Name Lumumba, ermordet als er das Schiff bestieg, zerstückelt, verbrannt im Kongo, welcher gesegnet ist mit Bodenschätzen und dem Interesse der Banken. Oder Sekou Touré, schwarz wie Rimbaud blond war, *Wir ziehen es vor in der Armut der Freiheit zu leben*, diese vergeblichen Ruderer aus der afrikanischen Leere, dem prähistorischen Schlaf der Savannen. Die verschollenen Mannschaften von drei Kontinenten, *glühende und magmatische Fragmente, Erinnerungen, die im Herzen vergilben. Alle Befreiungen haben dieses traurige Ende …* welchen Sinn hat es also zu leben? Das Scheitern, der Verrat; welchen Sinn, als die Treue zur ersten rohen Idee? Der

Freiheit, die uns Junge zum Handeln treibt. Die Kunst, die Geduld, *dem Scheitern voraus zu sein!*

*(Nach Pasolini)*

18 RESTITUTION

XVI Ich der Letzte von uns gerade noch
lebend, Xelau, habe erklärt
in der Bucht von Matupi dem Weißen
Mann, der schwer versteht, unsere Zeichen
an der Bootswand. Der aber den
Fisch Lau berührt hat, worauf das Boot
in Einzelteile zerlegt war und vor Augen
verschwand –

Wir haben nur eine Welt, und
Sie gehört uns nicht – – deshalb
Muß sich ändern, wie wir über sie sprechen
Und denken. Was ich meine, ist nur eine Bitte
Einen Schmerz zu teilen – – Wir
Müssen aufhören aufhören
Auf Nacken von andern zu knien
Die nicht atmen können.

*(Ann Cotten)*

SEBASTIAN KLEINSCHMIDT

# MENSCHENFERNE UND GOTTESNÄHE

## Spiritualität in apokalyptischer Zeit

Der Schweriner Dom, dessen 850jähriges Bestehen wir im letzten Jahr feierten, ist die am engsten mit mir und meiner Familie verbundene Kirche. Hier in der Kapelle Maria Himmelfahrt wurde ich 1948 getauft, fast anderthalb Dezennien später in der Thomaskapelle konfirmiert und ein gutes Jahr vor Ende der DDR am Kreuzigungsaltar im Hohen Chor auch getraut. In der Bischofstraße 6, gleich um die Ecke, verbrachte ich meine ersten drei Lebensjahre. Das tägliche Schlagen und Läuten der Domglocken war die Musik meiner Kindheit. Denn mein Vater, Karl Kleinschmidt, amtierte von Oktober 1934 bis zu seiner Emeritierung im Mai 1968 hier als dritter Domprediger.

Er ist keine ganz unbekannte Gestalt der mecklenburgischen Kirchengeschichte und auch nicht in Vergessenheit geraten. War er doch zeit seines Lebens nicht nur theologisch und politisch umstritten, sondern hatte auch seinerseits das Zeug zum passionierten Streiter. Sie fehlen uns. Wir leiden nicht an zu viel Dissens, wir leiden an zu viel Konsens. Ich als sein siebter und jüngster Sohn sollte hier, an der Stätte seines einstigen Wirkens, nicht über Glaube und Religion sprechen, ohne ein Wort darüber zu sagen.

Mein Vater war seit 1926 Mitglied des Bundes religiöser Sozialisten und seit 1928 Mitglied der SPD. Die religiösen Sozialisten waren kirchlich gebundene Leute – sozialdemokratisch denkende Arbeiter und Angestellte, Beamte, Freiberufler, Lehrer, Ärzte und natürlich Theologen und Pastoren –, die aus christlichen Motiven mit der Arbeiterbewegung sympathisierten. August Bebels berühmtem Verdikt, Christentum und Sozialismus stünden sich gegenüber wie Feuer und Wasser, hielt Pastor Aurel von Jüchen – auch er religiöser Sozialist und seit 1935 in Diensten der mecklenburgischen Landeskirche – das Folgende entgegen: »Christentum und Sozialismus als Feuer und Wasser ist ein gutes Bild. Aus Feuer und Wasser entsteht Dampf und Dampf treibt die schwersten Maschinen an. Der Dampf hat ein neues Zeitalter eingeleitet. Die Bewegung der religiösen Sozialisten strebt auch ein neues Zeitalter an.«

Emil Fuchs, einer der geistigen Wegbereiter, schrieb in seiner Autobiographie: »Wir nannten uns Sozialisten. Wir wollten damit sagen, daß nach unserer Meinung heute keine Frömmigkeit die Frage aller Fragen umgehen könne, nämlich, wie wir diese kapitalistische Gesellschaftsordnung umwandeln könnten in eine, die der

Haltung eines religiösen Menschen wirklich entspräche. Uns schien es, daß die vom Kapitalismus zertretenen Menschen und Menschenseelen deutlich genug zu Millionen am Wege lagen. Und daß für jeden Prediger des Evangeliums, jede Kirche, die hier versagte, das schwere Wort gelte: ›Da er ihn sah, ging er vorüber.‹«
Als mein Vater im Juli 45 aus kurzer amerikanischer Kriegsgefangenschaft nach Schwerin zurückkehrte, wurde er umgehend gesellschaftlich aktiv, besonders in dem von ihm mitbegründeten Kulturbund im Haus am Pfaffenteich. Es entsprach seinen tiefsten Überzeugungen, sich geistig und politisch für eine sozialistische Zukunft Deutschlands einzusetzen. Auch war es für ihn konsequent, eine Vereinigung von KPD und SPD zu befürworten und entschlossen mitzuwirken bei der Errichtung des – wie es fast missionarisch hieß – ersten Arbeiter- und Bauernstaates auf deutschem Boden. Dessen ruhmloses Ende hat er nicht mehr erlebt, er ist 1978 gestorben.
Ob und, wenn ja, wie sehr für ihn im Laufe der DDR-Jahre diese Verbindung von Protestantismus und Sozialismus, von Predigeramt und SED-Mitgliedschaft zu einem inneren Konflikt geworden ist, kann ich nicht sagen. Ärger jedenfalls hat es genug gegeben, mit beiden Seiten. Vielleicht tue ich ihm unrecht, wenn ich denke: Am Ende war ihm, was das Sagen angeht, wohl mehr noch daran gelegen, den Christen das Kommunistische Manifest als den Kommunisten das Neue Testament näherzubringen. Und was das Singen angeht, schlug sein Herz womöglich bei Ernst Busch höher noch als bei Paul Gerhardt. Als kämpften in ihm der Verkündigungsmächte zwei: eine sakrale und eine profane. Glaubensgesteuert und von kommunitärer Sehnsucht getragen waren sie beide. Nur daß die eine mit Erleuchtung, die andere mit Verblendung verbunden war.
Aber das ist unsere heutige Sicht.
Für die damalige Erfahrung mochte es sich genau andersherum dargestellt haben, nämlich daß die Kirche verblendet gewesen war und der Sozialismus etwas Einleuchtendes hatte.
Der Mitte der sechziger Jahre in Ungnade gefallene Liedermacher Wolf Biermann hat über den Dramatiker Heiner Müller, dessen Werke in der DDR lange Zeit verboten waren, in seiner Autobiographie gesagt: Müller »wußte damals schon realer als wir, wo im Sozialismus der Hammer hängt und wie die Sichel rauscht«.
Nicht ganz so salopp, doch in das gleiche Horn stoßend, klang es auf der Wartburg in einer Festansprache vor Angehörigen der Universität Jena zum 6. Jahrestag der DDR aus dem Munde des weithin wertgeschätzten Theologen Erich Hertzsch, auch er religiöser Sozialist, auch er Mitglied der SED (bis 1950), auch er engagierter Befürworter der Mitarbeit von Christen an der Neugestaltung der Gesellschaft. Er sagte: »An der Deutschen Demokratischen Republik haben wir keine reine Freude.«

Ich könnte noch lange bei diesen Sachen, nämlich dem Phänomen der Fehlleitung religiöser Energien verweilen, doch das würde zu weit führen. Nur ein Wort über den Dom, ein gänzlich unpolitisches, will ich noch sagen, etwas über den Turm. Er ist ja der ganze Stolz der Stadt, mit seinen 117,5 m Höhe. Mit zwölf Jahren bin ich zum ersten Mal mit einem Freund hinaufgestiegen, und zwar weit höher, als es Normalsterblichen erlaubt ist. Nicht nur die steinerne Wendeltreppe hoch und am Geläut vorbei bis zur Aussichtsplattform, sondern über steile Leitern und schmale Bohlen an der Rückseite der vier Turmuhren entlang bis hinein in die letzte Enge des Dachstuhls. Drinnen unter uns schwindelerregende Tiefen und draußen über uns nur noch das vier Meter hohe Kreuz. Es gab damals an der Stelle, bis zu der wir hochklettern konnten, noch vier verglaste Fensterluken, vor die vier Fliegerwarnlampen montiert waren. Als ich von dort oben Richtung Osten auf das gewaltige Dach des Langschiffs sah, staunte ich, wie gekrümmt der First war, fast eine Schlangenlinie. Die schwarzen Krähen und weißen Möwen, die ich sonst von unten ansah, da sie über mir kreisten, kreisten auf einmal unter mir. Vom Wasser aus, das für mich ein befreundetes Element war, hatte ich immer und von überallher den Dom sehen können – Schwerin ist ja die Stadt der sieben Seen –, und nun sah ich vom Dom aus überall das Wasser. Wie es schimmerte und glänzte und wie sich die Baumreihen und Häuserzeilen am Ufer darin spiegelten. Wie bevölkert es war von Schleppern und Kähnen, von Flößen, Jollen und Yachten. Vom nähergerückten Himmel hier oben waren die elementaren Proportionen zu sehen: Altstadt, Feldstadt, Paulsstadt, Weststadt, Schelfstadt, Werdervorstadt; Seen und Wälder, Inseln und Buchten, Gräben, Kanäle und Brücken, Straßen und Chausseen, Äcker, Wiesen und Parks. Alles das, was man von unten nicht in den Blick bekommt.

Und wie – um diese Frage komme ich ja nicht herum –, wie steht es mit dem, zu dessen Ehre Dome gebaut wurden? Nähert man sich Gott, wenn man in die Höhe steigt? Jeder weiß um das Naive solcher Fragen. Doch die Frage nach Gott, nach der Nähe dessen, den niemand sehen kann und niemand sehen darf und niemand je gesehen hat, ist nicht naiv.

Und damit bin ich bei meinem Thema, »Menschenferne und Gottesnähe. Spiritualität in apokalyptischer Zeit«.

Klar sein dürfte, was mit Menschenferne und vielleicht auch, was mit apokalyptischer Zeit gemeint ist. Es geht um die zurückliegenden beiden Jahre der Corona-Pandemie, um die mit ihr verbundene Angst und die erzwungene räumliche Abgeschiedenheit. Das hat ja auch die gewohnten Gottesdienste für eine Weile unmöglich gemacht.

Was aber wird aus Gottesnähe, gesuchter Gottesnähe, wenn Gottesdienste nicht stattfinden? Was ist überhaupt Gottesnähe, was ist überhaupt Gott? Ich könnte mich mit Fontanes Wort aus der Affäre ziehen: Das lassen wir ununtersucht. Aber ich will mich nicht aus der Affäre ziehen. Der französische Schriftsteller Valère Novarina sagt, daß »Gott die vierte Person Singular ist«. Wir ahnen, was gemeint ist. Gott ist kein Zentrum der Gewißheit. Er ist das Zentrum einer Frage, einer Bitte, eines Rätsels. Ein großer Dichter notierte einmal, als es um das poetische Sprechen über Gott ging: »statt des Besitzes erlernt man den Bezug«. Und dieser Bezug wirkt wie ein Ferment. Er weitet den Raum, er dehnt die Zeit. Den Raum, der um uns ist, den Raum, der in uns ist. Die Zeit, die vor uns war, die Zeit, die nach uns kommt. So verstanden, bewirkt das Religiöse ein Sichöffnen für eine weit über unser Ich hinausweisende Dimension von Sinnhaftigkeit. Alles, was dem Glauben daran aufhilft, dient auch dem Näherkommen Gottes, einem Näherkommen von beiden Seiten. Doch dabei ist nicht ausgemacht, daß Menschenferne schadet. Nehmen wir das Gebet.

Schleiermacher, der große evangelische Religionsphilosoph, sagte einmal: »Fromm sein und beten, das ist eigentlich ein und dasselbe.«

Wie verhält es sich mit dem Beten?

Sagt Jesus nicht in der Bergpredigt: »Und wenn du betest, sollst du nicht sein wie die Heuchler, die da gerne stehen und beten in den Schulen und an den Ecken auf den Gassen, auf daß sie von den Leuten gesehen werden. Wahrlich ich sage euch: Sie haben ihren Lohn dahin. Wenn aber du betest, so gehe in dein Kämmerlein und schließ die Tür zu und bete zu deinem Vater im Verborgenen; und dein Vater, der in das Verborgene sieht, wird dir's vergelten öffentlich.« (Mt 6,5–6)

Natürlich kennt das Christentum auch das gemeinschaftliche Beten, aber da geht es eher um das Bekennen des Glaubens als um das innere Vollziehen einer intimen Frömmigkeit.

Das stille Gebet als persönliche Andacht, als abgesonderte Zwiesprache mit Gott ist etwas so Subtiles, so Fragiles, zugleich so Rätselhaftes und Wundersames, daß es keine Zeugen verträgt. Hier tut nicht Menschennähe, hier tut Menschenferne der Gottesnähe gut. Nicht nur aus Gründen der individuellen Einstimmung und Konzentration, sondern auch wegen der Notwendigkeit absoluter Aufrichtigkeit. Denn dort, wo man von den Leuten gesehen wird, leidet gewöhnlich die Aufrichtigkeit, und es kommt zu dem, was man »geistiges Schielen« nennt. Darauf verweisen ja die Worte von Jesus. Sie beziehen sich auf die Gestalt des Pharisäers, der nicht darum gut handelt, weil er es aus Liebe und Barmherzigkeit tut, sondern weil es als gutes Handeln angesehen wird. Er blickt nicht nach vorn in die Richtung seines Tuns, sondern schielt zur Seite, um den Beifall für sein selbstgerechtes Gutsein einzuheimsen. Das nennt Jesus Heuchelei. Heute könnte man Tugendmarketing dazu sagen. Es ist übrigens die am meisten verbreitete Form von Verlogenheit.

Im echten, gleichsam schöpferischen, in die Tiefen der Innerlichkeit vordringenden Gebet, sei es geboren aus Not oder Angst, aus Freude oder Dankbarkeit, steht der gläubige Mensch einzeln vor Gott. Dann, und nur dann, kann er erfahren, was die Mystikerin Mechthild von Magdeburg in die Worte faßt: Allein »dies Gebet hat große Kraft, das ein Mensch leistet mit aller seiner Macht. Es machet ein sauer Herze süße, ein trauriges froh, ein arm Herze reich, ein dumm Herze weise, ein blöd Herze kühne, ein krank Herze stark, ein blind Herze sehend, eine kalte Seele brennend. Es ziehet hernieder den großen Gott in ein klein Herze; es treibet die hungrige Seele hinauf zu dem vollen Gotte.«

Die Kirche, genauer die Amtskirche, hätte nicht nur klagen sollen über die durch Abstandsregeln und Lockdown erzwungene Menschenferne. Sie hätte wissen können, wie sehr Klausuren gut sind für den Glauben, weil sie eine meditative Andacht ermöglichen. Je intimer die Religion, desto freier und inniger das Verhältnis zu Gott. Man hätte nicht nur den Kollateral*schaden*, man hätte auch die Kollateral*chancen* einer separierten religiösen Häuslichkeit in den Blick nehmen können. Oder wieder einmal Rilke lesen, der wie kein anderer Dichter die Sprache für das uns selbst heikel gewordene Gottesverhältnis hatte. So spricht er vom »kapellenlosen Glauben«. Das ist nicht nur ein schönes Bild, es verweist auf die religiöse Obdachlosigkeit in der Moderne, aber zugleich darauf, die Sache auch selbst in die Hand nehmen zu können. Damit sind gewiß keine selbstfabrizierten Gottesdienste gemeint. Es erinnert nur daran: Weltflucht und Menschenferne sind nicht gleich Gottesferne.

Denken wir an die Anachoreten und ihre Praxis der Entweltlichung. Sie waren die großen asketischen Gegenspieler der Weltverfallenheit.

Weltverfallenheit der Frommen, zumal medial gesteuerte, ist kein Garant für Gottesnähe, wohl aber eine Versuchung, sich die eigene, konformistische Gerechtigkeit vom Zeitgeist segnen zu lassen.

Apropos Versuchung, apropos Askese und Zurückgezogenheit. Als einer der Großen unter den Eremiten, den Einsiedlern in den Wüsten Syriens und Ägyptens, gilt der einhundertfünf Jahre alt gewordene Heilige Antonius. Von ihm sind in der mittelalterlichen »Legenda aurea« zwei Lehrsprüche überliefert, die hierher passen. Der erste: »Recht wie die Fische sterben, wenn sie aufs trockne Land kommen, also verlieren die Mönche ihre Ruhe, wenn sie aus ihrer Zelle kommen und mit den weltlichen Menschen wohnen.« (Übersetzung Richard Benz) Und der zweite: »Wer in der Einsamkeit sitzt und still ist, wird von drei Kämpfen frei: dem Hören, dem Sprechen und dem Sehen, und hat nur noch mit einem zu ringen, mit seinem Herzen.« (Übersetzung Christian Lehnert) Das Mit-seinem-Herzen-Ringen spielt an auf den auch im Anachoreten inwendig steckenden und vom Begehren getriebenen Menschen, auf die Versuchungen der Weltlichkeit,

besonders der allzu weltlichen Weltlichkeit. Antonius, Vater der Mönche genannt, gestorben 356 in der libyschen Wüste, hat den Dämonen der Versuchung und, wie er meinte, auch dem Versucher selbst durch Weltverzicht und Entsagung widerstanden, durch exzessives Wachen, Beten, Büßen und Fasten.
Nietzsches Freund, der Theologe Franz Overbeck, sagte mit Blick auf das vierte Jahrhundert: »Die Mönche haben das Christentum gerettet.«
Aber ich will die Sache nicht zu weit treiben. Denn auch das Pendant zum Rückzug ist wahr: Es gibt im Leben der Christen – innerhalb wie außerhalb der Andacht – Formen der Begegnung, der Menschennähe, die unabdingbar für die Gottesnähe sind. Nehmen wir nur das Abendmahl, das gemeinschaftliche Singen von Kirchenliedern, das Hören der Predigt, das Sprechen von Vaterunser und Bekenntnis im Chor, die Bibelstunde oder auch die Pilgerreise.
Übrigens war es der schon erwähnte Schleiermacher, der geradezu überschwenglich auf das Gesellige in der Religion verwies, auf die »fröhlichen Herzen« und das an geistlichem Geben und Nehmen reiche Verbundensein von Gleichgesinnten.

Ja, möchte man sagen, schön war's. Besser noch, schön wär's. Die Wirklichkeit sieht anders aus, nicht nur was die fröhlichen Herzen angeht. Die Gotteshäuser fast leer, der Glaube immer weniger geglaubt. Theologische Tiefenstruktur, Fehlanzeige. Der Pfarrer und Dichter Christian Lehnert spricht von »ekklesiologischer Depressivität« des deutschen Protestantismus. Als sei der Sinn der Erlösung in Ermangelung Erlösungsbedürftiger nicht mehr einsehbar. – Nach der Götterdämmerung die Kirchendämmerung.
Aber mir geht es hier um etwas anderes, um einen noch ungenügend beleuchteten Aspekt unseres Themas, nämlich der apokalyptischen Zeit. Denn als tatsächlich apokalyptisch, will sagen katastrophisch, schreckensreich, furchteinflößend, können wir die Corona-Pandemie, bei aller Gefährlichkeit, die sie hat, bei allen Leiden, die sie verursacht, denn doch nicht bezeichnen. Dazu sind wir – verglichen mit dem, was etwa auf Dürers Holzschnitt »Die vier apokalyptischen Reiter« als göttliches Strafgericht über die zu Boden stürzenden Menschen hinweggaloppiert, nämlich Krieg, Pest, Hunger und Tod – doch zu glimpflich davongekommen. Außerdem haben wir uns zu helfen gewußt und werden es weiterhin wissen.
Aber ist die Corona-Krise vielleicht nur ein Vorspiel, das Menetekel für etwas, das noch kommt und das weit schlimmer ausfällt? Ich spreche von der heraufziehenden Klimakrise, vom drohenden Versiegen des Golfstroms, von starken Stürmen, langen Dürren, großen Überflutungen, vom Auftauen der Permafrostböden, vom Schmelzen des polaren Eises und dem alptraumhaften Ansteigen des

Meeresspiegels. Hier gewinnen die Voraussagen – nicht von Sehern, sondern aus der Forschung (der Schriftsteller Ulrich Horstmann nennt sie »das verhängnisorientierte wissenschaftliche Hochrechnungswesen«) – inzwischen tatsächlich den Charakter apokalyptischer Prophezeiungen. Und werden an manchen Orten schon Wirklichkeit und Wahrheit. Ende Juni 2021 wurden in der Ortschaft Lytton in der westkanadischen Provinz British Columbia sage und schreibe 49,6 Grad Celsius im Schatten gemessen. Drei Tage später wurde das Dorf von einer Feuerwalze überrollt. Die Einwohner mußten fliehen, Hals über Kopf. So gut wie alles, was sie besaßen, wurde ein Raub der Flammen. Komplett verkohlte Häuserreihen und Straßenzüge, der Ort zu neunzig Prozent zerstört.

Und drei Wochen darauf das Gegenstück in Deutschland. Zwei Tage Starkregen in Nordrhein-Westfalen und Rheinland-Pfalz. Die Wassermassen haben zwei kleine Flüsse, die Ahr und die Erft, in rasender Geschwindigkeit auf Rekordpegel ansteigen lassen, zum Überlaufen gebracht und zu gewaltigen Überschwemmungen und Erdrutschen geführt, die besonders die Orte Ahrweiler und Erftstadt schwer in Mitleidenschaft gezogen haben. Mehr als hundertachtzig Tote, verseuchter Schlamm, weithin ruinierte Häuser, Straßen, Bahngleise, Brücken, Strom- und Gasleitungen, Fabriken und Krankenhäuser sind die Folge.

Nicht wenige, die in Kanada das Feuerinferno durchmachten, werden gedacht haben, daß das die Anfänge hyperletaler Hitzewellen sind. Und nicht wenige, die in Deutschland das Wasserinferno erlitten, werden gedacht haben, daß so moderne Sintfluten aussehen. Und daß das eine wie das andere ein Zeichen dafür ist, daß unser Aufenthalt auf Erden ein tragisches Ende nehmen könnte.

Apokalypse heißt Enthüllung, Offenbarung. Was offenbart sich hier? Der Dichter und Theologe Johann Gottfried Herder hat einmal in einem hochfliegenden Wort vom Menschen als dem ersten Freigelassenen der Schöpfung gesprochen. Heute erst zeigt der Satz seinen diabolischen Doppelsinn. Der Freigelassene der Schöpfung, der aus ihr Herausgetretene, der nicht mehr an sie Gebundene. Der Mensch, die Krone der Schöpfung, entpuppt sich als Parasit der Erde, als Irrläufer der Evolution. Und die Erde schickt sich an, ihn abzuwerfen.

Wir kennen alle die berühmten Verse aus Bertolt Brechts Exilgedicht »An die Nachgeborenen«, geschrieben zwischen 1934 und 38 im dänischen Svendborg: »Was sind das für Zeiten, wo / Ein Gespräch über Bäume fast ein Verbrechen ist / Weil es ein Schweigen über so viele Untaten einschließt!« Natur als Gegenstand der Poesie, so die politische Botschaft, ist nur zulässig, wenn das gesellschaftliche Unheil aufgezeigt wird. Und nun scheint es so zu kommen, daß gesellschaftliches Unheil künftig direkt durch Naturunheil hervorgerufen wird, ein Unheil, das nicht durch die Natur selbst, sondern durch menschliche Einwirkung auf sie mitverursacht ist. Gespräche über Bäume werden immer öfter zu Gesprächen über brennende Bäume. Auf griechischen Inseln werden dieser Tage Kirchenglocken geläutet, um Menschen zu evakuieren. Im Nu wird dort ein Sommerwald zu Winterwald – nur ohne Schnee und Kälte. Statt dessen Asche und verbrannte Erde.

Augenscheinlich befindet sich der Metabolismus zwischen Mensch und Natur an einem schicksalhaften Wendepunkt. Wir leben mehr und mehr in der gleichsam mythischen Befürchtung, daß es mit der Duldsamkeit der Natur zu Ende geht, daß uns Wetter und Himmel dafür strafen werden, daß wir im Aussaugen, Verschmutzen und Vermüllen, im Versiegeln und Vergiften, im Bebauen und Besiedeln der Erde, kurz im herrschsüchtigen Industrialismus der Massenzivilisation zu weit gegangen sind.

In der heutigen Wirtschaft, so Klaus Michael Meyer-Abich, der 2018 verstorbene Naturphilosoph, tun die Menschen so, als seien sie irgendwann als interplanetarische Eroberer auf die Erde hinabgeschwebt, um es sich dort eine Zeitlang möglichst gutgehen zu lassen, und als könnten sie, wenn nichts mehr zu holen ist, auf demselben Wege wieder verschwinden.

Flucht nach vorn, könnte man das nennen, und Milliardare wie Jeff Bezos, Richard Branson und Elon Musk sind im Begriff, sie exklusiv anzutreten.

Damit sind wir mittendrin im Sorgenzentrum der Gegenwart. Hat das 20. Jahrhundert – in Gestalt von Hitlerismus und Stalinismus – das Grundvertrauen in die menschliche Zivilisation erschüttert, droht das 21. Jahrhundert auch noch das Grundvertrauen in die Natur zu zerstören.

Inzwischen macht sich die Erkenntnis breit, daß ein neues Erdzeitalter begonnen hat, das Anthropozän, und daß bestimmte Reaktionen der Natur erstmals eine Folge menschlicher Rückwirkungen auf sie sind. All diese Dinge und besonders die Erderwärmung und was aus ihr folgt machen mehr und mehr Angst. Ist sie berechtigt? Ich fürchte – nüchtern betrachtet und ohne die Maske der Kassandra anzulegen –, ja.

Über Angst wird ungern gesprochen, denn sie scheint, da mit Gefühlen der Ohnmacht und Hilflosigkeit verbunden, den Menschen zu lähmen und zu erniedrigen. Die Leute denken, Angst sei etwas für Feiglinge. Doch dem ist nicht so. Es gibt auch einen Mut zur Angst. Angst ist keine Störung, sie wird durch bedrohlich wirkende Signale der Umgebung geweckt, sie ist eine instinktive Form der Wahrnehmung von akuter und von künftiger Gefahr. Und so stellt sich – wir sind ja hier unter dem Dach der Kirche – die Frage: Sollte man sie, die Angst, nicht zum Angelpunkt einer dem Ernst der Lage angemessenen Spiritualität machen? Von Gottesdiensten, die das Bewußtsein der Bedrohung schärfen? Denn ohne Angst, ohne das Vor- und Mitwissen der Angst, ohne ihre Nähe zur Wahrheit sind wir, um an ein Wort des Philosophen Günther Anders zu erinnern, »apokalypseblind«.

Doch höre ich schon den Einspruch der Theologen, Angst dürfe niemals die Grundlage des Glaubens sein. Christen bauen auf Hoffnung, auf Vertrauen in Gott als Fundament der Hoffnung, und sei es am Ende die Hoffnung verzweifelt Hoffender.

Doch vergessen wir nicht, daß die alte, vertraute christliche Hoffnung *nicht* mit der diesseitigen Apokalyptik verbunden war, sondern mit der biblischen. In der Heiligen Schrift gibt es mindestens zwei davon, im Alten Testament das Buch Daniel und im Neuen Testament die Offenbarung des Johannes. In beiden artikulieren sich nicht nur bildmächtige Gesichte göttlich beorderter Schrecken zum einbrechenden Ende der bisherigen Welt, des alten Äon, sondern auch Gesichte einer messianischen Rettung, einer neuen Welt, des neuen Äon. Die Johannesoffenbarung, geschrieben in der Zeit römischer Christenverfolgung, endet mit der Vision des himmlischen Jerusalem, das Buch Daniel, dessen Geschehnisse sich während der babylonischen Gefangenschaft der Juden ereignen, endet mit der Vision des aus den Wolken herniederschwebenden Menschensohns und der Vorhersage, daß die Gerechten des Volkes Israel aus den Gräbern auferstehen werden zu ewigem Leben.

»Der Zweck dieser Literatur«, so der jüdische Religionswissenschaftler Pinchas Lapide ganz unpathetisch, »ist zweifach: Trost zu spenden über das Elend *heute* – mittels der Belehrung über das Unheil von morgen, dem das Heil von übermorgen unverzüglich folgen muß.«

Was aber wenn – wie in der säkularen Apokalyptik – keine Rettung, kein Heil von übermorgen verheißen wird? Wenn folglich die Erwartung dunkler Fatalität jeden Versuch, auf religiöse Weise an neue Anfänge zu glauben, unausführbar macht? Gleichsam das Kreuz ohne Auferstehung, Karfreitag ohne Ostersonntag. Dann stünden wir an einem Punkt, wo es nirgendwo transzendenzverbürgte Hoffnung mehr gäbe. Und wo allein die Angst der irdischen Wesen bliebe.

Im Umgang mit Angst sind uns drei Reaktionen vertraut, ja wohlvertraut, verkleinern, vergrößern oder bannen. Angst verdrängen macht blind *für* Gefahr. Angst schüren macht zittern *bei* Gefahr. Angst bannen macht stark *in* Gefahr.

Ins Politische gewendet: Angst ignorieren führt zu Illusionismus. Angst schüren zu Machiavellismus. Angst bannen zu Wachsein und Besonnenheit.

Das »führt zu« gilt auch andersherum: Ignoranten – nach dem Motto, dieser Kelch wird schon an uns vorübergehen – drängen auf Angstvergessen; Machiavellisten – nach dem Motto des Namensgebers »Angst ist die solideste Grundlage, um andere für sich einzunehmen« – drängen auf Angstschüren; Wache und Besonnene – ganz ohne Motto – drängen auf Angstbannen.

Als Gebot der praktischen Vernunft bleibt nur das Dritte, die Mitte zwischen den Extremen, nämlich das kluge, pragmatische Bannen der Angst. Ansonsten wird

*sie* uns in *ihren* Bann schlagen. Soll heißen, daß wir uns von ihr überwältigen lassen. Wir müssen in unserer Lage Angst sowohl respektieren als auch bezwingen. Nicht nur um der Schreckensspirale des Prognosen-Alarmismus zu widerstehen, sondern auch dem Doom Scrolling. Doom, englisch, steht für Untergang, Scrolling für das Verschieben von Bildausschnitten auf den Displays unserer Smartphones. Doom Scrolling ist der obsessive Drang, unentwegt düstere, ja dystopische Nachrichten im Netz zu konsumieren. Es befeuert das, was man inzwischen weltweit Climate Anxiety, Klima-Angst, nennt. Doch auch dem Gegenteil, der wenig ratsamen Gelassenheit, gilt es zu trotzen, der Vogel-Strauß-Mentalität. Der Dichter Hanns Cibulka, der nicht aufs Warten setzen wollte, schrieb schon Anfang 2000: »Obwohl die Temperaturen nur langsam steigen, fühlen wir bis in die Fingerspitzen die Bedrohung. In allen Dingen wächst verdeckt die Angst.«
Aber wie und mit welchen Mitteln will man sich dem unheilschwangeren Ganzen, von dem wir schon seit drei Jahrzehnten wissen, überhaupt entgegenstellen? Jetzt spreche ich nicht von Aktivismus, nicht von Politik, nicht von Wissenschaft, nicht von Maßnahmen der sogenannten Klimarettung wie der Reduzierung des anthropogenen Anteils am $CO_2$-Gehalt der Atmosphäre und der daran geknüpften Hoffnung, den Treibhauseffekt und damit die Erderwärmung zu stoppen. Die Angst, die tückische, sagt uns ja gerade: Das Drama ist nicht aufzuhalten, was auch immer wir dagegen unternehmen. Die Gewichte, die zu stemmen wären, sind zu groß. Kaum daß es uns gelingen werde, den Lauf der Dinge zu verzögern, von Richtungsumkehr nicht zu reden. Der alles andere als apokalypseblinde Rudolf Bahro meinte einmal: »Es ist, als wollten wir uns mit Tonnen Blei an den Füßen aus einem Schiffbruch retten.«
Hier stellt sich nun erneut die Gottesfrage, eine Frage, von der so viele dachten, daß sie längst hinter uns liege. Sie geht übrigens auch Agnostiker und Atheisten etwas an. Selbst wenn wir nichts von der Angst wüßten, eines wissen wir: Angst lehrt beten. Auch diejenigen, die zuvor noch nie gebetet haben. Und nicht nur das. Beten ist auch ein wirksames Mittel dagegen. Die Angst *drückt* von außen nach innen, das Gebet *löst* von innen nach außen. Ohne Beten kein Bannen. Das gilt auch für das Singen. Von Augustinus stammt der Satz: »Wer singt, betet doppelt.« Der Psalm 107 spricht von jenen, »die dann zum Herrn riefen in ihrer Not, und er errettete sie aus ihren Ängsten«.
Diese Ansicht wird natürlich nicht von allen geteilt, zum Beispiel nicht von Bertrand Russell, dem britischen Mathematiker und Philosophen. Der Nobelpreisträger hat in seiner Schrift »Warum ich kein Christ bin« von 1927 kurz und bündig erklärt: »Was die Religion betrifft, bin ich der gleichen Ansicht wie Lukrez. Ich halte sie für ein aus der Angst geborenes Übel und eine Quelle unsäglichen Leids für die Menschheit.« In seinem Buch »Eroberung des Glücks« von 1930

hat er jenseits des Glaubens ein eigenes Programm der Angstbekämpfung entworfen, das ganz auf Rationalisierung setzt.
Es geht in etwa so: Wenn Unheil drohe, sei es ratsam, sich ernsthaft und bedacht zu überlegen, was im schlimmsten Falle eintreten könnte. Hat man sich das möglicherweise bevorstehende Mißgeschick genau ausgemalt, dann suche man nach triftigen Gründen, aus denen es alles in allem doch nicht gar so furchtbar sei. Solche Gründe gebe es immer, da selbst im allerschlimmsten Falle nichts, was uns persönlich geschehe, irgendeine kosmische Auswirkung habe. Sobald man eine Zeitlang den schlimmsten Ausgang in Ruhe überdacht habe und mit aufrichtiger Überzeugung zu dem Schluß gekommen sei, daß er schließlich doch nicht von so ungeheurer Bedeutung ist, werde man finden, daß die Selbstquälerei in ganz erstaunlichem Grade nachlasse.
Wohl dem, möchte man dem großen Gelehrten zurufen, bei dem es funktioniert! Allerdings war dies nicht einmal bei ihm selbst der Fall. Wie Russell in seiner Autobiographie erzählt, erlebte er verschiedentlich Angstzustände, die er durch kein intellektuelles Verfahren beheben konnte. Auch war es bei ihm nicht die Angst vorm Klimawandel, sondern vor erblichem Wahnsinn und vor Depressionen.

Bei Gebeten stellt sich die Frage, ob sie denn erhört werden. Interessant ist, daß beim Beten unter massiver Angst diese Frage an Gewicht verliert. Denn auch wenn das Gebet nicht erhört wird, wirkt es, als wäre es erhört worden. Wie kommt das?
Wird hier das Beten zu Gott zu einer Fürbitte an uns selbst, einer Bitte im Sinne von »bleib ruhig, bleib ruhig«? Und die sich dann kraft Autosuggestion erfüllt? Nein, so ist das nicht zu verstehen, sondern anders: Es reicht dem Beter ein Als-ob. Er betet, als ob sein Gebet erhört wird. Dazu paßt in gewisser Weise auch ein Diktum Luthers. In Sachen Ora et labora gibt er den Rat: »Bete, als ob alles Arbeiten nichts nützt, und arbeite, als ob alles Beten nichts nützt.«
Damit ist, wie ich finde, ein interessanter Punkt berührt. Ich meine den Als-ob-Charakter des Religiösen überhaupt. Mit einem kurzen Ausblick darauf möchte ich schließen, mit einer kleinen Theologie des Als-ob. Die freilich hatte Luther nicht im Sinn.

Die traditionelle Religionskritik, nehmen wir als Beispiel wieder Bertrand Russell, behandelt Glaubensvorstellungen wie Wirklichkeitsbehauptungen. Sie prüft ihren Wahrheitsgehalt gleichsam wie ein Experimentalphysiker, mit Mikroskop, Teleskop und Stethoskop, und nirgendwo zeigt sich ihr etwas Faßbares. Und indem sie versucht, im sakralen Vokabular einen profanen Sinn zu entdecken, den man rein logisch erörtern kann, oder indem sie versucht, Heilsbotschaften dadurch zu retten, daß sie sie auf Moralvorschriften reduziert, gerät ihr das spezifisch Religiöse vollkommen aus dem Blick. Und so wird man den Verdacht nicht los, daß sie zum Kern der Dinge gar nicht vordringt.

Doch was ist dieser Kern?

Scheuen wir uns nicht, ihn klar zu benennen. Es ist nichts weniger als die Erfahrung der größeren Kraft des ganz anderen, nämlich des Heiligen. Es tritt auf in zweierlei Gestalt, positiv als »Mysterium fascinosum« und negativ als »Mysterium tremendum«. Das eine versetzt in Begeisterung und Entzückung und das andere in Erschrecken und Erschauern. Aus beidem erwächst das Bedürfnis nach Anrufung und Anbetung. Es führt bis hin zum gemeinschaftlichen Ritual, in dem das Numinose ehrfürchtig zelebriert wird. Nicht nur das Christentum, jede Religion transzendiert die Grenzen der Sichtbarkeit des Gegebenen. Sie imaginiert die Welt als einen göttlich geordneten Kosmos, als ein Universum, in dem alles einen Sinn hat, auch der Schrecken, auch die Angst.

Jesus, der sein Karfreitagsschicksal wußte, durchlebte auch Angst. Als er das Zittern und Zagen, das von ihm Besitz ergriffen hatte, durch Gebet und mit Hilfe eines Engels gebändigt hatte, sprach er kurz vor seiner Verhaftung im Garten Gethsemane zu seinen Jüngern: »Siehe, es kommt die Stunde und ist schon gekommen, daß ihr zerstreut werdet, ein jeder in das Seine, und mich allein laßt. Aber ich bin nicht allein, denn der Vater ist bei mir. Dies habe ich mit euch geredet, damit ihr in mir Frieden habt. In der Welt habt ihr Angst; aber seid getrost, ich habe die Welt überwunden.«

Die mit Sinn – und auch dem Sinn der Überwindung – ausgestattete Welt ist »das Geschenk schlechthin der Religion«, sagt der polnische Philosoph Leszek Kołakowski. Aussagen über eine solche Welt sind nicht falsifizierbar. Aber auch nicht verifizierbar, jedenfalls nicht für Außenstehende. Mit wissenschaftlichen Begriffen von Erkenntnis ist ihnen nicht beizukommen. Zum Aufweis und zum Verstehen braucht es das theologische Denken.

Das aber gibt es in vielerlei Form. Diejenige, der ich zuneige, ist eine Art Kunst der Mutmaßung, welche die religiöse Welt betrachtet wie eine Welt des Als-ob. Als ob es Gott gabe, als ob es Engel, Teufel und Dämonen gäbe, die Unsterblichkeit, die Auferstehung der Toten, die Vorsehung, den Fluch und den Segen, das Gericht, die Gnade, die Erlösung und die Vergebung – als ob es das alles gäbe. Und Epiphanien noch dazu. Das religiöse Denken, so gesehen, navigiert in einer Sphäre des Hypothetischen und Konditionalen. Es handelt sich um eine Art Theologie der Schwebelage. Ihr Motto könnte lauten: Ein fruchtbarer Konjunktiv ist besser als ein unfruchtbarer Indikativ.

Das gilt auch für den Gedanken der Geschöpflichkeit aller irdischen Wesen. Es mag ja sein, daß Gott eine Idee des Menschen ist. Aber zu dieser Idee gehört es,

daß nicht Gott eine Idee des Menschen, sondern der Mensch eine Idee Gottes ist. Nicht wir sind seine Gestaltgeber, sondern er hat uns Gestalt gegeben.
Könnten nicht auch wir, die »kapellenlosen« Zeitgenossen der modernen Welt, einen solchen Gesichtspunkt gelten lassen? Als Versuch, die religiöse Welt anzunehmen gleich einer vorgestellten Welt, einem Metaphernsturm. Als ein großes metaphysisches Imaginarium, das unser Bewußtsein bereichert? Ein Als-ob, das es ermöglicht, wenigstens in ein gleichnishaftes Verhältnis zur Gottesrede zu gelangen? Nicht nur, daß so der Horizont für Heilswissen und religiöse Erfahrung und am Ende auch für ein »Es ist« offengehalten würde. Sinnbilder und Metaphern sind mehr als nur rhetorischer Schmuck. Sie sind ein eigener, echtgeborener Zweig der Wahrheit. Sie erlauben uns, außerhalb von Philosophie und Wissenschaft Fragen an den Menschen, seine Existenz und Geschichte, sein Sollen und Sein zu stellen, die zu einer höheren Stufe von Wahrnehmung und Empfindung führen. Es ist doch wie in der Sphäre der Kunst. Die Figuren sind lebensvoll, die Fiktionen sind welthaltig. Die vorgestellte Welt hat orientierende Kraft für die wirkliche Welt. Und Orientierung braucht der Mensch, auch wenn er Agnostiker oder Atheist ist. Er ist das einzige Geschöpf auf Erden, das sie braucht. Die Tiere haben den Instinkt. Sie wissen *nicht*, daß sie nichts wissen. Der Mensch, das sokratische Tier, weiß, daß er nichts weiß. Und über allem – so glauben die einen und bestreiten die andern – thront einer, der weiß, daß er weiß.
In einer solchen Sicht der Dinge könnte auch der ökologische Gedanke, auch seine Furcht und seine Hoffnung, Heimat finden, nämlich daß Gott die Erde dem Menschen anvertraut hat, auf daß er schonend, pfleglich, behutsam und ohne Herrschaftshybris mit ihr umgeht. Und daß, falls er es nicht tut, wenn er sein Habitat ruiniert, er auch den Himmel veruntreut.
Daß es nicht zum Ruin kommt, dafür reicht Religion nicht aus. Es braucht mehr als tellurische, die Erde beschirmende Sakralität. Es braucht vorauswissendes Erkenntnisvermögen. Dazu hat der Philosoph Peter Sloterdijk, ein religiös nicht unmusikalischer Antitheologe, einmal erläutert, daß für einen Großteil des menschlichen Lernens bisher das Gesetz galt, daß man allein aus Schaden klug wird. Demgegenüber müsse die prognostische Intelligenz klug werden wollen, bevor der Schaden eingetreten ist. Das sei ein Novum in der Geschichte der Didaktik. Und um in die Logik solcher Lernprozesse einzudringen, sei eine Kritik der prophetischen Vernunft vonnöten. Diese dürfe sich nicht abschrecken lassen vom Paradoxon des Unheilsprophetismus: daß er, wenn er erfolgreich war, im nachhinein wie ein überflüssiger Alarm aussehen werde. Denn eben aufgrund seines Dazwischentretens wird nicht passiert sein, wovor er warnte.
Das ist unsere Hoffnung.

RUTH JOHANNA BENRATH

## PSALM. AUS DER TIEFFEN

Gedichte

*Bleibt deshalb immer etwas zu corrigirn /*
*das versehen oder verkert ist.*
*(Lutherbibel 1545, Nachwort)*

1

Was du jetzt tun kannst
nach zerstörtem Schlaf
über der Erde schweben
ohne Mund ~~schreien~~
*meyne seele wartet*

2

Immer wieder
neu werden
wie ist das möglich
*der ich doch wie ein faul ass vergehe*
*vnd wie ein kleid das die motten fressen*
du mußt dich ausziehen
bis auf die Haut
Gerippe sein
Knochensand
Staub
du mußt leer werden
leerer als Schlaf

3

Schreiben, Denken
Erkenntnis
Handeln
nicht lehrbar
~~wer erkannt hat, was richtig ist,~~
~~wird auch das Richtige tun~~
Fehlschluß
Nichtwissen
Tränen beim Denken
*wir sehen jtzt durch einen spiegel in ein tunckles bild*

4

Luthers letzte Sätze
fuchtelnde Handbewegungen über der Bettdecke
Seraphim, Cherubim
sammeln sich in der Zimmerecke
*behüte mich wie einen augapffel im auge*
zuerst noch seine Psalmen übersetzt
Korrektur der Korrektur
zuletzt aber
am Rande des Schlafs
drei numerierte Sätze auf Latein
für uns
in den Kissen versteckt:
so unermeßlich sei das Wunder (*miraculum*)
aber nur Spuren
~~Pfade~~
~~Fußstapfen~~
wie übersetze ich sie mir
ferne Worte

5

Schreiben heißt
Rütteln am Firmament
sich aus Trotz über den Rand des Universums lehnen
*warumb*
*willst du alle menschen umbsonst geschaffen haben*
Warten auf Antwort
was bleibt vom Menschen am Ende seiner Tage
entblößtes Zahnfleisch
Kopfzerbrechen
Warten auf das Kommende
auf die nachts aufgehende
Sonne

6

Auf der Erde nur zu Besuch
~~dem zustimmen~~
ein kurzer Moment von Zugluft
Wolkentaumel
Sonnenglühen
*so lange die erden stehet*
*sol nicht auffhören sommer und winter*
vom Wind weggestrichenes Gras
umgelegte Halme
einfach nur da sein
Mensch, in die Sonne
in den Wind geworfen
ohne Fell

7

Frühmorgens
auf dieser Welt sein
aufgeweckt vom Licht
Gras, noch naß
beinahe dampfend
der Mensch, ein Lachen Gottes
*ich wil sein wie eine grünende tanne*
liege im Windgewand
am Bach, tauche meine Stirn
in sein Rauschen

8

Eine Reise ins Ungewisse
ist der Weg in den Tag
*warumb hastu mein vergessen*
sind das Geräusche im Haus oder im Bauch
oder Vögel die rufen
rasselnder Atem
Gespräch mit den Augen
wann kommst du und in welcher Gestalt
Staub, alle meine Schriften
zerfallendes Papier
~~Asche~~
Aufbruch in eine andere Welt
neuer Himmel, neue Erde
keine Vorstellung davon
nur im Traum

JULIEN GRACQ

# NOVALIS UND HEINRICH VON OFTERDINGEN

Wer sich für die manchmal faszinierende Aura interessiert, welche die Imagination des Lesers der Schriftstellerpersönlichkeit zuschreibt, der er seine Lektüre verdankt, für den stellen der französische Klassizismus und die deutsche Romantik wohl zwei extreme Gegensätze dar. Der französische Klassizismus hat uns eine Reihe vollendeter Meisterwerke hinterlassen. Doch in diesem Bibliotheksregal regt sich kaum mehr als gelegentlich eine knabbernde Ratte: Worüber sich diese feierlichen Perücken nach Ablegen der Feder im vertraulichen Gespräch ausgetauscht haben könnten, erscheint uns ihrer vollkommenen Texte unwürdig, und wir bedauern, daß sie nicht ganz in ihnen verschwunden sind. Autorenfehden, schärfer und erbitterter denn je, bürointrigenartige Bewerbungen um Akademieplätze, niedrige Speichelleckerei, unverwandtes Schielen nach der Liste der »Pensionen« – nicht ohne Grund vermuten wir hier üble Dünste: Die Zeiten, wir wissen es nur zu gut, waren der Würde der Künstler abträglich: So herrlich ihre Sprache ist, es ist die Sprache von Almosenempfängern – wenn wir ihre Bücher zuklappen, haben wir keine Lust, dem geisterhaften Säuseln ihrer Lippen zu lauschen, anders als wir es im Wald tun, dessen Säuseln unsere Imagination beflügelt. Mit der Gruppe der deutschen Romantiker ist das anders: Es spielt keine Rolle, daß ihre mitunter verfehlten, oft stümperhaften, nicht selten unvollendeten Werke uns in formaler Hinsicht enttäuschen: Jeder einzelne von ihnen trägt das Zeichen eines Versprechens auf der Stirn, dessen Bedeutung seine künstlerischen Mittel bei weitem übersteigt. Der Gedanke verfolgt uns, daß sich dahinter mehr geregt hat, als die Bücher uns vermitteln, daß es eine geistige Spannung gab, die stärker war als die Summe der in ihr versammelten Geister. Das Leben in der Gruppe – dieses Bedürfnis nach Gemeinschaft in Geist und Gefühl, ein hervorstechender Zug der Romantik – scheint jedem vorübergehend eine Art seelisches Supplement beschert zu haben. Man merkt, daß nicht nur Gedanken ausgetauscht werden, sondern der Schwung sie mitreißt. Es ist ein heiliger Frühling.

Er dauerte nicht lang. Doch zwischen 1796 und 1801 steigt in Jena, dem wenige Kilometer von der Klassikhauptstadt Weimar entfernten Zentrum der Bewegung, die Temperatur so hoch wie selten; im seit fast tausend Jahren gefrorenen Sumpf der deutschen Duodezfürstentümer ist solches Tauwetter ganz ungewöhnlich. All diese von einer machtvollen Gefühlsladung gespeisten Kräfte, all diese neuen

Religionen ziehen umher, bringen die Menschen für eine Weile auf die Straße. Und der Geist scheint stark geweht zu haben, einige Jahre lang herrscht eine Art Wirbelwind, der die Blätter hin- und hertreibt, ein gepäck- und bindungsloses Umherstreifen freier Geister, die da und dort, in Jena und Heidelberg, Tübingen und Halle für Augenblicke höchster spiritueller Unruhe zusammenfinden. Der Wissensdurst kennt keine Grenzen, jeder hat das Gefühl, daß es um alles geht – solche Epochen sind selten –, Fichte und Schelling in Jena, der Geologe Werner in Freiberg – die Hörer finden sich zu universitären Lehrveranstaltungen ein, als führe sie ein Stern. Auf die bloße Nachricht, der Physiker Ritter habe »dem Wasser die Würde eines grundlegenden Elements zurückgegeben«, lassen Schubert, der Analytiker des Traums, und sein Freund Wetzel, der mutmaßliche Autor der »Nachtwachen von Bonaventura«, alles stehen und liegen, machen sich auf, laufen die ganze Nacht und klopfen frühmorgens an die Tür des jungen Gelehrten. (Man denkt unwillkürlich an André Breton, der mit dem Zug nach Wien fuhr, um bei Doktor Freud zu klingeln, was diesen sehr verblüffte – man schrieb das Jahr 1920.) Es war ein wundersamer Aufruhr. »Ich arbeite mit Hingabe an meinem System der Natur«, schreibt Schubert, der erst seit ein paar Wochen in Leipzig ein Physikseminar belegt. »Diese Herren sind etwas verrückt«, schreibt Dorothea Veit nach einem Besuch in Jena – entzückt, aber auch, man merkt es, überfordert. Ob eine Schiller-Aufführung oder eine vielgerühmte Vorlesung in Medizin, Physik oder Theologie, eine öffentliche Lesung Tiecks, eine Schleiermacher-Predigt oder eine Wanderung in der »Waldeinsamkeit« des Harz – es ist, als sei die enzyklopädische Neugier der Renaissance wieder erwacht und verbinde sich mit der schweifenden Poesie der Gesellenbruderschaft der Wandervögel. Schöne Frauen – Bettina von Arnim, Caroline Schlegel, Henriette Herz, Karoline von Günderode, Dorothea Veit – schlüpfen von einer Gruppe zur anderen und verweilen kurz, als gelte es, die selbst in der Freude so ernsten, leidenschaftlichen und würdevollen jungen Leute noch enger miteinander zu verknüpfen und ihnen jene Girlanden und Kronen zu flechten, von denen es in der romantischen Bilderwelt wimmelt. Es ist eine seltsame Stunde. »Machtvolle Funken schlummern in den Herzen der heutigen jungen Leute«, schreibt Schubert. »Die Zeit der Propheten ist wieder angebrochen.« In jenen letzten Jahren des Jahrhunderts scheint die vom Blitz der Revolution durchgerüttelte Welt vielen vor einer märchenhaften geistigen Wiedergeburt zu stehen. Am 2. Dezember 1798 eröffnet Friedrich Schlegel Novalis seinen Entschluß, eine neue Religion zu gründen: Seine Rolle werde die des Apostels Paulus, Novalis werde ihr Christus sein. Es ist noch keine fünf Jahre her, seit Robespierre ein Ährenbündel hob, um das Fest des Höchsten Wesens zu eröffnen, und die Ära des Christentums zu enden schien: »Die Welt hat sich geändert, sie muß sich weiter ändern.«

Fast zur gleichen Zeit skizziert die Hand des noch unbekannten Chateaubriand in einem Londoner Speicher das Schlußkapitel seines »Essays über die Revolutionen« mit dem Titel »Welche Religion wird das Christentum ersetzen?«
Es geht in der Tat um alles. Mehr als ein Jahrhundert später hat der Rückgriff des Surrealismus auf die Hauptanliegen der deutschen Romantik uns darauf gestoßen, wie sehr die Romantik in Frankreich – das eine solche kaum gekannt hat – sich mit kleiner Münze begnügt, von Restposten gelebt hat: Mittelalterschwärmerei, Orientalismus, der falsche Zauber von Mondnächten, melancholische Anwandlungen in der Dämmerung. (Nur *einen* originelleren und ernsteren Ton schlug sie an, den die deutsche Romantik nicht gekannt hat: mit ihrem Sinn für die tragische, unerbittliche Last der Geschichte – von der das Deutschland Kants und Hegels nichts wußte –, er regt sich in der wehleidigen Phalanx von Exilanten, Geschlagenen und Entsagenden unserer Generation von 1820.) Was in Jena und andernorts erstrebt wird – im Schutz der herrlichsten Abschottung von den Zufälligkeiten der Stunde, während zerlumpte Direktoriums-Armeen plündernd und verwüstend durch Europa ziehen –, ist nichts weniger als die unbedingte und sofortige Wiedererlangung des Goldenen Zeitalters. Das Ästhetische ist nicht die erste Sorge: Dafür hat man keine Zeit. »Die Schriftstellerei ist eine Nebensache.« (Novalis) Es gibt keinen wirklichen Bedarf an Gedichten: Die Poesie selbst wird, endlich ins Werk gesetzt, regieren, so wie das später auch der Surrealismus wollte: Sie ist die absolute Wirklichkeit. Der Fluch des althergebrachten Dualismus von Natur und Geist soll aufgehoben werden. Ein phantastisches Tauwetter wird alle Schranken auflösen oder brechen: Seit langem schon harrt die Natur bloß ihrer Hochzeit mit dem Geist; der Körper selbst ist, wie der Vorläufer Hemsterhuis lehrte, geronnener Geist – »Wir selbst sind ein sichtbar gewordner Keim der Liebe zwischen Natur und Geist oder Kunst.« (Novalis) Die Grenze zwischen Wachzustand und Traum wird fallen: Alles Erträumte wird gelebt. »Die Welt wird Traum, der Traum wird Welt.« (Novalis) Geschichte und Fabel gehen ein unauflösliches Bündnis ein und verschmelzen miteinander: »Und man in Mährchen und Gedichten / Erkennt die wahren Weltgeschichten«. Im tiefsten Innern unserer selbst öffnet sich der Weg zur Wiederbegegnung mit der verlorenen Einheit: »Nach Innen geht der geheimnisvolle Weg.« »Wir werden die Welt verstehen, wenn wir uns selbst verstehen«. (Novalis) Sogar der Tod wird wieder eingebunden: Er verliert seinen Schrecken und wird zur Verheißung, ist nur noch »eine höhere Offenbarung des Lebens«. »Nun weiß ich, wenn der letzte Morgen seyn wird – wenn das Licht nicht mehr die Nacht und die Liebe scheucht – wenn der Schlummer ewig und nur Ein unerschöpflicher Traum seyn wird.« (Novalis) Das Problem des Bösen stellt sich nicht mehr: »Die Welt wird ohne Bosheit sein, wenn es nur noch eine Macht, die des Bewußtseins, gibt«, die Natur selbst wird

»rein und geistvoll«. Die Liebe besiegelt für alle Zeit diese verrückte Hochzeit; »die Liebe ist der Endzweck des Universums – das Amen der Weltgeschichte« (Novalis).

Es geht hier nicht um einen tröstenden Traum, der die Imagination in der Vorahnung eines künftigen Lebens wiegen soll, sondern um sofortige Herbeiführung mittels wirkkräftiger Magie. Was im Evangelium die Menge auf die Straßen trieb, war nicht die Verheißung eines unendlich weit entfernten kommenden Lebens, sondern vor allem die elektrisierende, zwanzigfach wiederholte Mahnung, die Felder seien weiß und reif zur Ernte, die Zeit sei gekommen, es gebe keinen Augenblick mehr zu verlieren. Das, wovon die frohe Botschaft der Romantik kündet, wird als unmittelbar bevorstehend dargestellt, diesseits des Todes, dargeboten in dieser und keiner anderen Welt, *in Reichweite*. »Die höhere Welt ist uns näher, als wir gewöhnlich denken. Schon hier leben wir in ihr, und wir erblikken sie auf das Innigste mit der irdischen Natur verwebt.« (Novalis) Mehr noch – und hier offenbart sich die Novalis eigene Magie mit herrlicher Ungeduld: »Die Welt soll seyn, wie ich will. Ursprünglich ist die Welt, wie ich will.« Bis dahin befindet sich die Welt im Zustand einer permanenten poetischen Revolution, die vom Individuellen geheilte Dichtung – natürliches Idiom aller Menschen und ewig im Werden begriffene Chiffre der Welt – wird zur »progressiven Universalpoesie« (Friedrich Schlegel). Keine dichterische Bewegung – nicht einmal der Surrealismus – hat sich je zum Boten einer so unmittelbar bevorstehenden Verheißung, einer so grenzenlosen Hoffnung gemacht.

Novalis ist der Saint-Just dieser paradiesischen Revolution – nicht nur wegen der fast engelhaften Schönheit seines Gesichtes, die Hader auf seinem Gemälde für uns festgehalten hat und die in den Augen seiner Freunde das Zeichen seiner Auserwähltheit gewesen zu sein scheint (»Sie müssen ihn *sehen*«, schreibt Dorothea Veit an Schleiermacher. Steffens vermerkt: »Aber vor Allem lag in seinen tiefen Augen eine ätherische Glut«, und Tieck nennt »die Farbe seines Gesichtes, besonders der geistreichen Stirn, fast durchsichtig« und fügt hinzu: »Der Umriß und der Ausdruck seines Gesichtes kam sehr dem Evangelisten Johannes nahe, wie wir ihn auf der herrlichen großen Tafel von A. Dürer sehen«). Das liegt nicht nur an seiner jugendlichen Ungeduld, sondern mehr noch an einer ganz ihm eigenen funkelnden Kürze, an der souveränen Gelassenheit, der absoluten Ruhe, mit der er seine Behauptungen vorbringt und die ihn unter den geschwätzigen Romantikern zum Meister des Fragments, der bündigen und klaren Formulierung macht. Auch an einer besonders aufdringlichen Transfusion des Moralgedankens mit Bereichen, die ihm völlig fremd zu sein scheinen (»Die ganze Natur [besteht] nur durch den Geist der Tugend«, diese seltsame Maxime könnte beinahe von Saint-Just sein), an dem unumstößlichen Entschluß, Mensch und Welt einer paradiesischen und starren inneren Evidenz folgend umzugestalten – und, auch das sei gesagt, am fast völligen Fehlen eines Bewußtseins für die Widerstände. Wenn sich die Last reifen und umfassenden Wissens auf so jugendfrische Lippen legt, verjüngt und erleichtert sich die Welt für einen Augenblick, das Mögliche ersteht mit aller Kraft. Der Mensch legt Feder oder Werkzeug beiseite und hebt den Kopf mit bis zum Äußersten gespitzten Ohren. Es ist, als fahre eine Hand vor seinen Augen durch die Luft, die ihn bannt und vom uralten Traum des Lebens erlöst: Die Wege sind offen, die Welt ist neu, es ist, als sei noch nie ein Wort gesprochen worden. Was tut's, daß sich in diesen Stunden feierlicher und auch trunkener Hoffnung schon der Rückfall ankündigt; noch lange umgibt die Imagination sie mit einer Art besonderem, strahlendem und jungfräulichem Licht: Es genügt, daß der Mensch für einige Augenblicke geglaubt hat, er könne noch etwas mehr als Mensch sein.

Es ist merkwürdig, daß die beiden einzigen geistigen Bewegungen, die ganz auf die Fähigkeiten des Menschen setzten, die ihre Revolution in einer Stimmung tätiger Euphorie, schrankenloser Versöhnung, strotzend vor Zuversicht begannen – die deutsche Romantik und die Renaissance –, mit einigen Jahrzehnten Abstand auf beinahe symmetrische Weise ihre ästhetische Vollendung in zwei gleichermaßen titanischen Dramatikern fanden: Shakespeare und Wagner. Als sei letztlich allein der wiedergefundene Sinn fürs Tragische in der Lage gewesen, in der Kunst die ganze Wirkungsmacht der befreiten Energie zweier Bewegungen zu zeigen, deren ganze Hoffnung darin bestanden hatte, diesen auszumerzen. Doch als Novalis, schon im Schatten des Todes, »Heinrich von Ofterdingen« zu schreiben beginnt, ist man vom Heraufziehen dieser Gewitterlichts noch weit entfernt. Kein anderes Werk bewahrt wie dieses die Durchsichtigkeit, die Ouvertüren-Stimmung, die Leichtigkeit, die einem wolkenlosen Morgen entspringende extreme Mühelosigkeit: Die Last des Schicksals, das Gefühl der Unabänderlichkeit verflüchtigen sich für einen Augenblick. Gleich zu Anfang wird der Ton angeschlagen mit dem kaskadenartigen Sprühen eines diaphanen Morgentraums. Eine Odyssee ins Blaue hinein. Zu Beginn des Buches verläßt Heinrich von Ofterdingen seine Familie und sein Land; anscheinend sollte er im zweiten – unvollendet gebliebenen – Teil zurückkommen, denn eine Vorahnung davon beschleicht ihn just in dem Augenblick, da er sie verläßt (»er sah nach Thüringen, welches er jetzt hinter sich ließ mit der seltsamen Ahndung hinüber, als werde er nach langen Wanderungen von der Weltgegend her, nach welcher sie jetzt reisten, in sein Vaterland zurückkommen, und als reise er daher diesem eigentlich zu«). Im übrigen sollte er wohl – so wie die Hegelsche Spirale abermals, dann aber *höher*, am Ausgangspunkt vorbeikommt – nur zurückkehren, um sie »wiederzuerlangen«, so wie alle verlorenen oder unerreichbaren Dinge im

Laufe des Romans hätten wiedererlangt werden sollen, nach unzähligen Abenteuern, die ihn bis nach Italien, Griechenland, Jerusalem führen, in den Orient, an den Hof Kaiser Friedrichs II., ins Reich der Toten, mit denen er sich im Land der blauen Blume unterhält, bei der es sich um seine wiederauferstandene Braut Mathilde handelt, er wird zu Stein, zum klingenden Baum, zum goldenen Widder, bis er zuletzt das Sonnenreich abschafft und dem Wechsel von Nacht, Tag und Jahreszeiten ein Ende setzt. Doch schon lange bevor der zweite Teil in einer Märchenwelt beginnt, spüren wir, daß es keineswegs um echte Abenteuer geht (selbst als Mathilde stirbt, ist uns kaum nach Klagen zumute), es sind keine Stationen einer Irrfahrt, aus welcher der Geist gereift und der Charakter gestärkt hervorgehen, sondern eher solche einer magischen und beispielhaften Wanderung, die den Helden nicht so sehr bildet als vielmehr zum Eingeweihten macht. Novalis' erklärte Absicht mit dem Buch ist bekannt: Er wollte Goethes Bildungsroman »Wilhelm Meisters Lehrjahre«, der den Jenaer Kreis zunächst begeistert, dann enttäuscht hatte, weil er in ihm letztlich nur einen »›Candide‹ gegen die Poesie« sah, den wahren, entschlossen romantischen *Meister* entgegensetzen. Wie sich die Erzählung – zumindest im ersten und einzig vollendeten Teil »Die Erwartung« – mit Begegnungen, Reisen, »bereichernden« Gesprächen entfaltet, entspricht dem Vorhaben äußerlich recht genau. Aber nur äußerlich: Novalis' magischer Idealismus macht, daß es nicht so sehr um die Bildung von Seele und Charakter in den Wechselfällen des Lebens geht, sondern um eine *Quête*, deren betont mittelalterlicher Anstrich die Ähnlichkeit mit den Quêtes der Tafelrunde hervorhebt. Gleich zu Beginn des Buches erscheint Heinrich von Ofterdingen im Traum die blaue Blume, das höchste Ziel seines Strebens, und er macht sich auf, sie zu erringen. Für ihn geht es anfangs nicht darum »zu werden, wer er ist«, sondern darum, durch den Besitz des magischen Gegenstands Kräfte zu erlangen, die er bloß ahnt, die er außerhalb seiner selbst vermutet und zu denen ihm noch der Schlüssel fehlt. (»Nicht die Schätze sind es, die ein so unaussprechliches Verlangen in mir geweckt haben, sagte er zu sich selbst; fern ab liegt mir alle Habsucht: aber die blaue Blume sehn' ich mich zu erblikken.«) Daraus entspringt die Zweideutigkeit des Buches, und man ahnt, daß der zweite Teil vielleicht enttäuschend ausgefallen wäre. Denn letztlich liegen jene Kräfte, die der Held sucht, für Novalis *in ihm selbst* – in seiner Heimat und seiner Familie soll er sich, als ein anderer, wieder einfinden, wenn die Quête einmal vollbracht ist. Novalis sagt es übrigens ganz unmißverständlich: »Nach innen geht der geheimnisvolle Weg«, und unsere Versöhnung mit der äußeren Welt, dem Vergehen der Zeit, dem Tod hängt nur von der kühnen Expansion unseres Bewußtseins ab. Der naive und aufrechte Erzähler der Gralsgeschichte reißt uns widerstandslos mit, weil er wirklich an die Existenz des Steines oder der Vase glaubt, deren Ursprung und verschlungene Wege uns haarklein berichtet werden, ein Stein, von dem er keinen Zweifel hat, daß man ihn sehen und anfassen kann, daß er Hunger stillt und Krankheiten heilt. Novalis hingegen weiß von Anfang an, daß seine blaue Blume nur ein Symbol ist: Dadurch verliert die Erzählung für uns etwas von ihrer Sinnlichkeit und Dichte und geht, vor allem ab dem »Märchen«, das den ersten Teil beschließt, merklich ins Allegorische über. Der Roman entfaltet meisterlich sein Programm und offenbart die Stufen einer Initiation ins vollkommene Leben in der Poesie, die passenden Schlüssel aber werden uns vorenthalten: Beim Lesen – vor allem von Novalis' Notizen für den zweiten Teil sowie des groben Rahmens, den Tieck uns überliefert hat – denkt man zuweilen an jene alchimistischen Texte, in denen die symbolisch beschworenen Folgen meisterlicher Operationen uns wider Willen fesseln, die Geheimnisse, mit denen die Umwandlung ins Werk gesetzt wird, aber hinter einem undurchdringlichen allegorischen Schleier verborgen bleiben. Die frohe Botschaft der Poesie wird hier in aller Ausführlichkeit, doch ohne Wunder verkündet. Und als der Schleier sich zu Beginn des zweiten Teils einen Augenblick hebt, ist es nicht ganz abwegig zu denken, daß Novalis – der gegen Ende seines Lebens einem sehr frei interpretierten Katholizismus zuneigte und dessen besondere Verehrung für die Jungfrau bekannt ist – als Rätselwort (jenes geheimnisvolle Wort, das Mathilde im Traum zu Heinrich sagt und das er gleich wieder vergißt) einen sehr alten und sattsam bekannten Text im Sinn gehabt haben könnte. Da er die Bibel für das Buch schlechthin hielt, sagt man, er habe ihr die zwei Teile seines Buchs nachgestaltet: »Die Erwartung« entspräche dann dem Alten Testament, »Die Erfüllung« dem Neuen. Geziemt es sich auszusprechen, was ich denke? Ich selbst empfinde nicht bloß Bedauern darüber, daß der zweite Teil des Romans nicht weitergeschrieben wurde nach der Szene im Garten zwischen den Ruinen, wo man in der herrlichen Sprache des Arztes Sylvester nur zu deutlich die Äußerungen eines Küsters erkennt.

Der erste Teil – der einzige, den Novalis noch fertigstellen konnte – ist glücklicherweise nicht so reich an Abenteuern, in denen sich blitzschnell das Wunderbare Bahn bricht und alles etwas zu oft von »unbegreiflicher Leichtigkeit« ist, um uns zu überzeugen oder gar unsere Sympathie zu wecken. Mehr als um Eroberungen und die Aneignung von Fähigkeiten geht es darin um Reflexionen, Gespräche, Begegnungen, Träume und (viel ergiebiger in künstlerischer Hinsicht) verschiedene Formen der Vorahnung. Nach seinem Traum von der blauen Blume begegnet Heinrich auf der Reise bedeutenden Fürsprechern: den Kaufleuten, in deren Gesellschaft sich sein noch verworrener Begriff von Dichtung schärft, während ihm die künftige Königswürde als Dichter im »Atlantis«-Märchen geweissagt wird, den Kreuzrittern, in deren Gegenwart ihm klar wird, daß der Dichter vom tätigen Leben Abstand nehmen muß, Zulima, die ihm den Orient offenbart, dem Schatzgräber, der das Idol des Geologen Werner ist und zugleich die Poesie der Erde verkörpert, dem Grafen von Hohenzollern, der ihm die Wesensverwandtschaft von Geschichte und Fabel enthüllt, dem alten Schwäning, der ihm den höheren Sinn der Feste, Weine und Speisen vermittelt, Mathilde, die die Liebe verkörpert, und schließlich Klingsohr, bei dem es sich zweifellos um Goethe handelt, aber einen Goethe aus vorweimarischer Zeit, also um einen Dichter nach Novalis' Geschmack, zu dessen Eckermann sich Heinrich für eine Weile macht. Am Ende des ersten Teils ist Heinrich nach den verschiedenen Erfahrungen, mit denen jeweils ein Stück des Schleiers angehoben wurde, das geworden, was man im Orient wohl einen »Erweckten« nennen würde, jemand, dessen Geist und Sinne nun offen sind für das durch die Entdeckung der universellen Analogie geweckte Gefühl der Einheit, das uns aber abhanden kommt, sobald wir im Begriff sind, dem einigenden Bewußtsein entscheidend näherzukommen. Das geheimnisvolle Wort, das Mathilde ihm im Traum sagte, ist noch nicht in seine Erinnerung zurückgekehrt. Er errät die Beziehungen aller Dinge untereinander, ihm fehlt aber noch ein Mittel, sie zum Leben zu erwecken. »Alles was er sah und hörte schien nur neue Riegel in ihm wegzuschieben, und neue Fenster ihm zu öffnen. Er sah die Welt in ihren großen und abwechselnden Verhältnissen vor sich liegen. Noch war sie aber stumm, und ihre Seele, das Gespräch, noch nicht erwacht.«

Gerade weil er näher an dem Leben bleibt, das wir gemeinhin führen, ist der vollendete Teil des Romans eher dazu angetan, die in Novalis aufscheinende originelle Weltsicht zu beleuchten. Was sie auszeichnet – und dies hat Novalis auch erlaubt, die Ambitionen der deutschen Romantik unerschrockener als jeder andere auf die Spitze zu treiben –, ist das nahezu völlige Fehlen dessen, was man *Konfliktbewußtsein* nennen könnte. Die Geschichte ist im Mittelalter angesiedelt – einem zeitlich kaum näher zu bestimmenden Mittelalter. Die Vorliebe der deutschen Romantiker fürs Mittelalter rührt nicht so sehr – wie später bei Victor Hugo – von dessen malerischen Reizen; sie rührt weniger als man früher glaubte von ihrer Sehnsucht nach einer Epoche des wilden Mystizismus. Sie ist ihnen auch nicht bloß historischer Beleg dafür, daß man sich, dem Sturm und Drang nachfolgend, der Aufklärung entgegenstellen kann. Wie Ricarda Huch treffend bemerkt hat, ist das – ungenaue, verschwommene, ungefestigte – mittelalterliche Dekorum in erster Linie ein Gegenbild zur schwierigen Gegenwart: Man versetzt ein Ich in wohlige und anheimelnde Zeitlosigkeit, damit es »nirgends anstößt«. (Nie hat sich, nebenbei gesagt, eine Bewegung so souverän, so verächtlich über das »orts- und zeitbezogene Menschsein« hinweggesetzt wie die deutsche Romantik.) Im »Heinrich von Ofterdingen« ist die Welt ohne

Schwere, ohne Trübung, ohne Härten, anschmiegsam und formbar durch den Traum, bar jener Schneidkanten, an die der Lebende sonst alle Augenblicke stößt, eine Welt auch, wo sich das Einvernehmen mit den anderen, die freie und ungestörte Verständigung der Geister ganz von selbst und ohne jede Mühe einzustellen scheinen: Es gibt in dem Roman viele und lange Gespräche – mit zufälligen Personen unterschiedlichster Geistesart –, aber keine einzige Diskussion. Eher handelt es sich um symphonische Partituren, jeder führt ein neues, aber sofort konzertierendes Thema ein, das sich in Harmonie mit den anderen entwickelt bis zur unvermeidlichen Auflösung im perfekten Akkord. Die Unterhaltung gestaltet sich nicht als Aufeinanderprallen von Repliken, sondern wie ein System von Echos, die sich immer weiter anreichern und verstärken. (Nach dem Zeugnis seiner Freunde sprach Novalis übrigens kaum, nur unter wesensverwandten Geistern – dann aber herrlich.) Die Sprache, Seele der Welt, kann nicht in Widerspruch mit sich selbst geraten. Und selbst wenn die Natur, wie Novalis einräumt, »nicht zu allen Zeiten« ein Poet ist, »wenn in ihr, wie in dem Menschen, ein entgegengesetztes Wesen, die dumpfe Begierde und die stumpfe Gefühllosigkeit und Trägheit (…) einen rastlosen Streit mit der Poesie führen«, kann dieses Trägheitsgesetz nicht als irreduzibel negativ gelten: Es bremst, ist aber nicht an sich schlecht. Da »die ganze Natur nur durch den Geist der Tugend besteht«, kann auf ihr letztlich kein irreparabler Fluch liegen. Nichts von dem, was existiert, ist dergestalt, daß es nicht wieder eingebunden werden könnte. »Ein Mensch kann Alles dadurch adeln, seiner würdig machen, daß er es will.« Selbst die Krankheit, in der Novalis stets ein positives dynamisches Element, einen *Aszendenten* erkennen will. »Krankheiten der Pflanzen sind Animalisationen, Krankheiten der Tiere Rationalisationen, Krankheiten der Steine Vegetationen.« Selbst die trivialsten Tätigkeiten; selbst der Handel, dessen Poesie er merkwürdigerweise preist – zumindest die durch Distanz in besserem Licht erscheinende hohe Handelswelt des Mittelalters: die der Hanse, Venedigs und der Fugger. Selbst der Krieg, der in einer anderen Passage des »Heinrich von Ofterdingen« über die Maßen verherrlicht wird. Was die Heere in Wirklichkeit anspornе, sei »der romantische Geist (…), um die unnützen Schlechtigkeiten durch sich selbst zu vernichten. Sie führen die Waffen für die Sache der Poesie, und beide Heere folgen einer unsichtbaren Fahne. (…) Viele Kriege, besonders die vom Nationalhaß entspringen, gehören in die Klasse mit, und sie sind echte Dichtungen.« Daher die seltsame, vielleicht mit keinem anderen Buch vergleichbare, von keinem Gifttropfen getrübte morgendliche Transparenz der Welt, in welcher der Roman spielt. Eine restlos in Dichtung lösliche Welt. Ohne Konflikte, ohne Geschichte, ohne Schicksal. Sie ist unterwegs zum Menschen und giert gleichsam danach, von ihm verstanden, durchdrungen – und befreit zu werden. Die Natur, sagt der Graf von Hohenzollern, habe ihre gestalterische Kraft erschöpft, sie sei nicht mehr so fruchtbar wie einst, doch »ihr Gemüt ist empfänglicher und zarter, ihre Phantasie mannigfaltiger und sinnbildlicher, ihre Hand leichter und kunstreicher geworden. Sie nähert sich dem Menschen, und wenn sie ehmals ein wildgebärender Fels war, so ist sie jetzt eine stille, treibende Pflanze, eine stumme menschliche Künstlerin.«

Machen wir nun einen Sprung von etwas mehr als einem Jahrhundert. Eine Bewegung entsteht – kurz nach einer anderen historischen Erschütterung, die kaum weniger heftig war als jene von 1789 –, und ihre untergründigen Verbindungen zur deutschen Romantik wurden oft betont. Wie jene kämpft sie gegen die immer wieder verdorrende, immer wieder neu erstehende Aufklärung, wie jene sucht sie die Welt mit allen Kräften nach den Gesetzen des Traums und des Verlangens umzugestalten, kurz, Poesie zu »praktizieren«. Die Rede ist vom Surrealismus. Nichts kann uns besser dazu dienen, die Originalität der deutschen Romantik zu bestimmen, als diese mehr als ein Jahrhundert nach der ersten anschwellende und aufbrandende zweite »Welle des Traums« – diese plötzlich auflodernde Glut, die nachträglich, und aus unerwartetem Winkel, ein grelles neues Licht auf die Gruppe von Jena wirft. Der Surrealismus debütiert mit dem Konter, mit dem Ingrimm und sogar der Berserkerwut des Zerstörens, dem Bedürfnis, nein zu sagen und sich zu widersetzen, ehe er sich auch in positiverer Weise kundtut, er führt Kirchenbann und Ausschluß im Mund und macht Skandal, wie sich der Mühlstein dreht, er lebt eine Revolte aus – vor allem mittels seiner Akte, und seien sie unwirksam oder meinetwegen sogar kindisch – statt auf Revolution abzuzielen. Und eben dadurch lenkt er das Augenmerk auf den zeitlosen und unerschöpflichen *Zauber* der deutschen Romantik (anders als der Surrealismus, der das nicht vermochte, weist sie nicht nur mit dem Finger auf das goldene Zeitalter, Novalis scheint es in seinen besten Augenblicken wirklich heraufzubeschwören oder fast schon erlebt zu haben) wie auch auf deren ungeheure Verletzlichkeit, die schnell und schonungslos zu erweisen die Geschichte sich zur Aufgabe machte. Die deutsche Romantik ist eine Revolution ohne jede Revolte. Selbst literarische Fehden, die sonst so leicht ins Gehässige umschlagen, sprengen kaum je den Ton freundlicher und entspannter, extrem respektvoller Ironie, wie jene gegen den Klassizismus Schillers und Goethes. Als Schlegel zögert, Novalis' Manifest »Die Christenheit oder Europa« im »Athenäum« zu veröffentlichen, dem quasi offiziellen Organ der Romantik, wird Goethe, der bewunderte Gegner, zum Schiedsrichter bestellt. Die Zeiten sind hart: Das den Romantikern so teure mittelalterliche Deutschland geht, von Truppen überrannt und zerfetzt, abermals unter (»Das liebe heil'ge Römsche Reich, wie hält's nur noch zusammen«, wird in Goethes »Faust« gesungen), doch die historische Katastrophe scheint keine Sorgenfalte in die Stirnen dieser Geister einzugraben. Der Tod mäht die kleine Jenaer Gruppe rasch dahin: Sophie ist schon gestorben – Schlegels Tochter folgt. Kleist, der ihnen so nah und doch so verschieden ist, erlebt an ihrer Seite bis zum bitteren Ende den Schiffbruch des zersplitterten Germanismus, das Drama der Sexualität, deren »unzertrümmerbaren Nachtkern« (André Breton) er in »Penthesilea« enthüllt – als einziger seiner Epoche; die ausweglosen Konflikte, die offenen Gräber, die stets gegenwärtige drohende Last des Schicksals, nichts von alledem lenkt sie auch nur einen Augenblick ab von jenem heroischen und rührenden Zug, den Tieck so treffend eine »Reise ins Blaue hinein« nannte. Der deutschen Romantik – und insbesondere Novalis – ist jeder unüberwindliche Gegensatz, jeder unlösbare Konflikt zuwider: Mit unerschütterlichem Optimismus vertraut er seiner Fähigkeit einzuhegen, zu verdauen, aufzusaugen, die er für schier grenzenlos hält. Hindernisse sind etwas Vorübergehendes – sind letztlich bloß Bereiche, die sich der Annexion noch widersetzen, Möglichkeiten zu noch umfassenderer Bereicherung. Es gibt nichts Schlechtes auf der Welt, das ist Novalis' Schlußwort, auch und gerade nach der schweren Prüfung, die Sophies Tod fur ihn war. »Tadle nichts Menschliches«, schreibt er in seinem letzten Lebensjahr, »alles ist gut.« Der fundamentale Unterschied zwischen der Jenaer Bewegung und dem Surrealismus besteht darin, daß der letztere eine ängstliche – aber nicht hoffnungslose – Erkundung bestimmter *harter Strukturen* vornimmt, die die Welt dem Willen zur Befreiung des Menschen entgegensetzt: der Sexualität, des Fatums der Geschichte, der »Schlacht der Männer«, des Schicksals, des Todes. Es ist nicht etwa eine neue Auffassung der Dichtung und ihrer Rolle, die Paris 1925 von Jena 1798 trennt, es sind auch nicht Rimbaud oder Maldoror (Lautréamonts berühmter Satz »Ein Mensch oder ein Stein oder ein Baum wird den vierten Gesang beginnen« wäre dem Novalis des »Heinrich von Ofterdingen« gewiß absolut plausibel, vollkommen natürlich erschienen): Es sind de Sade, Freud, Lenin, das Problem des Selbstmords, Vachés nihilistischer Humor, bei dem es sich stets um eine *Kollision* handelt, ganz im Gegensatz zur romantischen Ironie, die ihrem Wesen nach dynamisch und optimistisch ist – eine neue und bereichernde Möglichkeit, die es dem Menschen erlaubt, gleichzeitig Subjekt und Objekt zu sein, sich die Vielfalt der Welt anzueignen (»Ironie«, schreibt Friedrich Schlegel, »ist klares Bewußtsein der ewigen Agilität, des unendlich vollen Chaos«). Das Wort »schwarz« bekommt so einen weit beunruhigenderen Beiklang als in den »Hymnen an die Nacht«.

Der andere Unterschied besteht im Bemühen um Geschlossenheit und Schlagkraft, an denen dem Surrealismus von Anfang an gelegen war, eben weil ihm der hartnäckige Widerstand der ihren Lauf nehmenden Welt gegen den Geist der Freiheit bewußt war – die argwöhnische, schroffe Ablehnung, die sie allem

entgegensetzt, was ihr, und sei es auch nur entfernt, geeignet scheint, sie in eine etwas andere Richtung zu lenken, ihr den Schneid zu nehmen, sie mit etwas anzustecken. Für die deutsche Romantik mit ihrer kindlichen Einfalt einer Person, die zum ersten Mal wahrhaft die Augen aufzuschlagen meint, war die Welt ohne Zorn und Gewalt, sie bot sich gleichsam pflichtschuldig einer friedlichen Inbesitznahme dar – die deutsche Romantik vertraut auf die Kraft ihrer weißen Magie: »Alles was er sah und hörte schien nur neue Riegel in ihm wegzuschieben, und neue Fenster ihm zu öffnen.« Der Surrealismus hingegen greift die bestehende Welt an und hält sich zugleich nach allen Seiten furchterregend gut gerüstet: Hinter der beispiellosen Heftigkeit, mit der André Breton verdammt, abspaltet und ausschließt, verbirgt sich der illusionslose Blick eines Mannes, der stets die Macht des im Geiste lauernden Schlafs, die Lebensmüdigkeit, die Mühelosigkeit des *Schaffens,* die Flüchtigkeit der schönsten Begeisterungen durchmessen hat. Auch im Rückblick macht er keinen Hehl daraus, daß letztlich nichts den Schiffbrüchen des Alltags widerstehen kann, und zitiert mit leiser Trauer, nicht ohne Noblesse, das »Lied der Abenteurer des Meeres« des alten Victor Hugo: »In Malta wurde Ofani Mönch / Und Gobbo wurde Harlekin.«
Immerhin hat die offenbare und, zugegeben, manchmal regelrecht zur Schau gestellte Härte, die seine Bewegung sich rasch zulegte, bestimmte Mißverständnisse erschwert, bestimmte Verleugnungen unterbunden, bestimmte Verwechslungen unmöglich gemacht – zu denen der versöhnliche und nebulöse Optimismus der Jenaer Romantiker sowie ihre (spätestens seit Pascal als bedenklich eingestufte) Weltfremdheit allzusehr einluden. Fühlt sich ein Kopf wie Novalis in der Glut höchster Begeisterung imstande, dem erträumten Vaterland die Welt des Schlafs und das Deutschland der Raubritter, die Minnesänger und den Nationalismus, die Mystik und den Krieg, die Profitgier und die Gesellschaft Jesu unterschiedslos einzugliedern, so ergießt sich nicht bloß ein Strom von Poesie über die Welt, sondern auch der Inhalt einer gefährlichen Büchse der Pandora, die alles enthalten kann und tatsächlich auch enthält: den Tugendbund und Nervals Sonette, die Heilige Allianz und die Freiwilligen von 1813. Und wenn die schwerste Aufgabe aller Revolutionen stets die Abwehr ihrer eigenen unerwarteten Folgen ist, kann man sagen, daß die Revolution der deutschen Romantik – der vertrauensseligsten, unschuldigsten von allen – auch die am schlechtesten geschützte von allen war.

Denn ach! welches Debakel nur ein paar Jahre nach dem herrlichen kurzen Flügelschlag! Und vor allem welch ernüchternde Reife für die ganze Heilige Schar, die sich blindlings in den frühlingshaften Kreuzzug gestürzt hatte! Der gealterte und desillusionierte, von allem angewiderte Tieck auf seiner Chaiselongue erkühnt sich, die Menschheit mit einem Pudel zu vergleichen, »der, wenn er eine Weile auf den Hinterbeinen gesessen und Männchen gemacht hat, glückselig ist, wenn er wieder auf die Vorderpfoten zurückfallen und auf allen vieren laufen kann«. Der fettleibige und bigotte, vom Papst mit dem (nicht auf Novalis gemünzten) Christusorden ausgezeichnete Friedrich Schlegel, der obendrein als undurchsichtiger Agent von Metternichs sinistrer Polizeidiplomatie wirkte, »sprach in einem mystisch messianischen Tone, hielt dunkel verschnörkelte, unerquickliche Vorträge, bei denen der hohe katholische Adel vornehm und verständnißlos zuhörte« (Ricarda Huch). Clemens Brentano, in dem einige Züge des unsteten Germain Nouveau vorgeprägt sind, ist unfreiwillig komischer Protokollführer der Visionen der Nonne Katharina Emmerich. Wilhelm Schlegel, der fast alle überlebt und wie ein zerrupfter alter Nachtfalter unentwegt gegen die Scheiben schwirrt, schreibt in einem Brief über sich: »Abends bei hellem Kerzenlichte, sauber geputzt und mit meinen beiden Pompons angethan, in der neuesten, noch nicht fuchsig gewordnen Perrücke bringe ich noch eine leidliche Decoration heraus. (...) Aber die Pflege des Leibes nimmt Zeit weg. (...) Wenn ich wach bin, so bin ich es recht, besonders wenn eine geistige Anregung hinzukommt, und an guten Späßen soll es nicht fehlen.« Mit dem Denken und der Dichtung der Romantik steht es nicht besser. Der neue Wein ist wieder in den alten Schläuchen. Erbschleichereien aller Art bedrohten im voraus dieses gewaltige unbestimmte und flüchtige geistige Streben – ein Streben eher als ein Wille (außer bei Novalis) –, das die Welt auf Abstand hielt und Hindernisse, weil man sich die Zeit nicht nahm, sie zu verdauen, in Träume auflöste statt sie anzupakken. Zu sorglos, um dem von ihnen entfesselten mächtigen Strom der Dichtung ein festes tiefes Bett zu graben, merkten die deutschen Romantiker nicht, daß sich im Boden Gruben auftaten, bereit, die neuen Wasser aufzunehmen und in altbekannten Formen zu kanalisieren. Fast alle Jenaer Romantiker wurden mit der Zeit mehr oder weniger katholisch: Sie verehrten die Dresdner Madonna, wollten Kunst schaffen und meinten im römischen Glauben einen Jungbrunnen zu finden: »Es ist merkwürdig genug«, schreibt Friedrich Schlegels Frau Dorothea, »wie die katholischen Dichter so bis in das späteste Alter in voller Jugendkraft blühten«. Und auch Ermattung stellte sich schnell ein. »Schon weil er so uralt ist, ziehe ich den Katholizismus vor. Alles Neues taugt nichts.« Auch wenn die von nationalem Haß entzündeten Kriege sich nicht immer, wie Novalis geglaubt hatte, als »echte Dichtungen« erwiesen, sog der germanische Patriotismus auf den Schlachtfeldern von 1813 und 1814 seinen Blutzehnten bekanntlich in großem Umfang aus dem Strom neuer Energie, den die Romantik zu entfachen mitgeholfen hatte. Und als das praktisch tätige Deutschland des Zollvereins bald darauf im Realismus erwacht, Hamlet, wie Ricarda Huch eindrücklich sagt, Fortinbras den Platz räumt, bleibt dem »entlaufenen Romantiker« Heine bloß, den

Überlebenden von Jena, die jetzt Perückenträger der Heiligen Allianz sind, mitleidig ironisch Lebewohl zu sagen.
Die deutsche Romantik ist jung gestorben. Zehn Jahre nach Novalis' Tod besucht sein Freund Steffens noch einmal Jena und erlebt es als Geisterstadt: Nur den »kleinen Gries« gibt es noch, er allein ist übriggeblieben, erstaunlich gut erhalten wie eine dieser Wandmarkierungen, die den Wasserstand einer früheren Überschwemmung bezeugen. »Als ich in die zierliche Stube hineintrat, erschrak ich heftig; denn Schränke, Tische, Stühle, Büsten standen grade wie zehn Jahre früher, dieselbe Magd begrüßte mich, und der kleine Dichter mit dem gelben Teint und den schwarzen Augen saß noch da. Er und seine Umgebung erschienen mir fast wie einbalsamirte Leichen aus einer schönen lebendigen Zeit.« Zehn Jahre: Novalis war 1801 gestorben. Es ist, als hielte eine fromme Hand in diesen Zeilen die Zeiger der Uhr an: Man spürt deutlich, daß damals für viele ein Herz zu schlagen aufgehört hatte. Die erste Romantik war vorbei und Jena leer. Novalis aber war ein Götterliebling gewesen. Mit ihm war – nicht für immer (hat er im »Ofterdingen« nicht den Barbarossa der Legende beschworen, der in seiner Höhle nur mit einem Auge schläft?), aber für lange Zeit – eine morgenfrische Hoffnung dahingegangen, die so alt wie die Welt ist. »Er sprach«, meinte Steffens, »wie aus einer tiefen Vergangenheit des Geistes heraus.«

*Aus dem Französischen von Gernot Krämer*

CHRISTINE WOLTER

# DANTE, EIN PAAR ANMERKUNGEN

Gedicht

Zeitzeugen berichten, daß der Vertriebene, der von mittelgroßer Statur war
gebeugt ging, müde, mager geworden (das sagt er selbst)
die Züge sonnen-, wettergegerbt, das krause Haar
von Kopf und Bart noch dunkel
(er selbst sah schon, wie es verblich nach
Jahren der Wanderung im fest umschließenden Mantel)
berichten, daß er durch die Stadt ging, die ihm Asyl bot
auf Zeit je nach politischer Lage
friedlich plaudernde Frauen vor ihren sicheren Häusern
tauschten Blicke und Fragen – ist das nicht der Dichter
der runterstieg in die Hölle und wiederkam
der Emigrant?
Ich bin sicher, er ist es, rief eine, man siehts ja
wie verbrannt seine Haut ist
wie dunkel das Kraushaar vom Feuer dort unten
es ist der Berühmte!
Der, berichten die Zeugen, ging weiter, schritt durch Verona
das ihm Bleiberecht gab für eine Zeit, in den herben Zügen
des Flüchtlings – wer nicht entkam aus Florenz, den henkten die Sieger
ihn hätten sie gerne verbrannt –
sah man ein Lächeln …

Infernalische Strafen, welch Repertoire, es mußte
die Frauen, die Leser erschüttern
spiegelgenau nach dem Diesseits bemessen das Jenseits
haargenau seelenfriedengenau
Laster Verbrechen Gier Gewalt und Verrat
treiben dahin im heulenden Sturm stecken im Schlamm,
schleppen Steine werden zertrampelt ersticken
im kochenden Blut tauchen in Pech gurgeln Scheiße
zerfleischt von rasenden Monstern zerschnitten zerhackt
der Kopf umgekehrt auf dem Rumpf

daß die Tränen rinnen über den Arsch, gewürgt von Schlangen
niedergedrückt von bleiernen Kutten mit goldenem Futter
rasend im glühenden Sandsturm, nackt rennend auf feurigem Boden
gerammt in steinerne Kisten
im Eis erstarrt, von Eistränen blind
zuletzt die Verräter zermalmt von Luzifers Rachen
alles abgewogen, zugemessen auf ewig
schaudernd erfand es der Dichter.

Aber mit rächender Lust gestützt vom antiken Schatten
Vergils malt er in die Felsenklüfte der Hölle
einen Schacht für den Mann, der mit Krieg
und Ideologie (Unam Sanctam!)
die schwache Partei des städtischen Ausgleichs zerschlug
der den Dichter vertrieb ins Exil
zwanzig Jahre.
Er steckt den korrupten Verräter kopfüber ins Loch, dem
müssen die Füße brennen auf ewig.

Reicht Ihr Geld bis zum Ende des Monats – am Telefon
unterbricht das Institut für Statistik meinen Gang
zum Berg der Reinigung – auch der mit tückischen Strafen
Seufzen und Stöhnen, Augenlider mit Draht zugenäht –
beschreiben Sie Ihren Zustand, sind Sie zufrieden
von eins bis zehn – ich bin auf dem Weg ins
Purgatorium, das um 1100 erfunden wurde und
das wir noch immer erfinden
Trümmer Blut Erdrutsche tobende Brände
Guantanamo Uigurenlager
im steigenden Weltmeer versinkt der Läuterungsberg.
Sollte der Dichter für mich eine Strafe erfinden
antworte ich dem Statistiker, wäre
die erste, daß ich alle Wasserkocher und Töpfe
putzen müßte, die ich (lesend) verbrannte, ich hoffe, das ist
keine höllische Strafe, sondern läuternd
auch weil ich noch nicht alle Verse des Dichters
verstanden habe, wie tausend Ausleger von sich behaupten.
Allen gehört er, aber niemandem ganz, den Philosophen
den Theologen den Poetologen den Meteorologen den Ärzten
den Geologen Musikern Malern den Dichtern

den Lesern wohl auch und sogar den Frauen
was der Dichter ja wollte, in gesprochener Sprache dichtend
verständlich und rätselhaft, schön und verknotet vom Reim
der klettenhaft zwängt fesselt voranträgt.
Gelesen gesungen rezitiert habe ich ihn gehört, in Santa Maria delle Grazie
von einem Professor mit tönender Stimme, auch hallend im Dom zu Milano
auf Plätzen, im Radio von Dichtern und Bühnenheroen, aber vor allem
bebend und lachend von Roberto Benigni.

Emigration zwanzig Jahre Wanderung
zu Pferd zu Fuß als Pilger als Flüchtling
auf den die Heimatstadt Kopfgeld gesetzt hat
die Winter sind kalt, der Apennin eisig
Herbergen, Burgen, Toscana, Verona.
Zwanzig Jahre schreibend träumend die andere Wanderung
am Ende Ravenna, ein Grab.
Wie jung er war! das muß man begreifen –
sechsundfünfzig – ein Fieber –
als Botschafter zur Serenissima
der Weg durch das sumpfige Flachland
fiebernd kehrte er heim, lag ein paar Tage und schied.
Die Söhne fanden die letzten Gesänge
das Paradies war vollendet.

Nun rief Florenz den weithin gerühmten
der gesehen hatte, was niemand vor ihm je sah
reimend niedergeschrieben unter Wind Regen Sonne
gräßlich genau den Abgrund und lieblich erleuchtet die
Schalen des Himmels Flügel Aureolen
das selige Tönen und den Allumfassenden.
Dort unter Heilige Engel Propheten hatte er aber auch
seinen Ahnen gesetzt und die besseren Zeiten von einst
seiner Stadt, die ihren Bürgern ein Grab gab – und
sich selbst und sein Schicksal: Vertreibung, doch vor allem
nicht ausgelöscht sein von der Zeit.

Florenz rief ihn heim, komm zurück, komm nach Hause
riefen die Oberen, und gleich kam das Echo der Masse
gebt ihn uns wieder, wir schaffen ein Monument ihm
von dem habt ihr keine Ahnung, Michelangelo selbst

legt Hand an, wozu dies ärmliche Franziskanergrab!
In Ravenna erschien die Florentiner Gesandtschaft:
Den Sarkophag fand sie leer.
Liebevoll hatten ihn Mönche verborgen
in deren Gewand er geschieden –
vor der späten Liebe der lieblosen Heimat.
Und wieder versteckten die Mönche
als Napoleon sie vertrieb, ihn in den Mauern des Klosters
um ihm Ruhe zu gönnen
dem ruhlosen Flüchtling.
Nicht nach Florenz und schon gar nicht ins
Mausoleum von Hitler und Speer!
Monsignor Giovanni Mesini und seine Helfer
überführten die Reste im März 44 aus der Kapelle
in ein Grabhügelchen, und als Perfektionisten
entwendeten sie nachts auf dem Friedhof Ersatz
fremdes Gebein zur Täuschung großdeutscher Räuber.
Zwei Jahre später kehrten die Reste geprüft und vermessen
als Dantes Gebein
in ihren kleinen Tempel zurück.

Vor Jahren ein Tag in Ravenna.
Ich suchte das Grab aus Ehrfurcht vor
dem Gegenstand meines Studiums
der Romanistik, fand einen stillen Platz
ein Tempelchen, warme Luft, kein Mensch
noch gabs keinen Dante Day
Nur Ruhe Lauschen Verwunderung – ach –
hier also …
Von Lorbeer hat er geträumt, hier stand es grün
dicht sauber geschnitten das Lorbeergebüsch.

LÁSZLÓ F. FÖLDÉNYI

# DIE WAHRHEIT ERLÜGEN

## Über die Schwierigkeiten biographischen Schreibens

Ich bin kein Biograph, auch wenn mein erstes Buch eine Biographie war. Vor einigen Jahrzehnten hatte ich mir die Aufgabe gestellt, die Biographie Daniel Defoes, des ersten englischen Romanciers, zu schreiben. Ich vertiefte mich in Defoes Leben, las dazu alles, was ich finden konnte, lieh mir in englischen Bibliotheken sogar die Erstausgaben seiner Bücher und Pamphlete aus, um die alten Blätter betasten, ja an ihnen schnuppern zu können. Ich genoß das Gefühl, mich einem Unbekannten zu nähern. In der Seele lebte ich damals im London des frühen 18. Jahrhunderts. Noch heute erfaßt mich, wenn ich dorthin fahre, die Erregung von damals; noch heute lasse ich es mir nicht entgehen, den Friedhof von Bunhill Fields zu besuchen, wo Defoes Grab liegt. Die Biographie ging mir relativ schnell von der Hand und erschien auch kurz darauf auf ungarisch.

Die Gestalt Defoes stand immer plastischer vor mir; am Ende hatte ich sie derart lebhaft vor Augen, daß ich ihn geradezu betrauerte, als ich zu seinem Tod kam. Ich spielte sogar mit dem Gedanken, ihn nicht sterben zu lassen, sondern ihm noch ein paar Jahre zu schenken, damit ihm Zeit bliebe, sich für das im Alter erlittene Unrecht zu rächen. Und jetzt, zurückblickend, ja, warum hätte ich das nicht tun sollen? Wobei aus der Biographie dann ein Roman geworden wäre. Doch war sie nicht ohnehin romanhaft genug? Nicht nur weil Defoe in seinem Leben so viele Abenteuer erlebt hatte, daß ihn jeder Romanheld darum beneiden könnte, sondern auch weil das geschilderte Leben, in Worte gegossen, den Eindruck eines Romans erweckte. Und das, obwohl ich bewußt keine Situationen beschrieb, die nicht belegt waren, und mir nie in den Sinn gekommen wäre, ihm irgendwelche Worte in den Mund zu legen, ihn in fiktive Dialoge zu verwickeln. Mit einem Wort, ich versuchte meine Phantasie auszuschalten. Und doch, heute ist mir bewußt, wie arglos ich damals in die Falle tappte. Ich wollte einen Menschen zum Leben erwecken, eine atmende Figur aus Fleisch und Blut hervorzaubern. Dabei tat ich nichts anderes, als Wort an Wort, Satz an Satz zu reihen, und statt eines lebendigen Menschen entstand dabei ein Buch von 256 Seiten. Ich versuche mir den Defoe, der mich aus den Seiten anblickt, vorzustellen, muß aber enttäuscht feststellen, daß Robinson doch viel lebendiger als er ist. Obwohl Robinson nachweislich nie gelebt hat, Defoe dagegen schon.

Warum ist Robinson lebendiger? Vereinfacht geantwortet: weil sein Autor keine Angst hatte, seiner Phantasie freien Lauf zu lassen. Und was macht die Phantasie? Sie schiebt die Fakten hin und her, erfindet, wenn nötig, neue, hält sie in Bewegung, fügt immer neue Elemente hinzu oder verwirft sie. Deswegen atmet Robinson, wie Anna Karenina und Thomas Buddenbrook, Rastignac und Don Quijote atmen. Der Biograph hingegen darf alles einsetzen, nur seine Phantasie nicht. Für ihn sind Fakten schwer wie Blei. Nicht er bewegt sie, sie lenken ihn. Was oft – jedenfalls war es bei meiner Defoe-Biographie der Fall – zur Folge hat, daß dabei ein Steckbrief in Buchlänge herauskommt. Als stünde eine Figur aus Madame Tussauds Wachsfigurenkabinett vor einem. Sie atmet nicht, ihr Puls schlägt nicht, denn sie ist aus Wachs.

Eine Wachsfigur. Das Wort habe ich Virginia Woolfs Essay »Die Kunst der Biographie« entlehnt. Sie analysiert darin ausführlich Lytton Stracheys biographische Bücher und stuft dasjenige über »Queen Victoria« weit höher als »Elizabeth and Essex« ein. Der Grund: Bei seiner Victoria-Biographie konnte Strachey auf unendlich viele Daten zurückgreifen, sich sogar mit einigen ihrer Zeitgenossen austauschen. In seinem Buch über Elizabeth und Essex hingegen mußte er sich mangels Fakten auf seine Phantasie verlassen, weshalb das Buch nach Ansicht Woolfs mißraten sei. Sein Fehler habe darin bestanden, daß er »Biographie als Kunst« verstand, dabei sei ein Biograph »ein Handwerker, kein Künstler«.

Harte Worte. Und auch ein bißchen ungerecht. Denn unverständlicherweise erwähnt Woolf nicht, daß Elizabeth und Essex trotz allem lebendiger als Königin Victoria sind. Zum Teil, weil das Buch, das von ihnen handelt, schöner geschrieben ist. Schönheit bedeutet hier Freiheit: Da es ihm an Fakten mangelte, schrieb Strachey freier. Nicht umsonst verlieh er seinem Buch sogar einen Untertitel: »A Tragic History«. Es erweckt den Eindruck eines echten Romans. Aus der Sicht eines Historikers ist das Buch natürlich unzuverlässig. Und doch führt es den Leser unmittelbar an Elizabeth und Essex heran. Das ruft mir die Worte des englischen Regisseurs Terence Davies in Erinnerung, der 2016 einen biographischen Film mit dem Titel »A Quiet Passion« über Emily Dickinson gedreht und darin auch mehrere fiktive Elemente eingefügt hatte: Mehr als das Beharren auf Fakten, meinte er, habe ihn die erzählerische Wahrheit fasziniert.

Und da wir schon bei den Fakten sind: Ist es in Biographien wirklich ein Kriterium der Zuverlässigkeit, daß der Verfasser sich strikt an diese hält? An einer anderen Stelle ihres eben zitierten Essays gibt auch Woolf zu, daß die Fakten, die einem Biographen zur Verfügung stehen, keine naturwissenschaftlichen sind, sondern dem Wandel der Meinungen unterliegen. So kann es durchaus vorkommen, daß etwas, das eine Generation für Sünde hält, von der nächsten nachsichtig behandelt wird. Es kann auch sein, daß etwas, das eine Generation für nebensächlich und nicht der Rede wert hält, für eine spätere eine schwerwiegende, schicksalhafte Wendung darstellt. Ich erwähnte Emily Dickinson, die von ihren Biographen ein Jahrhundert lang als jungfräulich, ja asexuell charakterisiert worden war. 1995 tauchte dann eine Photographie auf, auf der sie mit ihrer Freundin Kate Scott zu sehen ist, und seitdem gibt es Biographen, die aufgrund dieser Photographie in Dickinson geradezu ein sexuelles Raubtier erblicken. Das setzt aber auch das Frauenbild des 21. Jahrhunderts voraus, das sich von dem hundert Jahre zuvor radikal unterscheidet. Hier hat Woolf recht: Wenn auch Fakten der Interpretation unterworfen sind, ist einer Biographie, und sei sie noch so verläßlich, nicht bedingungslos zu vertrauen. Anders verhält es sich mit Romangestalten, die, einmal geboren, ewig gültig und unvergänglich sind. Über Dostojewski sind zahlreiche Biographien einschließlich der fünfbändigen, zweitausendfünfhundertseitigen Arbeit Joseph Franks entstanden. Von einem Versuch, die Gestalt Raskolnikows aus einem anderen Blickwinkel neu zu schreiben, ist mir nichts bekannt.

Ich kehre zu Defoe zurück, der an der Wende vom 17. zum 18. Jahrhundert lebte. In der Geschichte der neuzeitlichen Biographie stellte gerade diese Zeit einen Wendepunkt dar. Nie zuvor hatten Autoren den greifbaren Fakten eine solche Bedeutung zugemessen. Selbst Defoe als Vollblutjournalist veröffentlichte seine Romane mit dem Vermerk, daß jedes Wort auf Wahrheit beruhe. Und damit das auch glaubwürdig klang, schrieb er sie in der ersten Person Singular, so daß jeder seiner Romane wie eine authentische Autobiographie anmutet. Auf diese Weise vermischte er bis zur Unentwirrbarkeit Faktizität und Fiktion beziehungsweise die Gattungen des Romans und der Autobiographie.

Faktizität ist, wie schon Virginia Woolf sagt, unentbehrlich für eine Biographie. Tatsächlich schadet es nicht, wenn man zum Beispiel weiß, wann die Person, um die es sich handelt, geboren wurde, auch wenn sich das oft (wie im Fall Defoes) nicht klären läßt. Es ist nützlich, wenn der Verfasser über möglichst viele Dokumente verfügt. Je näher ihm die Person zeitlich ist, desto glücklicher kann er sich schätzen. Idealerweise stehen ihm sogar alle – wirklich alle – Daten und Fakten zur Verfügung. Doch nimmt man die vergangenen hundert Jahre zum Maßstab, läßt sich beobachten, daß dem Erscheinen einer Biographie über jemanden in der Regel kurz darauf eine zweite folgt, bis sich schließlich mehrere Biographien derselben Person aneinanderreihen. William Faulkner starb 1962; vor kurzem erschien seine sechste Biographie. Über Henry Kissinger, der noch immer lebt, erschien 1992 eine Biographie von über 700 Seiten aus der Feder Walter Isaacsons. Ihr folgte 2015 der erste Band von Niall Fergusons Kissinger-Biographie, in dem er ihn auf fast 1000 Seiten vorstellt – und zwar nur den jungen Kissinger. Vergessen wir dabei auch dessen Autobiographie (3900 Seiten) nicht. Derselbe

Isaacson verfaßte 2011 auf fast 600 Seiten die Biographie Steve Jobs'. Vier Jahre später schrieben Brent Schneider und Rick Tetzeli Jobs' Biographie auf 450 Seiten – allerdings nur für seine frühen Jahre, mit dem Titel »Becoming Steve Jobs«. Weshalb entstanden all diese Bücher? Zum Teil wegen der immer neuen Dokumente, die ans Tageslicht gelangen. Kissingers Archiv beinhaltet Material im Umfang von 37645 gedruckten Seiten, aus dem für eine Biographie nur eine Auswahl getroffen werden kann. Jeder Verfasser wird seine Auswahl nach anderen Kriterien treffen. Was dabei eine Rolle spielt? Vieles, die eigene Persönlichkeit, Geschmack oder Humor genauso wie die Erziehung, die Tradition, in der man aufgewachsen ist, die politische Ausrichtung, aber auch unterschiedliche Ansichten über die menschliche Persönlichkeit, Geschichte, Kultur und deren Zustand, deren Schicksal.

Ein zweites Beispiel: Heinrich von Kleist, über den ich ebenfalls ein Buch geschrieben habe – diesmal keine Biographie. Zu Kleist ist seit Jahrzehnten kein nennenswertes Dokument mehr aufgetaucht, und das ist auch kaum mehr zu erwarten. Falls doch, wird es höchstens Stoff für einen kurzen Artikel bieten. Und dennoch erschienen allein in den vergangenen zehn Jahren fünf umfangreiche Kleist-Biographien. Ich habe alle fünf gelesen, eine ist besser als die andere. Aber warum entstanden über diesen mit vierunddreißig verstorbenen Mann so viele Bücher? (Abgesehen davon, daß 2011 ein Kleist-Jahr war, und Jahrestage das Interesse stets künstlich steigern.) Die Antwort ist einfach: Jeder Biograph ging mit dem umfangreichen vorhandenen Material anders um und deutete es damit stillschweigend auch. Die Deutung hatte aber nicht erst damit angefangen, sondern schon als man begann, über Kleist zu schreiben. Lehrreich in dieser Hinsicht ist seine erste »Biographie«, die in Wahrheit nicht von seinem Leben, sondern seinem Tod handelt. Nämlich das Protokoll der Obduktion, die am Tag nach seinem Selbstmord am Kleinen Wannsee durchgeführt wurde. Was sich im Inneren des Körpers befindet, in welchem Zustand die Organe sind, wie groß sie sind, welche Konsistenz sie haben, und so weiter – das alles ist keine Frage der Interpretation. Es genügt sie anzusehen, »neutralere« Fakten kann man sich schwer vorstellen. Und doch entstand das Protokoll in zwei unterschiedlichen Fassungen. In der ersten steht: »Die Leber war sehr groß, jedoch natürlich, die Gallenblase enthielt etwas viel Galle, jedoch waren in der Gallenblase keine steinerne Concremente enthalten. Eben so waren die Nieren, die Milz, die Urinblase, das Pancreas und der ganze tractus intestinorum im normalen Zustande.« Kleists Selbstmord hatte einen gewaltigen Widerhall, überall sprach man darüber, viele sahen in ihm einen neuen Werther, dessen Beispiel zur Nachahmung einlud. Deshalb erließ der preußische König kurz darauf ein Dekret, daß über seinen Tod in den Zeitungen nicht mehr zu berichten sei. Drei Wochen später entstand ein neuer Arztbericht. Nun konnten die Zeitgenossen unter anderem folgendes lesen: »Die Leber war widernatürlich groß (...), die Substanz derselben war widernatürlich fest, und ließ sich nur mit Mühe zerschneiden, wobey viel schwarzes dickes Bluth herausfloß. Vorzüglich groß war auch die Gallenblase, sie enthielt viel verdikte Galle (...) Nach diesen Anzeigen finden wir uns veranlaßt (...), daß Denatus dem Temperamente nach ein *Sanguino cholericus* in *Summa gradu* gewesen, und gewiß harte hypochondrische Anfälle oft habe dulden müssen (...) Wenn sich nun zu diesem excentrischen Gemüthszustand eine gemeinschaftliche Religionsschwärmerey gesellte, so läßt sich hieraus auf einen kranken Gemüthszustand des Denati von Kleist mit Recht schließen.« Es gibt wenige derart eklatante Beispiele dafür, wie man Fakten so lange drehen und wenden kann, bis sie ihren neutralen Charakter gänzlich eingebüßt haben. »So wird man verrückt gemacht«, lautet das Verdikt Günter Blambergers, eines der Kleist-Biographen, dem ich hinzufügen möchte: auf Befehl des Königs. Anders ausgedrückt: So kann man die Biographie eines Menschen beliebig formen – ein Vorgang, dessen extremste Beispiele man im 20. Jahrhundert findet, in der zu Stalins Zeit veröffentlichten Großen Sowjetischen Enzyklopädie, deren unterschiedliche Ausgaben zuweilen – je nach Bewertung zum Zeitpunkt des Erscheinens – radikal abweichende Biographien der enthaltenen historischen Gestalten beinhalten.

Das Schicksal von Kleists Obduktionsprotokoll wirft ein Licht darauf, daß sich Fakten, die sogenannte Wirklichkeit also, und Fiktion keineswegs ausschließen. Ein Lebensweg setzt sich aus Dokumenten, Fakten zusammen, suggeriert aber eine Geschichte, eine Handlung. Anders formuliert: Auch die sachlichste, sich streng an die Fakten haltende Biographie hat einen fiktionalen Charakter, aus dem einfachen Grund, daß jede Erzählung – und eine Biographie ist die Erzählung eines Lebens – ein Modell auf die Wirklichkeit projiziert. Genauer, sie projiziert es nicht auf die Wirklichkeit, das Modell selbst wird zur Wirklichkeit. Der Mensch ist von vornherein ein »geschichtenerzählendes Tier«, aus dem einfachen Grund, daß er ein Bewußtsein der Zeit, also der Vergangenheit und der Zukunft, hat. Auch deshalb genießen wir die Biographien anderer so sehr. Im Erzählerischen entdecken wir uns selbst. Und obwohl kein einziges Element im Leben der betreffenden Person mit unserem eigenen identisch ist, haben wir eines gemeinsam: daß wir beide eine Geschichte haben. Genauer: daß ich angesichts ihrer Geschichte auch mein eigenes Leben als eine Geschichte begreifen kann.

Das Genre der Biographie beschert uns eine Art Illusion: den Menschen endlich in seiner Reinheit, von Angesicht zu Angesicht, erblicken zu können. Es gibt wenige, die nicht mit dem Anspruch auf Endgültigkeit geschrieben worden wären.

Vielleicht sind Biographien einschließlich der Memoiren und Autobiographien heutzutage deshalb so beliebt. In größeren Buchhandlungen verfügen sie schon lange über eine eigene Abteilung. Wie Sandbänke, an die man sich klammern kann, ragen sie aus dem Meer der Fiktionen heraus. Das läßt sich vor allem im angelsächsischen Raum beobachten. Biographien machen dort fünf Prozent der Publikationen aus, was jährlich bis zu tausend Titel bedeuten kann. Seit 1978 existiert zudem eine interdisziplinäre Zeitschrift mit dem Titel »Biography« mit jährlich vier Heften, herausgegeben von der University of Hawaii Press.

Das alles ist kein neues Phänomen. Schon 1929 erblickten nach Angaben von Bernhard Fetz 667 angelsächsische Biographien das Licht der Welt. Neu dagegen ist, daß sie im Vergleich zur Belletristik einen höheren Stellenwert erlangt haben. Worin mag das begründet sein? Der Dokumentarfilmer Michael Moore löste bei der Oscarverleihung 2003 mit seiner Dankesrede einen Skandal aus, obwohl seine Worte sich bewahrheiten sollten: »Wir mögen das Nicht-Fiktive und wir leben in fiktiven Zeiten.« Konkret dachte er an den von George W. Bush ausgelösten Irakkrieg, der – wie sich später herausstellte – aus fiktiven Begründungen begonnen wurde. Moores Gedanke bietet womöglich auch eine Erklärung für die Beliebtheit des Genres. In einer Zeit, in der, mit den Worten Jean Baudrillards, bald alles zur Simulation wird, wächst der Bedarf an vermeintlicher »Wirklichkeit«. In der Welt der sogenannten Postfaktualität wird der Hunger nach Fakten immer größer.

Oft unterliegen aber auch Fakten der Simulation. Ein schönes Beispiel dafür bieten die Holocaust-Memoiren »Bruchstücke. Aus einer Kindheit 1939–1948« von Binjamin Wilkomirski, die 1995 im Suhrkamp Verlag erschienen. Das in Wahrheit von Bruno Doesseker geschriebene Buch gewann namhafte Preise – als man es aber 1998 als Fälschung entlarvte, wurden die Memoiren, die bis dahin als Meisterwerk gegolten hatten, von einem Tag auf den anderen in die Kategorie Kitsch abgeschoben. Nicht der Text hatte sich geändert, sondern sein Stellenwert. Das Attribut Meisterwerk hatte den Fakten gegolten, der »Kitsch« galt der Simulation. Noch extremer ist der Fall des Literaturwissenschaftlers Hans Schwerte, der bis 1945 als Hans Ernst Schneider SS-Offizier gewesen war, bevor er mit neuer Identität ein geachteter Universitätsprofessor und später Rektor wurde. Für Rüdiger Safranski war Schwerte »mehr als eine Maske für ›Schneider‹. Besser paßt das Bild von der Puppe in der Puppe. Die eine Biographie wurde über die andere gestülpt, ein Beweis dafür, daß in einer Biographie Raum für mehrere Biographien ist.«

Der Hunger nach bloßen Fakten erklärt auch neue Varianten der Autobiographie, die Autofiktionen, die sich zum Ziel setzen, selbst allerprivateste Lebensereignisse zu dokumentieren, und darüber hinaus erklärtermaßen nichts wollen.

Die klassische Autobiographie war anfangs eine Apologie (Sokrates), später eine Selbstrechtfertigung (Augustinus, Rousseau), dann ein Entwicklungsroman (Goethe). Bei der neuen Welle von Autobiographien gilt das Hauptinteresse solchen, die das einzelne Leben nicht als beispielhaft, als exemplarisch darstellen, sondern im Gegenteil als etwas, das sich von dem aller anderen unterscheidet, als einen Haufen Zufälligkeiten. Die Bücher Thomas Melles, Benjamin von Stuckrad-Barres, David Wagners oder der amerikanischen Autorin Chris Kraus sind in dieser Hinsicht typisch. Am bekanntesten ist die sechsteilige Autobiographie des Norwegers Karl Ove Knausgård. Diese Bücher sind nach allgemeiner Überzeugung authentischer als jede Fiktion, da sie nur das Wahre, Faktische erzählen, ohne ihm etwas hinzuzufügen. Die 1967 geborene englische Schriftstellerin Rachel Cusk, die ihre Memoiren im Alter von gerade mal dreißig Jahren zu schreiben begann, erklärte: »Ich bin mir sicher, daß die Autobiographie immer mehr die einzige Form in allen Künsten ist. Beschreibung, Charakter – die sind tot oder liegen im Sterben in der Realität ebenso wie in der Kunst.« Lassen sich Faktizität und Fiktion einander wirklich so starr gegenüberstellen? Ja, so die allgemeine Meinung. Aber es genügt, einen Blick in irgendeinen Knausgård-Band zu werfen, um zu erkennen: Es handelt sich dabei, und mag er noch so sehr bemüht sein, jeden Augenblick seines Lebens wirklichkeitsgetreu wiederzugeben, um eine meisterhaft konstruierte Fiktion. Vorsicht: nicht Lüge, Fiktion. Das beginnt schon mit der Unmöglichkeit, alles zu schildern, man muß zwischen den Ereignissen eine Auswahl treffen, also abwägen, dosieren, Schwerpunkte setzen. Was er auswählt, worauf er Gewicht legt, was er im Hintergrund beläßt und worüber er schweigt – gar nicht zu reden von den unzähligen Sachen, die er vergißt –, all das zu kartographieren, ist an sich schon lehrreich. Der Mensch tut nichts anderes, als sich zu verstellen, sagte Nietzsche und meinte, daß keiner es ertrüge, wenn man eine »wahre Biographie« über ihn schriebe. Auf die Nachricht, Richard Wagner arbeite an seinen Memoiren, bemerkte er gallig: »Wer zweifelt daran, daß es eine *kluge* Selbstbiographie sein wird?« Doch Menschen verstellen sich oft auch ohne Absicht, und das tun sie nicht selten dann, wenn sie vor anderen absolut ehrlich erscheinen wollen. Ich möchte wieder das Beispiel Heinrich von Kleists anführen: Es gibt in der Weltliteratur nur wenige so leidenschaftlich aufrichtige Briefe wie die seinen. Aber als ich seine Korrespondenz ins Ungarische übersetzte, fiel mir auf, daß in Briefen an die unterschiedlichsten Menschen oft dieselben Wendungen, Sätze, ja sogar Absätze vorkamen. Es stellte sich heraus, daß er vieles im voraus notierte und dann je nach Bedarf kopierte – copy and paste. Was er seinen Partnern schrieb, war zwar ehrlich, doch spielte er ihnen auch die Rolle eines ehrlichen Menschen vor. Zu ihm passen die Worte Fernando Pessoas in seinem Gedicht »Autopsychographie«:

»Der Dichter macht uns etwas vor: / So weit treibt er sein Spiel, / daß Kummer, den er wirklich fühlt, / Gespielter Kummer wird.« (Übersetzung von Paul Celan) Gespielter Kummer. Oder: gelogener Kummer.

1782 erschienen Rousseaus »Die Träumereien eines einsamen Spaziergängers«, in denen er bezüglich der »Bekenntnisse«, dieser vielleicht berühmtesten Autobiographie der Weltliteratur, zugab: »Ich schrieb aus dem Gedächtnis, und das fehlte mir oft, oder gab mir nur unvollkommene Erinnerungen, und ich füllte die Lücken durch Umstände, die mir meine Einbildungskraft angab, die aber nie diesen Erinnerungen widersprechend war.« Und so beruhte alles, was er schrieb, weniger auf der »Wirklichkeit der Dinge« als auf dem Gefühl der Ehrlichkeit und Richtigkeit. Und wenn er von den sogenannten falschen Ehrlichen spricht, die nicht in dem lügen, was sie schreiben, sondern indem sie bestimmte Dinge verschweigen, meint er auch sich selbst.

Das Wort ist gefallen: Lüge. Ich muß sofort an Péter Esterházy denken, der seinen Großroman »Harmonia Caelestis« mit dem Satz beginnen läßt: »Es ist elend schwer zu lügen, wenn man die Wahrheit nicht kennt.« Und damit können wir die Biographen vom Vorwurf der Lüge – jedenfalls der absichtlichen Lüge – freisprechen. Die unverhüllte Wahrheit können sie kaum kennen, denn sobald sie das Leben der Person, über die sie schreiben wollen, zu erforschen beginnen, stoßen sie auf ein anderes Problem: die Unfaßbarkeit der Persönlichkeit. Das ist das große Paradox des Genres: Die Biographie stellt etwas als faßbar dar, was unfaßbar ist, als selbstverständlich, was alles anderes als das ist. Wie wenig selbstverständlich die Identität einer Person ist, deutete sich schon in der ersten großen Autobiographie, den »Bekenntnissen« des Augustinus, an, und dieser Verdacht hat sich durch Montaignes »Essays« nur bestätigt. Hume war der erste moderne Denker, der das, was er als »personal identity« bezeichnet, 1740 radikal in Frage stellte. Er schrieb: »so kann ich wagen, von allen (...) Menschen zu behaupten, daß sie nichts sind als ein Bündel oder ein Zusammen verschiedener Perzeptionen, die einander mit unbegreiflicher Schnelligkeit folgen und beständig in Fluß und Bewegung sind«. Der Mensch wolle sich damit aber nicht abfinden, so Hume weiter; er akzeptiere nicht, daß sein Leben aus Brüchen, Lücken, nicht zusammenzufügenden Fragmenten besteht, und habe darum die Substanz der Seele, des Ichs erfunden.

Meines Erachtens vollzog sich die Erschütterung des Glaubens an die Identität der Person nicht zufällig zur gleichen Zeit – an der Wende vom 17. zum 18. – wie das Erscheinen des biographischen Genres im modernen Sinn. Das Wort »biography« bürgert sich in England in der zweiten Hälfte des 17. ein, im deutschen Sprachraum taucht das Wort zuerst 1709 auf. Die Biographie im modernen Sinn tritt Hand in Hand mit der Autobiographie auf. Zur gleichen Zeit erscheint auch der bürgerliche Roman. Der eine will die menschliche Persönlichkeit mittels der Fiktion, die andere mittels der Faktizität als kohärent darstellen, zusammenhalten. Die Biographie diente von Anfang an als eine Art Bildungsroman. Und obwohl dieser seit mindestens einhundert Jahren tot ist, folgt das Genre nach wie vor seinem Muster. 1933 bezeichnete Leo Löwenthal in seiner Studie »Die biographische Mode« populäre Biographien als Inversionen des klassischen Bildungsromans. Beide hätten für die Substantialität der Persönlichkeit Partei ergriffen. Nun garantiere jedoch nicht mehr Gott für die vermeintliche Einheit der Persönlichkeit, der Mensch selbst sei dafür verantwortlich und müsse sich aus eigener Kraft im Dschungel des Lebens zurechtfinden. Ja, sich nicht nur zurechtfinden, sondern auch eine gerade Schneise hineinschneiden, die dann zur Selbstverwirklichung führe. »Denn dies scheint die Hauptaufgabe der Biographie zu sein, den Menschen in seinen Zeitverhältnissen darzustellen und zu zeigen, inwiefern ihm das Ganze widerstrebt, inwiefern es ihn begünstigt, wie er sich eine Welt- und Menschenansicht daraus gebildet (...). Hierzu wird aber ein kaum Erreichbares gefordert, daß nämlich das Individuum sich und sein Jahrhundert kenne, sich, inwiefern es unter allen Umständen dasselbe geblieben, das Jahrhundert, als welches sowohl den Willigen als Unwilligen mit sich fortreißt, bestimmt und bildet.« Das sind die Worte Goethes aus dem Vorwort zu »Dichtung und Wahrheit«. Es gibt kaum eine Biographie, in der Welt und Individuum eine solche Einheit bildeten und die derart nachdrücklich darauf beharrte, daß die Persönlichkeit einen essentiellen Kern besitze. Die Lebensbeschreibungen des 19. Jahrhunderts – denn es war das große Jahrhundert der Biographie – hielten die Identität der Persönlichkeit für gegeben und unerschütterlich und versuchten alle Ereignisse des Lebens dem unterzuordnen. Was auch immer der Person zustieß, wurde zu einem weiteren Ziegelstein ihrer festen Identität.

Wie man weiß, geriet dieser Glaube im 20. Jahrhundert vollends ins Wanken. In seinem Werk »Minima Moralia« erklärt Adorno: »Bei vielen Menschen ist es bereits eine Unverschämtheit, wenn sie Ich sagen.« Dieser Gedanke wurde häufig variiert. Ossip Mandelstam konstatierte schon 1922 in »Das Ende des Romans« einen »katastrophalen Untergang der Biographie« und machte dafür die geschichtliche Entwicklung der Neuzeit verantwortlich: »Nun sind die Europäer aus ihren Biographien herausgeschleudert worden wie Billardkugeln (...). Außerdem ist das Interesse an der psychologischen Motivierung von vornherein untergraben und diskreditiert durch die Ohnmacht psychologischer Motive vor den realen Kräften, deren Strafgericht über die psychologische Motivierung von Stunde zu Stunde grausamer wird.« Mandelstam starb als Opfer des stalinistischen Terrors. Im Fleischwolf der Geschichte erwies sich die Psychologie des Individuums als ohnmächtig. Imre Kertész formulierte es später so: »Wie sollte ich zwischen meiner Persönlichkeit, die von meinen Erfahrungen geprägt ist, und einer Geschichte, die meine Persönlichkeit auf Schritt und Tritt leugnet, ja vernichtet, einen Zusammenhang herstellen können?« Mandelstam wurde ein Opfer des Gulags, Kertész der Konzentrationslager. Aber auch jene, denen ein glücklicheres Schicksal beschieden war, hegten bezüglich der Einheit der Persönlichkeit keine Illusionen. Denken wir nur an Pessoa, an Max Frisch (»Ich bin nicht Stiller« lautet der erste Satz seines Romans »Stiller«) oder an Roland Barthes, der bei der Niederschrift seiner Biographie (»Über mich selbst«) das Zentrum seines Ichs nicht fand und folglich die Integrität seiner Persönlichkeit in Frage stellte. In seinem Werk »Das Selbst als ein anderer« (1990) geht der französische Philosoph Paul Ricœur von Rimbauds Ausspruch »Ich ist ein anderer« aus, wonach dieser seine Identität allein in der Erzählung über sich, die er als »narrative Identität« bezeichnet, habe finden können. Das Genre charakterisiert er dementsprechend so: »Die Biographie wird so zurechtgeschnitten, daß sie eine Person ein für allemal auf diese Identität festlegt.«

Das 20. Jahrhundert war eines der an Erfindungen reichsten der europäischen Geschichte, angefangen von den technischen Neuerungen und Methoden des Völkermords bis hin zur Verwandlung der seit Jahrtausenden vorherrschenden Denkstrukturen. Zu den Entdeckungen gehörte auch, was der polnische Dichter Czeslaw Miłosz – die zitierten Gedanken Mandelstams und Kertész' variierend – so beschrieb: »Die menschliche Person, die stolz mit dem Finger auf sich selbst zeigt: ›ich‹, erwies sich (...) als Täuschung, denn sie ist lediglich ein von ein und derselben Epidermis zusammengehaltenes Bündel von Reflexen.«

Worin besteht unter diesen Umständen die Aufgabe eines Biographen? Er muß sich an die klassischen Regeln des Genres halten, kann jedoch in jene Tiefenschichten einer Lebensgeschichte eindringen, die oft unauffällig oder gar nicht zu sehen sind, aber dennoch außerordentlich prägend sein können. Wie ein Romancier muß auch ein Biograph in der Lage sein, diese Schichten zu erschließen und die Person nicht als gegeben, sondern als in ständigem Fluß befindlich, als wandelbar zu sehen. Schon zu Beginn des 19. Jahrhunderts beklagt sich Thomas de Quincey über das Genre im herkömmlichen Sinn. Wie in »Guilty Thing: A Life of Thomas De Quincey«, einer 2016 erschienenen Biographie aus der Feder Frances Wilsons, zu lesen ist, hielt er es für »ermüdend und nutzlos«, wenn eine Biographie chronologisch vorwärtsschreite und sich auf die inventurartige Aufzählung der Ereignisse beschränke. Man müsse vielmehr den doppelten Charakter (»doubleness«) des Lebens darstellen, der für De Quincey in der Einheit des äußeren und des inneren Lebens bestand. Dazu müsse der Biograph mit einer Art Tiefenbohrung in die prägenden Momente des jeweiligen Lebens eindringen und dann jene »tiefen Eindrücke« aufzeigen, die noch mehr als die äußeren das Leben der Person geformt haben. Diese tiefen Eindrücke seien die prägendsten – und die am wenigsten sichtbaren. Bezüglich De Quinceys Autobiographie schrieb Virginia Woolf: »Um die ganze Geschichte eines Lebens zu erzählen, muß der Autobiograph irgendein Mittel ersinnen, mit dessen Hilfe beide Ebenen der Existenz erfaßt werden können – die schnelle Abfolge von Ereignissen und Handlungen, das langsame Sich-Erschließen einzelner und ernster Augenblicke konzentrierter Empfindung.«

Solche konzentrierten Empfindungen und tiefen Eindrücke entstehen aber nicht von selbst, gehören nicht ausschließlich zur Seele. Sie werden durch Millionen von Haarwurzeln genährt. Diese verästeln sich, weisen über die persönliche Lebensgeschichte hinaus, liegen in der Vergangenheit der Person, tauchen in Eigenschaften von ihm auf, die er von Menschen geerbt hat, die er vielleicht nicht einmal kannte. Sie sind in den Wänden seines Geburtsorts, in den Städten und Landschaften, die er bewohnt hat, in der Geschichte im engeren und weiteren Sinn. Mit einem Wort, in jenem Kollektiv, von dem ein Individuum getragen wird. Über dieses gewaltige, in seiner Ganzheit nie zu fassende Netz schrieb Nietzsche: »Die kleine Kraft, welche Noth tut, einen Kahn in den Strom hineinzusetzen, soll nicht mit der Kraft dieses Stromes, der ihn fürderhin trägt, verwechselt werden; aber es geschieht fast in allen Biographien.«

Mit Defoe habe ich begonnen. Mit meinem anderen Helden Kleist möchte ich zum Ende kommen. »Ich wollte ich könnte mir das Herz aus dem Leibe reißen, in diesen Brief packen, und Dir zuschicken«, schrieb er an seine Schwester. Ich habe mich viel mit Kleist beschäftigt, doch stets scheute ich davor zurück, seine Biographie zu schreiben. Warum? Weil ich Angst hatte, daß sein verpacktes Herz, wenn ich es in die Hand nähme, zu schlagen und zu pochen aufhörte. Statt der tiefen Eindrücke und konzentrierten Empfindungen hielte ich ein totes, verderbliches Stück Fleisch in den Händen. Das erinnert mich an einen Vierzeiler Attila Józsefs, eines ähnlich jung verstorbenen ungarischen Schriftstellers, der zu den größten Dichtern des 20. Jahrhunderts gehörte:

Ins Handinnere stak ich meine Seele:
Siehe wie schön das Glas, hundertbeäugt!
Er aber holte Diamanten hervor,
Da Er den Menschen nie und nie begreift.
*(Deutsch von Daniel Muth)*

Anstelle einer Moral kann ich nur soviel sagen: Ein Diamant muß es gar nicht sein; ein hundertbeäugtes Glas genügt vollkommen. Wenn eine Biographie das leistet, bin ich zufrieden. Wie man aus dem Bisherigen ersehen kann, hege ich ernste Zweifel am Genre der Biographie. Aber in die einzelnen Biographien habe ich nach wie vor großes Vertrauen.

*Aus dem Ungarischen von Akos Doma*

## EUGÈNE IONESCO

# ELEGIEN FÜR KLEINE WESEN

## Gedichte

*Vorbemerkung*

I.

Am 26. November 1931 wird Eugen Ionescu 22 Jahre alt. Im Dezember des Jahres erscheint in Bukarest sein erstes Buch: »Elegii pentru ființe mici« (Elegien für kleine Wesen). Das Bändchen beinhaltet gerade einmal zwanzig Texte, und in die zwei Kapitel »Elegien für kleine Wesen« und »Groteske Elegien« (Elegii grotești) geht auch eine Auswahl der Gedichte ein, die er neben Literatur- und Kunstkritiken seit 1927 da und dort veröffentlicht hat. In den sechs 1932 erschienenen Besprechungen überwiegen die Vorbehalte gegen seine »Elegien«, doch werden sie nicht nur aufgrund poetologischer Einwände jahrzehntelang übersehen.

Dem rumänischen Literaturhistoriker und Kritiker George Călinescu sind sie in seiner vielbeachteten »Geschichte der rumänischen Literatur von den Ursprüngen bis zur Gegenwart« (1941) nicht der Rede wert. Er würdigt Ionescu bloß mit einem kurzen Absatz im Addendum »Andere Kritiker« jenes Kapitels, das die ab 1932 sich formierenden Strömungen behandelt. Obwohl Călinescu ihn als »Dichter und Kritiker« ausweist, erwähnt er lediglich die unter dem Titel »Nein« (Nu, 1934) gesammelten Essays und resümiert sie mit dem Satz: »Eugen Ionescu (...) erhob Einspruch gegen die aktuell beste Literatur«.

Auf dem Höhepunkt seines späteren Ruhms als Dramatiker war es der nunmehr als Eugène Ionesco auf französisch schreibende Autor selbst, der seine Jugendlyrik schroff abtat. In »Bekenntnisse nach den Gesprächen aufgezeichnet von Claude Bonnefoy« (1966, deutsch 1969) bezeichnet er sie als »sehr schlechte Gedichte«: »sie sind jämmerlich, voll von rudimentären Anthropomorphismen: weinende und blutende Blumen, die von Wiesen, von Frühling und allem möglichen träumen. Ich war siebzehn. Als Entschuldigung kann ich Maeterlinck und Francis Jammes anführen. Und dann, nach den überaus schlechten Gedichten, fing ich an, strenge Literaturkritiken zu schreiben, als wollte ich mich selbst in den anderen bestrafen.« Dem Romanisten Klaus Heitmann legte er sogar nahe, sich nicht mit ihnen abzugeben, wie dieser in einem Aufsatz verriet (»Eugène Ionesco als Lyriker«, in: Erich Köhler, Hg., Sprachen der Lyrik. Festschrift für Hugo Friedrich zum 70. Geburtstag, 1975).

Es bleibt allerdings fraglich, auf welche Gedichte eines Siebzehnjährigen sich das Verdikt bezieht. Bonnefoy wie Heitmann folgten nämlich seiner Behauptung, er sei 1912 geboren, die er in Paris in die Welt setzte, um zu den jüngeren Akteuren zu gehören. Ging es also um Gedichte, die 1926 oder erst 1929 geschrieben wurden? Und schließt sein vernichtendes Urteil wirklich alle »Elegien« ein?

Heitmann jedenfalls scheute die Auseinandersetzung nicht, sah in ihnen eine »Dichtung über den Tod« und vermerkte eine »animistisch-pantheistische Weltanschauung«. Zudem verfolgte er einige auch in »Nein« vorkommende Motive bis in die späte Erinnerungsprosa und untersuchte die Verwandtschaft der »Elegien« mit der Lyrik Tudor Arghezis (1880–1967) und Ion Barbus (1895–1961), die der junge Autor als Kritiker verrissen hatte.

Im erwähnten Gesprächsband widerspricht Ionesco sich auf eine für ihn typische Weise selbst, indem er die angebliche Schlechtigkeit seiner Gedichte mit dem Einfluß Maeterlincks und Jammes' zu erklären versucht, denn der Passus folgt auf eine entschiedene Ablehnung des Mythos vom literarischen Einfluß: »Man sagte mir, ich sei von Strindberg beeinflußt; also las ich die Stücke von Strindberg, und ich sagte: Ich bin tatsächlich von Strindberg beeinflußt. Man sagte mir, ich sei von Vitrac beeinflußt; also las ich Vitrac, und ich sagte: Ich bin tatsächlich von Vitrac beeinflußt. Also las ich Feydeau und Labiche, und ich sagte: Ich bin tatsächlich von Feydeau und Labiche beeinflußt. (...) Doch wenn ich von diesen Autoren, die ich nicht kannte, ›beeinflußt‹ war, so heißt das ganz einfach, daß ein Individuum nicht allein ist. Man glaubt zu Unrecht, daß sich die Menschen bewußt und unabhängig entscheiden, bestimmte Dinge zu tun oder zu lassen. In Wirklichkeit sind die Vorlieben, die Zwangsvorstellungen, die Universalprobleme in uns, und wir alle finden sie eins nach dem andern. Der große Irrtum der vergleichenden Literatur – wenigstens vor zwanzig Jahren – bestand darin, daß sie annahm, Einflüsse wären bewußt, oder daß sie überhaupt Einflüsse annahm. Die Dinge sind ganz einfach da. Viele von uns reagieren auf gleiche Weise. Wir sind gleichzeitig frei und vorbestimmt.«

Heitmann konzediert, die »Elegien« seien »künstlerisch ohne Zweifel nicht vollkommen«, aber von literarhistorischem Wert, da sich in ihnen »bereits entscheidende Elemente des späteren, weltliterarisch wirksamen Œuvres« zeigten. In jüngerer Zeit haben Marta Petreu in »Ionescu im Land des Vaters« (Ionescu în țara tatălui) und Eugen Simion in »Der junge Eugen Ionescu« (Tânărul Eugen Ionescu) im wesentlichen ähnlich geurteilt, doch Simion würdigt sie wie folgt: »Es sind zarte und schüchterne Gebete nach Franz von Assisi und in einem Stil geschrieben, der sich in der Moderne an Francis Jammes anlehnt sowie an Arghezis Darstellungen kleiner Universen. Verwunderlich an diesem jungen Mann, der in seinen Kritiken alles mit größter Vehemenz ablehnt, sind die religiöse Empfindung und der Verzicht auf seine vernichtende Ironie.«

## II.

Simions Verdienst besteht nicht zuletzt in einer minutiösen Rekonstruktion der Biographie Ionescus bis zu seiner endgültigen Emigration 1942 nach Frankreich. Mit Hilfe zahlreicher Dokumente sowie Aufzeichnungen von Zeitgenossen und Freunden gibt er eine umfassende Antwort auf die Frage, was ihn vor Erscheinen der »Elegien« intellektuell und privat bewegte. Seine Eltern Eugen N. Ionescu (1882–?) und Maria-Tereza Ipcar (1887–1936) heiraten nach orthodoxem Ritus 1906 oder 1907 in Bukarest. Der Vater ist Jurist und arbeitet für die Hauptstadtpräfektur, ab 1908 als Generalsekretär der Präfektur von Slatina, einer Stadt in der Großen Walachei. Dort kommt Eugen-Dimitrie Ionescu, der künftige Schriftsteller, am 26. November 1909 zur Welt, gefolgt von den Geschwistern Marilena und Mircea. Letzterer erliegt mit achtzehn Monaten einer Meningitis. Die Mutter, Kind französischer Protestanten, stammt aus Craiova. Daß die Großmutter mütterlicherseits, Annette Ipcar, einem jüdischen Zweig der Familie entstammen soll, wird den Enkel trotz seines tiefen orthodoxen Glaubens sowohl in seiner späteren Erinnerungsprosa als auch in seinem dramatischen Werk beschäftigen.

1911 emigriert die Familie nach Paris, der Vater kehrt 1916 allein zurück, um in Rumänien seiner Wehrpflicht nachzukommen. Zum Kriegsdienst kommt es allerdings nicht, statt dessen gründet er eine Anwaltskanzlei und bricht den Kontakt zu Frau und Kindern ab. Er läßt sich von Maria-Tereza, die ihn für gefallen hält, in deren Abwesenheit scheiden und heiratet erneut. Zurück in Rumänien, wohnt der junge Ionescu bei seinem Vater und dessen neuer Gattin Eleonora und besucht ab 1922 das Gymnasium »Sfântul Sava« in Bukarest, in dessen Zeitschrift 1927 sein erster Text erscheint. Er ist kein besonders guter Schüler und muß mehrmals Nachprüfungen bestehen. Seine Lieblingsfächer sind Französisch und Rumänisch. Sein Schulkamerad und Freund Emanuel Vidrașcu porträtiert ihn als fröhlichen, sarkastischen Klassenclown, Lehrer-Provokateur und Poesierezitator mit gelegentlichen depressiven Phasen. Mit achtzehn oder neunzehn verläßt er schließlich das verhaßte väterliche Haus.

Ab November 1928 studiert Ionescu an der geisteswissenschaftlichen Fakultät der Universität Bukarest unter anderem bei dem Literaturtheoretiker Mihail Dragomirescu, unter seinen Kommilitonen befindet sich Emil Cioran. Mit seinem Freund Octav Șuluțiu plant er 1929 die Gründung einer Zeitung mit dem Titel »Der Mörder« (Ucigașul), dann der Zeitschrift »Ideal«. Beides kommt nicht zustande. Die Tagebucheintragungen Șuluțius aus den Jahren 1927–36 ergeben nicht nur die Chronik einer brüchigen Freundschaft, sie liefern auch die wohl ausführlichste Beschreibung der Lehrjahre Ionescus: Er ist, dem Freund zufolge, labil und sprunghaft, mal warmherzig, mal aggressiv, wird von Krisen heimgesucht und neigt zu Mißtrauen, Egoismus, Hochmut. Doch er kann auch umgänglich und zum Feiern aufgelegt sein.

Ionescu publiziert seine Gedichte und Kritiken vor allem in linken Zeitungen und Zeitschriften, scheut aber weder rechte Organe noch die geistige Nähe des (mit ihm nicht verwandten) Philosophen Nae Ionescu. Die sogenannte Generation 1927, deren geistiges Oberhaupt Nae Ionescu ist und die auch als Criterion-Kreis bezeichnet wird, intellektualisiert die Umtriebe der »Legion Erzengel Michael« und ihrer militärischen Subdivision, der Eisernen Garde, die der Faschist Corneliu Zelea Codreanu 1927 bzw. 1930 ins Leben rief. So avancierte Nae Ionescu zum geistigen Wegbereiter des rumänischen Holocaust und findet u.a. in Mircea Eliade einen frühen Anhänger. Ciorans Aneignung einiger seiner Ideen folgt vor allem der eigenen kulturpessimistischen Logik.

Auf Bonnefoys Frage nach dem Leben in Bukarest läßt Ionescu das Dilemma Revue passieren, in dem er »mit zwanzig Jahren« – also 1929 oder 1932 – steckte: »Interessant waren (...) die heftigen Auseinandersetzungen mit einer Umgebung, in der ich mich nicht wohl fühlte, nicht die Auseinandersetzung mit Ideen, sondern die Auseinandersetzung mit Gefühlen, die ich nicht annehmen konnte. Tatsächlich sind Nazismus, Faschismus und so weiter, bevor sie Ideologien werden, erst einmal Gefühle. Alle Ideologien – auch der Marxismus – stellen nichts anderes dar als die Rechtfertigungen und die Alibis bestimmter Leidenschaften, ja gewisser rein biologischer Triebe. Später wurde die Auseinandersetzung schwerer. Ich hatte eine ganze Menge Freunde. Aber viele von ihnen schlossen sich in den Jahren 1932, 33, 34, 35 dem Faschismus an. (...) Ich fühlte mich immer einsamer. Wir waren nur ein paar wenige, die die Schlagwörter, die Ideologien, die auf uns einstürmten, nicht annehmen wollten. Es war sehr schwierig standzuhalten.«

III.

Der biographische Anteil von Ionescus französischer Kindheit und rumänischer Jugend an den »Elegien«, die hier in einer Auswahl erstmals auf deutsch erscheinen, ist nicht hoch genug einzuschätzen. Aus diesem Kontrast heraus bildet er in der Erinnerungsprosa seinen Zeit- und Todesbegriff, und an ihm versucht er, seine innige Liebe zur Mutter und zu Frankreich sowie die Verachtung des Vaters und die Ablehnung des als Exil empfundenen Geburtslandes zu erklären. So verwundert es nicht, daß er den Ursprung seines Interesses an Zinnsoldaten, Puppen und sonstigem Spielzeug aus den »Elegien« in einer Kindheitserfahrung sieht: »Ich erinnere mich noch, daß meine Mutter mich als Kind nicht vom Kasperletheater im Jardin du Luxembourg wegbringen konnte. Wie verhext konnte ich da ganze Tage bleiben. Obwohl ich nicht lachte. Das Kasperlespiel fesselte mich. Der Anblick dieser sprechenden, sich bewegenden und schlagenden Puppen war überwältigend. Es war für mich ein Schauspiel, das die Welt widerspiegelte, ungewohnt und unwahrscheinlich, aber wahrer als das Wahre. Es stellte sie in einer unendlich vereinfachten und karikierten Form dar, als wollte es deren groteske und grausame Wahrheit unterstreichen.« (»Argumente und Argumente«)
Bisher wurde übersehen, daß in Ionescus Erinnerungsprosa Spielsoldaten und Puppen im Zusammenhang mit dem Vater auftreten, etwa wenn er von einem Streit der Eltern berichtet und Vater und Mutter in einen Puppenspieler bzw. eine Puppe verwandelt: »ein armes, wehrloses Kind«, »eine Puppe in den Händen meines Vaters und Gegenstand seiner Quälereien« (»Heute und gestern, gestern und heute«). Oder wenn er sich Szenen der Pariser Zeit mit dem Vater ins Gedächtnis ruft: »Wir wohnen Rue du Théâtre im 15. Bezirk. Ich bin noch ganz klein. Es ist Krieg. Ich spiele auf dem Fußboden mit Soldaten, aber nicht aus Blei, sondern aus Pappe oder Gips. Er ist mit der Bahn gekommen. Aus Rumänien? Ich stelle die Soldaten auf, einem habe ich bereits den Kopf abgebrochen.« Und: »Er hat meiner Schwester eine neue Puppe gekauft, eine riesige unzerbrechliche Puppe, weil meine Schwester immer alle ihre Puppen zerbrach. Der Vater gibt meiner Schwester die unzerbrechliche Puppe, sie nimmt sie in die Hand, läßt sie fallen und zerbricht die unzerbrechliche Puppe. Undeutlich scheint mir, als sähe ich ihn wütend mit großen Schritten fortgehen.« Auch diese Stelle, an welcher der Vater nicht vorkommt, ist für das Verständnis der »Elegien« erhellend: »Mir scheint, ich durchlebe einen jener Augenblicke, da ich mir zum ersten Mal sage, da ich zum ersten Mal entdecke, daß die Existenz nur ein Ziel hat: den Tod. Man kann nichts dagegen tun. Man kann nichts tun. Man kann nichts tun. Man kann nichts dagegen tun. Aber was sind das für Lebensbedingungen, an Fäden gezogen zu werden wie Marionetten? Mit welchem Recht hält man mich zum Narren?« (Tagebuch)
Simion und Petreu sind sich einig, daß es nicht darum geht, ob Ionescu dem Vater gerecht wird. Entscheidend ist der Grad seiner ästhetischen Stilisierung im Werk des Sohnes. Die schärfste Verurteilung der Autorität und des Autoritären erfolgt in dieser Passage aus »Heute und gestern, gestern und heute«: »Als ich ihn das letzte Mal sah, hatte ich mein Studium beendet, war Lehrer geworden, hatte geheiratet, wir aßen gemeinsam zu

Mittag, er hatte eingeladen, wir stritten uns, weil er ein Rechtsintellektueller war, heute wäre er Linksintellektueller, und zu Beginn des kommunistischen Regimes wurde er sogar als einer von wenigen Rechtsanwälten beim Gericht wieder zugelassen. Mein Vater war kein bewußter Opportunist, er glaubte eben an die Obrigkeit, ich verabscheute den Staat. Er glaubte an den Staat, an welchen auch immer. Für ihn hatte eine Partei, sobald sie an die Macht kam, recht. So gehörte er zur Eisernen Garde, wurde Freimaurer, Demokrat, Nationalist, Stalinist. Für ihn hatte jede Opposition unrecht. Für mich hatte jede Opposition recht. (...) Kurz, am Ende der Mahlzeit kam es zum Streit: Früher hatte er mich einen Bolschewiken, später hat er mich verjudet genannt. Und verjudet nannte er mich am Ende dieser Mahlzeit. Ich erinnere mich an den letzten Satz, den ich ihm gesagt habe: ›Besser verjudet als ein Arschloch. Monsieur, ich habe die Ehre.‹ (...) Alles in allem warf ich ihm vor, daß er wie alle andern war. Das hieß, Schritt halten mit der Geschichte: aber Heidegger, Jung, Sartre und viele andere, haben sie es nicht ebenso gemacht? Nur tat er es gröber, einfältiger, vielleicht auch naiver.«
Ionescus Gegenpol war »die alte Mühle«, ein Gehöft in der winzigen Gemeinde La Chapelle-Anthenaise, wo er 1917–19 lebte und weder Vater noch Todesängste eine Rolle spielten: »In La Chapelle-Anthenaise gab es keine Zeit. Ich lebte in der Gegenwart. Leben, das war Gnade, Lebensfreude. (...) Da war der Himmel, da war die Erde, die vollkommene Vermählung des Himmels mit der Erde. Gewisse Psychoanalytiker, die Jungianer, behaupten, glaube ich, daß wir in uns die Trennung von Erde und Himmel erleiden. Nun, dort waren Himmel und Erde wirklich vermählt.«

*Alexandru Bulucz*

GEBET

Eine kleine Sonne, Gott,
für meine Seele.

Gott, ich bin ein Blatt,
ich bin eine Nuß,
bin eine verängstigte Kröte,
bin ein verwundeter Spatz.

Sie haben mir die Nester ausgeplündert, alle.
Alle holten sie mich ein, die Schleudern.

Kleiner Gott, hebe mich auf

und mache mich glücklich
wie die Ochsen mit unschuldigen Hörnern,
wie die Hunde mit Engelsaugen,
wie die Seerosen,
wie die freundlichen Steine.

## DAS MÄDCHEN SAH ENGEL

Als das Mädchen noch bei uns war, sah es Engel.
Doch es gibt keine Engel!
Wer sieht schon die Engel!

Oh, die Wachspuppe!
Der Pope schüttelte den Kopf,
der schwarze kleine Hund bellte und bellte,
die trauernde Frau schrie
und ein ernst dreinblickender Herr weinte in seine Hände,
als er die Wachspuppe sah,
er verrenkte sich den Kopf in seinen Händen,
als er die Wachspuppe sah.

Weiß, dann weiß.

Ich glaube nicht an Engel.
Du auch nicht?
Du auch nicht?

Als das Mädchen noch bei uns war, sprach es mit den Engeln.

## UNGEWISSHEIT

Die Bäume machen lange Zeichen.
Wem machen sie die langen Zeichen?

Das Wasser spiegelt ihn nicht wider.
Wen sucht das Wasser?

Der Wind, er kam erschöpft zurück.
Wem jagte er nur nach?

Ein Mensch schaut in die Ferne.
Er seufzt, die Augen in der Ferne.

## ELEGIE

Freund, laß uns weinen gehen:
eine Träne für das gelbe Blatt,
eine Träne für die kahle Rose,
eine Träne für das tote Mädchen,
eine Träne für den Schmerz eines jeden.

Eine Träne für jedweden Stein,
für jeden Baum
und jedes Ideal.

Endlos sind die Seelen, sind die Steine.
Ich fürchte das Gehen: will nicht auf sie treten.

## LAND AUS PAPPE UND WATTE

In jenem Land kannst du den Stein nicht unterscheiden
von Vogel oder Geist:
sind alle aus Watte und aus Pappe.

Wer will, der reiße sich die Seele aus,
lege sie daneben
und betrachte sie wie ein fremdes Wesen:
Ich hab' den Geist erblickt von Bäumen, Vögeln, Menschen.

Was die Menschenpuppen singen, ist ein stumm Gebet:
Ihr Gott hat einen weißen Bart.
Menschenpuppen, Geist aus Watte!
Lächeln aus Paste!
Kautschukbäume!
Augen offen und erstarrt!
Farben blaß, nicht schrill.
Der Raum hat zwei Quadratmeter.
Das Feuer ist ein roter Lappen, du greifst es mit der Hand.

Dieses Land, die Pappe, hat ein Kind bekritzelt.
Das Kind, es träumt: Weck's ja nicht auf.

## ELEGIE FÜR KLEINE WESEN

Da lag einmal das Bett
des Kindes, das getragen ward
in einer Puppenschachtel
in den Park mit Stein und Erde.

Seitdem in ihrer dunklen Ecke
schweigen die Soldaten, bleiern,
angewurzelt neben der Trompete,
in Gedanken bei den Schlachten
und bei ausgedachten Siegen.

Aus Blech ein Schnellzug
in dem kleinen Bahnhof aus Karton,
vor lauter Nostalgie verrostet,
und ein reisender Liliputaner
im Waggönchen eingeschlafen.

Aus angestrichnem Holz das zahme Pferd,
in des Gedanken leise wiehert
und auch bitter weint der stumme Narr,
ein ausgeblichner Harlekin.

## LIEBESLIED

Wie ein Kopftuch ihr Gesicht;
die Nase aus der Pappenschicht;
die schlechten Zähne in dem Mund
so schokoladig ungesund.

Die Brüste, Streichholzköpfe, kahl,
der Körper wie ein wunder Pfahl,
schlaksig ist sie, dann auch kürzestsichtig;
sieht nicht mal ihre Nasenspitze richtig.

Armes Mädchen, jammervoll,
armes Mädchen, liebestoll!

## DER TOD DER PUPPE

Es starb an einem Lungenstau
die Puppe, wächsern, eine Frau.
Den Puppen ging's an die Substanz,
starren Blickes Tränenglanz.

Die Pappenkirche für die Zwergenleut,
sie weint im schwachen zierlichen Geläut.
Der Kartonsarg, es ist vollbracht,
auf den papiernen Weg hat sich der Zug gemacht:

Pferde, hölzern, Kutsche, schokoladig zart,
der Pope mit dem Wattebart,
ein Harlekin, bizarr gekleidet,
der Toten ältre Schwester leidet.

Einem Pierrot, der stehenblieb,
fällt Kleie aus den Ellenbogen.
Was aus der Glocke schied
ist kaum zu hören: der erloschne Schall.

*Aus dem Rumänischen von Alexandru Bulucz*

CHRISTOPH MECKEL

# WAS EIN GEDICHT KOSTET

*Zuständigkeit. Eine Vorbemerkung*

Eigentlich war ich auf der Suche nach einer Rede, die Christoph Meckel 1982 zum Thema Lyrik als Verbrechen gehalten hatte. Da schickte Wulf Segebrecht mir dieses zehnseitige Typoskript aus seiner Sammlung: undatiert, ohne Kontext, aber zusammen mit einer Übersetzung ins Englische. Es war rasch klar, daß es sich nicht um den gesuchten Text handelte. Das Schlüsselwort »Zeitgeschichte« aber signalisierte, in welchen Zusammenhang er gehörte: Im »Spring Semester« 1968 war Christoph Meckel Gastdozent an der University of Texas in Austin. Am 23. Februar schrieb er von dort an seinen Freund Reinhard Lettau:

Lieber Reinhard,
hab von Leslie dem Tüchtigen Deine Adresse gekriegt (er gibt »Dimension« heraus) und will mal schön grüßen aus diesem schönen Land und dieser schönen allgemeinen und besonderen Scheiße. Wollte anfangs wieder wegfahren, bleibe aber, da ich gesehen habe, daß es eine Menge zu tun gibt. Die students wissen nix und würden von vielem nichts erfahren, wenn ich nicht da wäre. Die Hälfte meines Unterrichts verwende ich darauf, zeitgeschichtliche Hintergründe, Zusammenhänge etc. klar zu machen und Verbindungen zu zeigen zwischen Politik – Literatur. Ich war ziemlich zerschmettert von dieser Ahnungslosigkeit, die wohlgelaunt auf Thomas Mann und verharmlostem Brecht durch die University reitet. Wenn ich meine Arbeit hier getan habe, geht's ab mit Volldampf. Mexico – Cuba – Europe. (...).«
Über dem Brieftext eine Tuschezeichnung: Ein Redner ist vom Katheder herabgetreten, über dem ein dickes Fragezeichen schwebt, hält sich die Rechte vor den Mund und weist mit dem Zeigestock in der Linken auf eine Tafel hinter sich, auf der zu lesen steht: »Was bleibet aber stiften die ~~Dichter~~ Brandstifter.«
Diese Geste und die Abwandlung des sprichwörtlich gewordenen Verses aus Hölderlins »Andenken« (1803) erinnern an den Schluß der hier abgedruckten Vorlesung.
Drei Tage später berichtete Meckel seinem Freund Volker von Törne:

Lieber Törne!
Dank Dir schön für die Zeitungsausschnitte. (...) Hier geht alles weiter, oller Stiefel. Weiß nicht, ob es Sinn hat. Muß Elementarunterricht geben. Die Kinder, obwohl schon erwachsen, sitzen da und kritzeln Notizen. Der Direktor sagte heute, sehr stolz: »Bei uns ist das 18. Jahrhundert noch lebendig.« Immerhin sagte gestern ein Student zu mir: »I hate it to be a citizen of this country.« Der Vietnamkrieg verändert die Besten. Die übrige Welt nimmt weiterhin Beruhigungspillen in Form von Optimismus. (...).

Dein oller
Mecki, Dichter, Gott schütze die Kunst.

Bei dem schwierigen Versuch, einen Begriff davon zu geben, woraus Dichtung entsteht, wie sie gelesen werden kann und vor welchen Aporien sie 1968 stand, unterscheidet Meckel »Zuständigkeit« und »Unzuständigkeit« eines Lyrikers, Gedicht und »Scheingedicht«. Er zitiert kein einziges seiner Gedichte. Doch seine Zuständigkeit ist unverkennbar.

*Marie-Luise Bott*

Über Dichtung zu sprechen kommt mir ungemein schwierig vor, weil das Wesentliche unausgesprochen bleiben muß. Wer als Verfasser von Gedichten über Dichtung spricht, darf oder muß voraussetzen, daß das Schweigen zwischen seinen Wörtern vernommen wird. Ich bin außerstande, auf Schweigen zu verzichten. Ich versuche hier nichts anderes, als das Unausgesprochene mit ein paar Bemerkungen zu unterbrechen.

Wir beschäftigen uns im geschlossenen Raum mit etwas, das kostbar ist wie Brot und Salz, es braucht freien Atem und frische Luft. Nichts ist abträglicher für das Gedicht als Gesprächigkeit. Sie kann das Gedicht vorübergehend zum Verschwinden bringen. Aber das authentische Gedicht beschämt jeden Redemeister, weist Meinungen und Thesen weit von sich und wirft literarische Kategorien über den Haufen. Gedichte von Welthaltigkeit, Größe und totaler Konzeption – und nur auf diese Gedichte kommt es an – zerbrechen die Grenzen der Literatur. Der Vers César Vallejos:

> Herr Staatssekretär für das Seelenheil, was sollen wir tun?
> Ach, ein Verhängnis, Menschen von Menschenart,
> es ist, Geschwister, so viel, so vieles zu tun!

setzt jeden Kommentar außer Kraft. Er bedarf ergänzender Worte nicht. Er ist gefährlich, denn er wirbelt, wie jeder außerordentliche Vers, den Bodensatz des Bewußtseins auf. Es ist nicht an uns, diesen Vers zu entschärfen. Unmöglich, den Satz Aimé Césaires auf sich beruhen zu lassen: »Die Arbeit des Menschen hat gerade erst begonnen.«

Er erfordert die Mitarbeit eines jeden, er braucht seine Erfahrung, vor allem aber sein Gewissen und seine selbstverständliche Menschlichkeit, falls diese vorhanden ist. Verse und Zeilen wie die eben zitierten müssen von Büchern und Bibliotheken befreit, von der Literatur erlöst werden. Große Gedichte müssen umgesetzt werden in unsere Existenz.

Über Gedichte sprechen heißt, einen Felsen mit einem Taschenmesser spalten zu wollen. Man muß es trotzdem versuchen. Der Versuch kostet den Menschen seine Bequemlichkeit, das hoffe ich. Er hat das nicht gern. Im Umgang mit dem Gedicht wird ihm Selbstlosigkeit abverlangt. Er ist nicht gern selbstlos. Das Gedicht fordert mehr von ihm als Gefühl, Intelligenz oder literarische Bildung. Es braucht den ganzen Menschen. Dichtung ist weder Geschmackssache noch Ansichtssache. Ansichten über Dichtung, vor allem wenn sie aus dem Lehnstuhl der Bürgerlichkeit erfolgen, sind absurd. (Zum Teufel mit allen Geschmackssachen und Lehnstuhlkommentaren.)

Die Tatsache, daß man ein Gedicht zu kennen glaubt oder auswendig weiß, bedeutet durchaus nicht, daß man es besitzt. Man kann ein Gedicht jahrelang im Kopf oder in der Tasche mit sich herumtragen, ohne es verstanden zu haben. Die Übersetzung eines Gedichts in den eigenen Lebensprozeß kann ein Vorgang sein, der nie zu Ende kommt. Das Annehmen oder Begreifen eines dichterischen Textes ist von literarischen Kenntnissen häufig unabhängig. Gerade literarisch gebildete Menschen sind oft unfähig, die inneren Dimensionen eines Gedichtes zu erfassen. Nehmen wir an, irgendeiner schlüge ein Buch auf und begänne zu lesen:

»Am Vorabend des Sabbat überfällt mich immer eine schwere, traurige Erinnerung. Einst hatte an diesen Abenden mein Großvater mit seinem gelben Bart die Bände des Ibn Ezra gestreichelt. Meine Großmutter in ihrer gestickten Haube und mit ihren geschwollenen Fingern hatte über der Sabbatkerze wahrgesagt und dabei von Herzen geweint. Das Kinderherz schaukelte an diesen Abenden wie ein Schiff auf verzauberten Wellen. O vermoderte Talmudbücher meiner Kindheit, o dichte Trauer meiner Erinnerungen!«

Es ist möglich, daß diese Zeilen, der Anfang einer Prosa von Isaak Babel, den Leser in unbestimmter Weise beeindrucken und er die Sache auf sich beruhen läßt. Es ist durchaus möglich, daß die lyrische Intensität dieser Sprache keinerlei Entsprechung im guten oder gebildeten Leser hat. Es dauert vielleicht Jahre (und es muß eine ganze Menge im Leben des Lesers geschehen sein), bis er ahnt oder begreift, was es kostete, diese Sprache zu schreiben. Etwa jenes *Einst*: »Einst hatte an diesen Abenden mein Großvater mit seinem gelben Bart die Bände des Ibn Ezra gestreichelt.«

Dieses *Einst* reißt einen tiefen Lebensraum auf, der nur durch Erinnerung auszufüllen und durch Traum zu verlebendigen ist. Wovon ist die Rede, müßte der aufmerksame Leser jetzt fragen, warum ein *Einst* und kein *Jetzt*, warum die *dichte Trauer meiner Erinnerungen*; welchen Grund hat der Verlust, den diese Zeilen verraten, warum erscheint die Trauer so undurchlässig, daß jedes Wort in ihr stekkenbleibt? Wer ist dieser Isaak Babel, wo kommt er her, wann lebte er und wo?

*Trauer*: Wer dieses Wort auf so selbstverständliche Weise aussprechen kann (und wie wenige können es!), befreit es von allem Halbwahren, Zufälligen und

Zweifelhaften. Er verhilft dem Wort zu einer neuen Reinheit und macht dem Leser damit ein Geschenk. Er schenkt ihm ein Wort, das unumstößlich ist. Er überläßt ihm eine magische Formel, die den Leser seine eigenen Abgründe ahnen oder besser begreifen läßt.

Jeder Mensch gebraucht Worte wie Liebe, Haß, Hunger, Tod, Hurerei, Geld, Verzweiflung usw., der Lyriker aber benutzt Worte keineswegs, wie er sie vorfindet. Sie werden ihm weder von irgendeiner Inspiration eingeblasen noch von Einfällen zugespielt. Er muß sich, lebend und nichts sonst, seinen *Wortschatz* erst zu eigen machen. Er muß allerhand verarbeitet haben, bevor er *Liebe* und *Tod* aussprechen kann in einer Weise, die das Gedicht groß und den Leser betroffen macht. Er kann seinen Stil auch nicht ohne weiteres wählen. Im Gegensatz zu dem Schriftsteller, der Texte herstellt zu einem Zweck, mit einer Absicht oder für ein bestimmtes Publikum, hat er keine Wahl. Der Lyriker kann seinen Stil erarbeiten, seine Formen schärfen, er kann seinen Wortschatz vertiefen und erweitern, aber er kann die Wörter nicht zwingen, wahr und wirklich zu sein. Wahrheit und Wirklichkeit dichterischer Sprache sind teuer erkauft. Wörter sind Beglaubigungsstempel. Sie besiegeln eine Wahrheit.

Auf welche unterschiedliche Weise Wörter verwendet werden können, wie verschieden die Zuständigkeit der Lyriker sein kann, wie falsch oder authentisch, echt oder unecht Wörter im Gedicht erscheinen können, zeigt ein Beispiel:

Vor dem Ersten Weltkrieg, als die soziale Misere in den Ländern Europas keinem Menschen verborgen sein konnte, taucht bei *Rilke* die Zeile auf: »Armut ist ein großer Glanz von innen«.

Ein paar Jahre später fertigte George Grosz eine seiner berühmten satirischen Zeichnungen an. Auf dem Blatt ist ein Boß zu sehen, der soeben gegessen und sich eine Zigarre ins Maul gesteckt hat. Sein Bauch drückt gegen den Tisch. Auf der Tischplatte Sektglas und Gänsebraten. Um den Gesättigten versammelt sich eine Gruppe von bettelnden Elendsgestalten. Sie haben nichts, und sie haben Hunger. George Grosz gab dieser Zeichnung den Titel: *Armut ist ein großer Glanz von innen*. Eine der schärfsten Kritiken, die Rilke je erfahren hat. Etwa zehn Jahre später schrieb der ungarische Dichter Attila Jószef ein Gedicht (worin der Himmel mit einem Tintenfaß verglichen wird):

> Und mag Gott getrost den Kiel eintauchen
> Und des Himmels ganzes Blau verbrauchen,
> das schreibt er nicht auf, nicht er persönlich,
> was der Arme leiden muß gewöhnlich.

Und César Vallejo, in den dreißiger Jahren:

Wird sich kein Stückchen Brot für mich finden?
Ich werde nicht länger sein, der ich sein muß,
aber gebt mir doch
einen Stein, auf den ich mich setzen kann,
aber gebt mir doch,
bitte, ein Stückchen Brot, auf das ich mich setzen kann,
aber so gebt mir doch,
versteht ihr kein spanisch,
endlich etwas zu trinken, zu essen, zu leben, mich auszuruhn …

Der Unterschied zwischen Rilke auf der einen und Jószef und Vallejo auf der anderen Seite macht uns nicht lustig. Rilkes elegante Zeile schwebt in einer Parfümwolke durch europäische Salons und entlarvt sich selbst als Anmaßung ohnegleichen. Und sie ist nur ein Beispiel für zahllose Unzuständigkeiten des großen Lyrikers. Man weiß, daß Rilke zu bestimmten Zeiten seines Lebens fast alles in Verse setzen konnte, was er in Verse setzen wollte. Das mag bestechend sein, aber der Fall zeigt, daß Rilke für seine Zeile keine wirklichen Grundlagen hatte. Armut – als ein hartes soziales Faktum – war ihm offenbar nicht bekannt, oder richtiger: Er besaß keine zuverlässigen Fühlhörner in diese Richtung. Man muß nicht arm sein, um über Armut schreiben zu können. Man muß nicht arm sein, um das Wort Armut zu setzen in einer Weise, die es unumstößlich macht. Aber man muß die Grenzen der eigenen Zuständigkeit kennen. Das Beispiel zeigt auch, daß man der Sprache nicht Poesie abmelken kann wie Milch einer Kuh. Der Unterschied zwischen Rilke auf der einen und Jószef und Vallejo auf der anderen Seite wird noch deutlicher, wenn man weiß, daß Attila Jószef aus dem Proletariat stammte, zeitlebens das Lebensnotwendige entbehrte und sich, von Hunger erschöpft, vor einen Zug warf. César Vallejo lebte »von Steinchen«, wie er sagte, und ging in einem Pariser Hospital an inneren und äußeren Entbehrungen zugrunde.

Die späten Gedichte von D. H. Lawrence, Keats' letztes Gedicht, Trakls, Hölderlins, Leopardis Lyrik, die Todesfuge von Paul Celan, »Howl« von Allan Ginsberg und Bert Brechts Gedicht »An die Nachgeborenen« (das beginnt: »Wirklich, ich lebe in finsteren Zeiten!«) sind authentische Gedichte. Ihre Sprache zeigt, daß die Verfasser keine andere Wortwahl hatten. Als Brecht sein Gedicht an die Nachgeborenen richtete, Ende der dreißiger Jahre, war Deutschland durch den Hitlerismus von innen heraus zerstört, die stalinistischen Säuberungsprozesse, der Ausgang des spanischen Bürgerkriegs, der italienische Faschismus hatten wesentliche Teile der europäischen Intelligenz zerstreut und zerstört; Brecht saß in Dänemark im Exil und schrieb:

Dabei wissen wir doch:
Auch der Haß gegen die Niedrigkeit
Verzerrt die Züge.
Auch der Zorn über das Unrecht
Macht die Stimme heiser. Ach, wir
Die wir den Boden bereiten wollten für Freundlichkeit
Konnten selber nicht freundlich sein.

Aber ihr, wenn es soweit sein wird
Daß der Mensch dem Menschen ein Helfer ist
Gedenkt unsrer
Mit Nachsicht.

Ein Gedicht wie dieses zeigt, daß Lyrik nicht im luftleeren Raum entsteht, sondern im Zusammenhang mit der Zeitgeschichte. Es zeigt ohne weiteres, was es den Verfasser kostete, ihm zu seiner Gestalt zu verhelfen. Mit Einschränkung läßt sich vielleicht sagen, daß das Gedicht unseres Jahrhunderts tragisches Lebensbewußtsein zu Sprache macht und durch Sprache überwindet. Das Gedicht kommt aus einem Grundstrom von Zorn, Rebellion, Verzweiflung, Verzicht, Verlust, Zerstörung und Selbstzerstörung, es kommt aus der Abgründigkeit menschlicher Existenz und aus den Miseren der Epoche. Nur wenige große Gedichte unserer Zeit sind aus Vergnügen entstanden. Doch gibt es immer noch Gedichte genug, in denen die Urerinnerung des Menschen zur erschütternden Melodie wird: Daseinsbejahung und kosmisches Lebensbewußtsein im lyrischen Werk Oskar Loerkes:

Bald wird die Grundharmonika verhallen,
die Seele schläft mir ein.
Bald wird der Wind aus seiner Höhe fallen,
die Tiefe nicht mehr sein.

Oder die Verse Franz Werfels:

Ich will mich auf den Rasen niedersetzen
und mit der Erde in den Abend fahren,
oh Erde, Abend, Glück, oh auf der Welt sein!

Die Verse zeigen, daß auch der Lyriker unseres Jahrhunderts im Einklang mit der Schöpfung arbeiten kann. Das ist eine seltene Sache. Wenn Faulkner sagt, daß der Mensch die Summe seines Unglücks sei, so erbringt Franz Werfel für die Dauer seines Verses den Beweis, daß ein Mensch die Summe seines Glücks sein kann. Sein Wort *Glück* verwandelt den trivialen Begriff in einen Leuchtkörper.

Große Gedichte haben eine gute und grausame Eigenschaft: Sie zerstören die kleineren. Da zeigt sich, daß das gute Gedicht nicht ausreichend ist. *Gut* ist nicht gut genug. Ein Gedicht muß besser als reizvoll, sehr viel mehr als brauchbar, interessant oder talentiert sein. Man soll sich da nichts vormachen. Vor allem diejenigen, die Gedichte schreiben, sollen sich keinen Illusionen hingeben. Wer einen Lyriker als *talentiert* bezeichnet, leistet ihm – in meinen Augen – einen schlechten Dienst. Ein talentierter Lyriker kann vom Gnadenbrot temporärer Anerkennung leben, dann muß er abtreten. Talent ist Voraussetzung, wie schriftstellerisches Handwerk lediglich Voraussetzung ist. Das gültige Gedicht läßt Talent und Handwerk weit hinter sich. Und es ist mehr wert als sein Verfasser. Es ist eine komplexe Angelegenheit und wendet sich an den ganzen Menschen; es spricht seine physischen und metaphysischen, bewußten und unbewußten Bereiche an. Dabei ist es allen anderen literarischen Formen an Durchschlagskraft weit unterlegen. Roman, Drama, Erzählung und Essay brauchen nicht unbedingt erstklassig zu sein, um ihre Wirkung zu tun und einen – vielleicht dauerhaften – Platz in der Literatur zu erhalten. Ein *guter Roman* ist gültiger als ein *gutes Gedicht*. Ein guter Roman kann Kenntnisse vermitteln, er kann unterhalten, belehren und anregen; ein nicht unbedingt erstklassiges Drama kann informieren, in Frage stellen, kann Probleme und Tendenzen der Epoche wirkungsvoll vermitteln und dadurch seinen Sinn haben und seinen Zweck erfüllen. Ein Gedicht hat diese Möglichkeit kaum. Seine Chance ist das bloße Vorhandensein. Roman, Drama, Erzählung und Essay erreichen den Leser häufig aus Gründen, die mit Literatur und literarischer Qualität nichts zu tun haben. Eine artistische oder weltanschauliche Tendenz kann ihnen zur Wirkung verhelfen, der Name eines Autors kann Lesermassen in Bewegung bringen. Man kann einen ungeheuren, berechtigten oder sinnlosen Krach um einen Roman veranstalten. Das Gedicht aber besitzt keine Extras, an denen sich ein flüchtigeres Interesse festsetzen könnte. Es besitzt nur sich selbst. Es hat nichts zu fürchten und nichts zu hoffen, es hat nichts zu verlieren, außer den Leser. Authentische Dichtung ist selten attraktiv. Es läßt sich beim besten Willen kein Lärm um sie veranstalten. Dichtung ist von Stille umgeben, und die mag häufig undurchdringlich erscheinen. Diesen dichten schweren Kreis aus Stille zu durchbrechen ist schwierig oft auch für den, der sich in dieser Stille auskennt.

In einigen Ländern Europas, vor allem in Westdeutschland, erscheint Lyrik immer weniger als etwas *Selbstverständliches*. Die Vorstellung von dem, was ein Gedicht ist oder sein kann, wird immer undeutlicher. Wer heute in Deutschland öffentlich Gedichte liest, muß damit rechnen, im Stich gelassen zu werden. Das Gedicht ist überflüssig, nicht erst seit gestern; es ist, da es weiterhin existiert, ziemlich lästig; es ist sogar peinlich. Allenfalls wird es geduldet. Die

*Kunstfeindlichkeit* unter Studenten, Kritikern und Intellektuellen (sie hängt mit der Entwicklung der *neuen Linken* zusammen) hat seit ein paar Jahren zugenommen und es ist klar, daß sich *Kunstfeindlichkeit* zuerst gegen das wehrloseste Gebilde der Kunst, gegen das Gedicht, richtet. Die Vorstellung von dem, was ein Gedicht ist, wird heute von zwei Tendenzen bestimmt: von einer handwerklichen und einer politischen Tendenz. Die politische Tendenz, militant vertreten, fordert vom Gedicht, daß es sich im Klassenkampf zu bewähren und auf das politische Bewußtsein des Lesers einzuwirken habe. Das Gedicht wird verstanden als ein *Gebrauchsgegenstand*, der die Lesermassen zu erreichen und Kommunikation zu stiften habe. Es sind aber keine Lesermassen da. Die Folge dieser Tendenz ist eine Unmenge von getrommelten Feuilletons, die mit Dichtung nichts zu tun haben. Aktuelles vom Tage möglichst vereinfacht, effektvoll und persönlich ausdrücken zu können, wird hier bereits als künstlerische Leistung verstanden. Parolen, von Lyrismen zusammengeleimt, oft sympathisch in der Haltung, Sprachgalopp im Zaumzeug der Ideologie – etwas anderes findet kaum mehr Verbreitung.
Die zweite Tendenz, die handwerkliche oder ästhetische, erklärt, ein Gedicht sei etwas *Gemachtes*. Das Material des Gedichts sei die Sprache. Dagegen wäre nichts einzuwenden, wenn hier Sprache verstanden würde als etwas, das mehr ist als ein Arrangement von Wörtern und mehr als ein gewitztes Spiel mit ihnen. Es wird außer acht gelassen, daß nicht handwerkliche Arbeit allein die Sprache vorantreibt oder erneuert, sondern ein Impuls, der notwendig nach neuen Formen verlangt. Handwerkliches Suchen und Versuchen allein, Laborarbeit also, hat mit Literatur wenig zu tun. Eine weltweite Bastelarbeit, unterstützt von Schreibkursen, Lehrgängen, *creative writing* und Hilfestellungen aller Art hat dem Gedicht mehr geschadet als genützt. Es ist natürlich sehr wichtig, schöpferische Kräfte und Sensibilität für Sprache zu wecken und auszubilden (vor allem deshalb, weil die meisten Menschen mehr Fähigkeiten in dieser Hinsicht besitzen, als ihnen bewußt ist); es ist wichtig, weil es den Sinn für Sprache lebendig hält, aber es ist unsinnig, die Ergebnisse dieser Bemühungen als zur Dichtung gehörig verstehen zu wollen. Der größte Teil dessen, was in diesem Zusammenhang an Texten zustande kommt, hat Werkstattcharakter, ist Übung, Spiel und Scheingedicht, bewegt sich im Vorfeld von Literatur und ist, in größerem Maßstab gesehen, Makulatur.
Es gibt einen Sprung zu weit in die Zeit hinein und einen Sprung zu weit aus der Zeit hinaus. Beide beeinträchtigen das Gedicht. Im ersten Fall verliert die Lyrik durch Überbetonung dessen, was man *zeitgemäß* nennt. Das äußert sich vor allem im zu wenig reflektierten Gebrauch aktuellen Vokabulars und in der Anwendung von cleveren Techniken. Im zweiten Fall sinkt das Gedicht zurück in die Nähe

der sprichwörtlichen *ewigen Werte* (nichts ist fragwürdiger als diese *ewigen Werte*) und wird im schlimmsten Fall zum Albumvers für Schöne Seelen.
Zeitabgewandte Dichtung, die Rückversicherung in überzeitlichen Werten sucht, erledigt sich von selbst. Sie ist nicht zuständig für die Epoche, sie ist für nichts zuständig, und sie beweist durch sich selbst, daß es *zeitlose Gedichte* nicht gibt. Aber gefährlich ist die politische Tendenz, das *engagierte Gedicht*, weil es den Leser nur einseitig anspricht. Dichtung wird reduziert auf eine Botschaft, zurechtgeschnitten auf eine Idee. Schon die Bezeichnung *engagiertes Gedicht* ist falsch. Authentische Dichtung war und ist immer engagiert, aber in einer Weise, die jedes partielle Engagement hinter sich läßt. Das Engagement der Dichtung ist grundsätzlich und umfassend. Was man immer wieder Engagement nennt, ist auf selbstverständliche Weise Bestandteil aller gültigen Dichtung. Es ist verschmolzen in ihre Substanz, es kann ihr nicht hinzugefügt, es kann nicht von ihr abgezogen werden. Was man als *Engagiertsein* bezeichnet, ist die Grundhaltung jedes Dichters, der diese Bezeichnung verdient, und es ist eigentlich überflüssig, davon zu reden.
Nach alledem stellt sich die Frage: Was fängt der Leser mit dem Gedicht an. In vielen Sprachbereichen, zumal im deutschen, sieht es heute so aus, als wolle oder könne der Leser gar nichts mit dem Gedicht anfangen. Schulbücher, Rundfunkanstalten und Anthologien tun so, als gäbe es das lebendige Gedicht, aber nichts weist darauf hin, daß das Gedicht über seine papierne Existenz hinaus lebendig ist. Der Leser heute liest hauptsächlich das, was ihm von einer barbarischen Reklame-Maschinerie eingetrichtert wird. Jede Saison erschlägt ihn mit neuen Namen, man bläst ihm Sensationen um die Ohren, er soll Bücher kaufen, ob er die Bücher liest oder nicht, ist seine Sache. Er ist desorientiert und leidet gleichzeitig an Überfütterung oder Gleichgültigkeit. Wie soll er in dem ungeheuren Spektakel um neueste und immer wieder neueste Literatur den Klangkörper eines Gedichts vernehmen können!
Mir scheint, der Leser hat eine falsche Position eingenommen. Er zeigt sich verwöhnt und läßt sich was bieten. Die Widersprüchlichkeit und Vielfältigkeit der literarischen Bewegungen verschafft ihm ein unberechtigtes Gefühl von Überlegenheit. Er sitzt im sicheren Sessel seiner Urteile und Vorurteile und wählt aus; ein Häppchen Surrealismus, ein Häppchen Konkrete Poesie; als habe er eine Speisekarte vor sich. Bei näherer Betrachtung erweisen sich seine Kenntnisse als Illusion, er besitzt allenfalls das, was man als *Anthologiewissen* bezeichnen könnte. Das ist besser als nichts, aber er kann der Dichtung damit nicht gerecht werden. Es zeigt sich immer deutlicher, in verschiedenen Ländern, daß das Gedicht am Rand des Verschwindens existiert, weil der Leser es nicht mehr erkennen kann.

Ich habe die Frage: *Was kostet ein Gedicht* gestellt, weil das Gedicht vielerorts angesehen wird als eine Sache, die leicht zu haben ist. Die verbreitete Überzeugung, das Gedicht sei herstellbar, verflacht Vorstellung und Wissen von dem, was ein Gedicht ist. Vielleicht drückt ein Satz Walt Whitmans am besten aus, was es mit diesen Kosten auf sich hat:

> Behold! I do not give lectures, or a little charity! When I give, I give myself!

Dieses *I give myself* deutet an, worum es sich handelt. Nicht mehr und nicht weniger. Restlos, kompromißlos, über alle Grenzen und Tendenzen hinweg. Wer als Autor billiger wegzukommen glaubt, ruiniert sich selbst. Wer dieses *alles* dem Gedicht nicht abverlangt, sei er Autor oder Leser, ist weder für sich selbst noch für das Gedicht wirklich zuständig.

Das Gedicht, seinem Wesen nach weder demokratisch noch esoterisch, ist ein – metaphysischer – Code für jeden, der anerkennt, daß gewisse Dinge nur durch Kunst auszudrücken sind. Dieser Code ist eine Herausforderung, eine Hoffnung und eine Chance. Sie betrifft den Leser, nicht das Gedicht. Das authentische Gedicht ist weder durch Ignoranz noch durch Mißverständnisse noch durch Unterdrückung umzubringen. Es hat alle Zeit für sich, nicht aber der Leser.

Schluß jetzt. Über Dichtung redend habe ich die unbehagliche Vorstellung, die Dichtung selbst höre mir zu.

Deshalb mache ich jetzt Gebrauch von dem Recht eines jeden, den Mund zu halten.

JÜRGEN BECKER

# DIE RÜCKKEHR DER GEWOHNHEITEN

Journalgedichte

– *fortsetzend das Selbstgespräch*, und wie es hervorkommt
aus dem Schatten des früher Gesagten, an der langen Leine
von etwas, das man Kontinuum nennt.
Regenfelder, Februar
fängt an; tagsüber Licht in den Häusern. Ob man
es merkt oder nicht, fast täglich hört eine Epoche auf.
Hausdächer aus den dreißiger Jahren; Straßen mit Biographien,
die wegen Verdacht der Nachprüfung unterliegen; Windböen,
ein paar krachende Ziegel. Der Deutschlandfunk bringt
keine Verkehrsmeldungen mehr.
Stille liegt noch
zwischen Westwall und Maginot-Linie im Februar 40: Zeilen
für einen Lebenslauf, der hineinreicht ins Blickfeld
zwischen Baukränen und dem Himmel Berlins. Jahrzehnte
schreiben mit in einer Küchentisch-Chronik, in der, ob
mit richtig oder falsch geschriebenem Namen, jeder von uns
vorkommt.
Der Vormittag. Ein Chinese taucht auf
und Passanten wechseln die Straßenseite.
Zuhause sehe ich, daß die Zeitung, die ich
an der Tankstelle kaufte, von gestern ist.
Der Nachmittag. Gestern war, als mein Vater
noch lebte und von Leuten erzählte,
die alle deutschfreundlich waren in Ländern
vor und nach dem Krieg.
Im Nachbarland
Stimmen, die es anders erzählen, und ob man
zuhörte oder aus dem Zimmer ging –
Schnitt.

Nachrichten stündlich. Die Züge fuhren wieder,
eingleisig im Osten, zweigleisig im Westen, bis
wo eine Brücke im Wasser lag.
Variationen

in einer Reihenfolge, die sich an die Daten hält.
Mit Daten nur, das ist so eine Sache, die
einmal vertraut, dann wieder verwirrend erscheint.
Sicher, im Rückblick rutschen die Bilder zusammen,
und so wird ungenau, was du sagst. Zuverlässig
bleibt der Bleistift, der erst schreibt, wenn die Hand
ihn bewegt –
Wenn nachts die weiße Katze
draußen auf der Bank liegt, ein heller Streifen
sich unter den Vorhängen herzieht, das Licht
im Garten des unbewohnten Hauses angeht
und die kreisenden Scheinwerferarme sich kreuzen
über den dunklen Rändern der Stadt –
Augenblicke
entscheiden, wo es langgeht, wohin sich
das nächste Geschehen bewegt; von alleine passiert
nichts. Und was du mitbekommst, reicht nicht aus,
um all die Zusammenhänge zu sehen, ohne die
kein Wasserkessel summt, der Bildschirm schwarz,
die nächste Seite leer bleibt.

*

*Im Hamburger Treppenhaus* unter der Dachschräge das Plakat
mit der Inschrift: Halte dich fest, bis ich komme.

Der Blick ging über ein Hofgelände, von dem man wußte,
daß hier die an der Pest Gestorbenen begraben wurden.

Abends ging man aus, nachts blieb man weg, am Morgen
wußte man nicht, was alles gewesen war.

Glücksreihen am Ende unbestimmter Tage.

In einer Zeile die beiden einzigen Titel.

Dokumente von Ereignissen mit unbestimmtem Ausgang.

Manchmal, wenn man hochschaute, sah man, daß Rehe
auf den Wiesen vor den Fenstern standen.

Nicht mehr als einzelne Sätze aus der Geschichte einer Flucht.

Im weißen Hemd, mit schwarzer Lederjacke.

Selten, daß es richtig warme Tage gab. Und die Tage
im Winter waren selten richtig kalt.

Im Norden machten wir uns auf den Weg in den Süden.

Der Abschied für länger war ein Abschied für immer.

Möbelwagen vor dem Haus seit der Kinderzeit bis später.

*So vieles* bekam man nicht mit, schon gar nicht,
wie etwas anfing. Hattest du Leute gesehen,
die mit Taschenlampen nach einer Hausnummer suchten?
Konntest du hören, was einer dem anderen
zugeflüstert hat? Bei der Abfahrt schon gewußt,
daß die Mutter nicht zurückkommt? Zögertest du
weiterzusprechen beim Knacks in der Leitung?
Heute,
am Morgen schon, ist es stiller als sonst, und stiller
als sonst bleibt der ganze Tag. Vielleicht
scheint es nur so; in jedem Fall parken
am Straßenrand alle die Autos, die sonst tagsüber
unterwegs sind. Dafür sieht man Leute gehen, die Tüten,
Papierrollen tragen, und jeder achtet darauf, daß
er dem anderen nicht zu nahe kommt. Am Fenster
alte Leute, die nach den Kindern unten im Vorgarten
schauen, mehr Kinder auch als sonst –
aber die Hummeln
dröhnen im Magnolienbaum, der seine Blütenmassen
in die Offensive treibt, plötzlich und gefährlich früh,
denn greift die Nacht mit frostkalten Händen zu, bleibt
nur ein braungefärbtes Gebaumel zurück. Aufgeklappt,
wie Befreite, warten die Gartenstühle im Garten,
daß der Himmel auf- und die Saison losgeht, und
stellen wir den Gartentisch dazu mit einer blauen Decke
drauf und Geschirr, haben wir gleich ein Motiv, falls
noch einmal der Impressionismus vorbeischaut.
Geflirr
im Begleitgrün der A 4, trotz Gas, Stau und Konsorten.
Die Kavallerie in unserem Vorort … was war und was

vergessen ist, Napoleon am Stadtrand unterwegs nach Rußland.
Zum Besuch der Geschichte Kaffee und Käsekuchen; Kopien,
die ans vergessene Original erinnern. Ruinenstaub
als Geruch im Gymnasium Köln-Deutz; die Liste der Studienräte,
vor und nach 45. Die beiden Aula-Bilder, Hindenburg
und Hitler. Was viele werden wollten, viele wurden es
nicht. Klassenfahrt mit alten Jungvolk-Zelten. Waldwege
zu einem Theaterstück. Dem Freund die Freundin ausgespannt.

Nachts die näherkommende Erkennungsmelodie. Die Ungewißheit,
ob man den Handwagen noch braucht. Die magnetischen Felder
der Oberliga West, wo es uns hinzog zum Abstiegskampf
der Preußen. Das Schweigen der Spätheimkehrer. Eine Mappe
mit Zeichnungen aus der Ukraine. Noch jahrelang das Kistchen
mit Socken, Hemden und Pullover. Die Jahre eingerichtet fürs
Klingeln an der Haustür. Zimmer, die vom Alleinesein erzählen.
Als letztes ging das Licht in der Küche aus.

Wachwerdend und was ich noch weiß. Bevor sie verschwinden,
versuche ich die Sätze festzuhalten, die der Traum
geschrieben hat. Im Seewind flatterndes Papier; was es
verzeichnet an Schrift, kann ich nicht lesen. Dann gehe ich
und koche Tee, schlage Eier in die Pfanne. Two if by sea:
der Angriffscode Montgomerys zur Überquerung des Rheins.
Wesel im März 45. Keiner weiß die Herkunft und was es
bedeutet … Zwei, wenn von der See her.

*

*Zugvögel zurück in den Norden* … nachmittags, als
der Mond schon im hellen Himmelblau stand, hörte
und sah ich den ersten, den nächsten, den folgenden Keil;
krächzend kreisten sie alle über der Ebene, bis sie
zusammenfanden in einer Kette, die rasch dann
hinter den Hügeln verschwand –

zurück ins Haus,
Holz für den Ofen. Der Winter war wie
nach dem Krieg; keiner kam da auf die Idee
von gestohlener Kindheit. Geh raus an die frische Luft,
kommst heim mit roten Backen. Der Eiszapfen zerging
auf der Zunge, und für die schönste Laubsägearbeit gab es

als Preis ein neues Sägeblatt –
frag doch, wer noch
dabei war und vier Wochen lang den Handwagen zog
von hinter der Oder für vier Jahrzehnte bis zur Elbe,
dann fing die nächste Vergangenheit an, und schon sind,
nein, futsch sind nicht alle Zettel, Kärtchen, Kalender;
sieh mal nach im Speicher –
Entwürfe für Räume, wo nicht
in jedem Wandschrank eine Schicht Erinnerung knistert. Aussicht
auf freies Feld, über das die Schatten der Wolken wandern.
Kritzle und bewerbe dich, kannst eine Installation auf dem
Parkplatz; kannst nichts, was nach oben schiebt die Quote –
zähl'
Jahre nach, aber mach keinen Strich, ein paar Jahreszeiten
sind noch unterwegs, und die Abendbilder hören nicht auf
zu leuchten. Drückt man die Taste Vivaldi, bekommt man
ein schönes Geräusch, und dreht man an der Himmelsrichtung,
fühlt man sich morgens jünger als gestern. Bloß fehlen
noch Punkte für den Klassenerhalt, so oder so, die Stille
spielt mit zwischen Zuruf und Pfiff; vorerst bleibt leer
die Tribüne –
vergessen, was man vergessen hat; geblieben,
was noch zu tun ist. Zeitlebens ist geblieben ein Rest,
und du weißt nicht, wenn sie wegkehren das Zeug oder
wiederverwenden, was die Nachkommen sich dabei denken.
Nachtfröste mitten im März, in jedem Fall das Wasser
abstellen, und tagsüber ist es so kalt, daß man
einen Pullover braucht für draußen –

*In memoriam Rango Bohne*

WALLE SAYER

# DAS ZUSAMMENFALTEN DER ZEIT

## IM HERBSTLICHT

Mit einer Leiter erdend, überprüft der Rekonvaleszent die Halterungen an den Starenkästen. In ausgewaschenen Holzfässern, die zur Sonne hin trocknen, widerhallt ein Schimmer. Als ginge es um Ländereien, verhandeln am Hauseck Kinder den Tauschwert zerfledderter Heftchen. Wie handkoloriert leuchtet das verbliebene Laub.

## ABGEWANDT

*(nach Caspar David Friedrich)*

Wolkenverhangen die Jahre, im Einvernehmen mit dem erreichten Alter, in dem man anfängt, Schenkungen zu machen, oder für unzurechnungsfähig erklärt wird. Weil man einer geworden ist, der abgewandt an Fenstern steht, mit dem Rücken zur Welt auf die Gipfel starrt, die aus einem Nebelmeer ragen, oder hinunterblickt in einen erloschenen Klinikpark. Einer wurde, der in die Ferne schaut, wo auf einer Anhöhe der Winter einen vereinzelten Baum zum Zaren erhebt. Einer ist, der wahrnimmt, wie die Dämmerung an Umrissen herummoduliert, und der Silhouette eines Mädchens nachsieht, das in Ballettschuhen einen Steinbruch durchquert, unterdes die Adjutanten des Fortschritts von ihrer Mittagspause zurückeilen, ein gestrandeter Götterbote, als Obdachloser getarnt, an der Straßenecke verschnauft.

## MÜCKEN

Kamillentee und lätschiges Gemüse, mehr kriege man hier nicht. Sein schütterer Haarkranz umrahmt vom Kissenweiß. Der Blutbeutel ist halbvoll. Wo nur die ganzen Mücken herkommen, nörgelt er und deutet zur Wand, wo ein vergessener Nagel und drei vereinsamte Reißzwecken hängen. Ich berühre sie, damit er sieht, daß sie nicht auffliegen. Mutter habe immer ein Fläschchen Lourdeswasser in ihrer

Handtasche dabeigehabt, erscheint ihm dann beim Tropfen der Infusion. Da, sagt er, als ich mich zu ihm beuge, um das Kopfkissen aufzuschütteln, da, jetzt haben sie sich bewegt.

## SELBSTMEDIKATION

Am Handgelenk das Armband mit dem Notrufknopf: eine zeigerlose Uhr, die nicht mehr tickt. Das tattrige Alter, in dem jede Teppichfalte zur Stolperfalle, jeder Treppenabsatz zur Klippe wird, es einem egal sein kann, wieviel Geld im Leben verraucht, vertrunken wurde, es fischig riecht in jedem Zimmer und man die fade Gemüsesuppe nachwürzt mit den Herztropfen. Sein Starrsinn glaubt einfach weiterhin, daß er nur Unterzucker habe, und sein Aber wiegt diese Nebeltablette ab, ihr folgsames Blau, das er allabendlich einnehmen soll. Als übe er damit schon, Charon hinzuhalten, behält er sie unter der Zunge, während er das Glas Wasser dazu trinkt. Sobald die Pflegerinnen sich abwenden, läßt er sie in seine Hand gleiten. Sind sie gegangen, spült er sie das Klo hinab und legt sich hin. Im farblosen Traum sieht er sich von weitem, wie er Bucheckern sammelt.

## ROLLATOR

Vertikale Zeit. Die Zimmerluft wie durch ein Schilfrohr einatmen. Der herangerückte Stuhl mit dem Faltengebirge des Morgenmantels. Ein Lazarus, der liegenbleibt, sich wegdreht und in die Absencen hinein zum Fenster starrt. Wo der Quittenbaum leuchtete, Regentage ihr lappiges Grau aufhingen, Nachmittagsstille den Schneefall vertonte. Vorige Woche unversehens sich verkältet: nur weil er im nächtlichen Traum, zwischen Tropfsteinen und Knochengerüsten, zu lange herumstand unterm zugigen Einstiegsloch der Bärenhöhle. Das Gehwägelchen wartet schattenbrav in der Ecke. Ist es heut gewesen, war es gestern, daß eins der Enkelkinder eintrat und dabei einen Blumenstrauß vor sich hertrug wie eine Fackel.

## VORHANGE WASCHEN

Von einem Augenblick auf den nächsten, in einer der bockigen Phasen, du wußtest selbst nicht warum so unbedingt, mußten die Vorhänge im Wohnzimmer gewaschen werden. Seit nahezu fünf Jahren seien sie nicht mehr gereinigt worden. Seit Mutters Tod. In dieser Woche noch, morgen, jetzt gleich. Als ich auf die Leiter stieg und sie abnahm, waren die rollbaren Plastikösen, mit denen sie in der Vorhangschiene eingehängt waren, alle porös, brachen eine nach der anderen. Ich stand also da: ratlos, mit der grauen Welle der Vorhänge im Arm. Bis sich für dies jahrzehntealte System dann irgendwo zufällig Ersatzteile fanden, vergingen ungezählt die Tage, in denen du einsehbaren Blickes abends in deinem Fernsehsessel versankst, ungeschützt, vor der offenen Fensterfront. Daß du deshalb lieber das Licht löschtest, stumm im Dunkel bliebst.

## WEGFAHRSPERRE

Da dämmert er nun vor sich hin, der alte Mercedes, der doch seit jeher von allein heimfand. Mit all seinen Ausparkdellen, dem abrasierten Seitenspiegel, in seinem rostigen Zeitwert, Antenne auf Halbmast, jene Stallorder erhoffend, die nicht mehr ertönen wird: auf zum Tanztee, zum Goldenen Adler. Zuletzt, schwerer fast als Geradeauslenken, das ächzende Einsteigen seines Fahrerkumpans, am Handlauf des Seitenstreifens entlang, mit dem Trippelschritt des Gasfußes bremsend, hinter jedem Fahrradpulk hergefahren, auf den Fieberkurven des Asphalts, innerorts von einer Straßenwalze überholt, einen angetrunkenen Schutzengel als Beifahrer, den Blinker gesetzt mit steifem Genick: eng, enger, *päb*. Um so nun also vor sich hinzudämmern, hier im Hinterhof, wie ausgesetzt. Seine erloschenen Scheinwerfer schielen. Stur glotzt er vorbei an mir. Ignoriert mich. Hat Heimweh nach seiner Garage. Trauert. Hofft.

## SZENISCH

Am dritten Tag, als es sich langsam bessert. Die eritreische Putzfrau klopft an, tritt ins Zimmer. Er macht die paar Schritte mit dem Rollator, stakst auf sie zu. Schwätzt drauflos. Daß er mit vier Schwestern aufgewachsen sei, sechsunddreißig Jahre beim Daimler geschafft, ob sie Rexingen kenne, wie alt sie ihn schätze. Alles in breitestem Schwäbisch. Sie versteht kaum ein Wort, nickt nur zaghaft Ja. Wahrscheinlich verwechselt er sie mit einer Ärztin. Als er erneut beteuert, daß er bis letztes Jahr noch Auto fuhr, es noch immer gut könnte, muß sie hilflos lächeln, als verstünde sie halbwegs, worum es geht.

Was sind das für seltsame Linien, die sich hier schneiden. Hadnet, oder wie man diesen Prinzessinnennamen richtig ausspricht, um Jahrzehnte jünger, im ausgewaschenen Blau ihrer Kittelschürze. Und er, als dieser Gebrechliche im dünnen Flügelhemd, der nicht recht erfaßt, wo er eigentlich ist, dem sie zuhört, während sie das Waschbecken ausreibt. Nichts weiter davon erwähnenswert, so stehen sie sich gegenüber. Wie auf einem verwirrten Sonnenfleck. Wie auf der Eisscholle dieses Augenblicks.

## AUSGRUBEN

In deinem Krankenzimmer riecht es heut wie in einem Eichenfaß. Das Tablett mit dem Mittagessen steht unberührt da. Einfach nicht wachzukriegen bist du. Als seiest du gerade auf der Heimfahrt von einer Frühschicht, dies auftauchende Bild in mir: wie der Bus mit euren Köpfen, dem Stirnruckeln an den Scheiben, die Kurven auspendelte. Ein Bus voll mit erschöpften Vätern, die der Fahrer an ihren Heimatorten wecken mußte. Vielleicht irrt deshalb jetzt hinter deinem Liderflackern wieder jene Schwalbe umher, die einmal panisch über euch hinweg stundenlang die Weiten der Werkshalle durchflog. Eigentlich, kommt mir, warst du meine ganze Kindheit hindurch müde, fielst manchmal tags kopfüber in den Schlaf hinein. All die trüb zersägten Sonntagnachmittage. Schnarchtiefe, die heraufdrang aus den Sofakissen. Dein Ausgruben, wie du es nanntest.

## HEIMKATER

Seine Tagesrunde absolviert er, hat ein Amt inne. Findet auf jeder Ebene ein Lieblingsplätzchen für seinen eingerollten Schlaf. Erhält Streicheleinheiten von knorrigen Händen. Gehört allen und niemandem und hört auf unzählige Namen. Ein Schlawiner, der kommt und geht, wie es ihm grad einfällt, beliebt, bringt er von draußen nassen Fells die Vorstellung von Regentagen herein. Sein Schnurren setzt einen inneren Motor in Gang. Sie, die zwei Männer überlebt hat, ihre Kinder nicht mehr erkennt, eine Sturzhose trägt, wird ruhig, wird still, sobald er ihr um die Füße streicht.

## MORGENZEITUNG

Eine Urgemeinde ist um ihren Tisch versammelt. Den Latz als Brustschutz umgebunden. Im Exerzitium des Morgens wandern die Zeitungsseiten im Kreis. Die Kräuselung über dem verschwimmenden Großereignis. Aus den Klatschspalten hallt es herauf. Todesanzeigen bekunden, daß man noch lebt. Die Hieroglyphe eines Gselzflecks prangt auf dem Einweihungsbild über den Honoratiorenköpfen. Entweder es windet oder die Hand zittert beim Umblättern. Die verbeulte Leitplanke der Schlagzeile. Sich am Geländer der Überschriften halten. Die Buchstabenameisen, wie sie den Tag zu den Tagen tragen.

## EIN KINDERGEBURTSTAG

Hielte das Heim Hühner, könnte man sie jetzt reinlassen: soviel Kuchenkrümel liegen, um sie aufzupicken, schon unterm Tisch. Immerwährend minus ewiglich, so wird bis auf den einen Augenblick, der dann übrigbleibt, der schunkelnde Tag mitberechnet, auf den sie anstoßen heut. Beschwingt vom alkoholfreien Sekt wird nämlich Brunis Geburtstag gefeiert: dreiundachtzigjähriges Waisenkind, einst verstummt von Essen auf die Alb gekommen, geschwisterlos, Vater gefallen, Mutter verschüttet unterm zerbombten Haus. Sechs Jahre, das ist seit damals, eine blaue Endlosschleife drumherum gebunden, ihr wahres Alter geblieben. Oskar, für sie eine Folge vom Sturm der Liebe auslassend, prostet ihr zu, ohne was zu verläppern. Immer der Schuhspitze nach, sagt der mit der Schildkappe, der das immer sagt, so komme man auf jeden Fall irgendwo an. Unbemerkt hievt sich die Diabetikerin den dritten Tortenkeil auf den Teller. Frau Schindler zur Linken will nichts nachgeschenkt haben, vertrage höchstens ein Glas und merke schon, wie ihr die Sektbläschen aufsteigen in den Kopf. Wer hat eigentlich die Aufführungsrechte an diesem Schauspiel. Wer ist der König in diesem Reich.

## FAHRDIENST

Von unseren kleinen Fluchten sind mir die Macken an der Stoßstange geblieben, die Lackkratzer, Erinnerungsschrammen am Heck vom zusammengeklappten Rollstuhl, den ich, die Rücksitze umgelegt, allein in den Kofferraum hieven mußte. Auf dem Weg zu den

Stammlokalen, die nun bald sieben Ruhetage die Woche haben, geht es in deine Landschaft hinein. Wo ich als dein Fahrer ein Mörikeblau sehe, siehst du einen Wetterumschwung wie an einem Abreisetag. Am Autofenster entlang läuft dann dein innerer Film, stehen vier Gestalten um ein Krautfeuer herum, rauchen am Ortsausgang die Winterarbeitslosen der Gemeinde, zum Schneeräumdienst verpflichtet. Vorbei an einer verrottenden Panzersperre aus Langholz bei Altheim. An den Feldern, die du einmal dreschen mußtest und deshalb deine Stelle auf dem Bau verlorst. Der Spitalwald im Rückspiegel, wo die längst gefällte Buche noch steht, in deren Rinde eingeritzt: H.S. und A.S., die Initialen der ausgewanderten Brüder deines Vaters. Bei Mühringen dann unweigerlich die Steige abwärts, wo der Gedenkstein fehlt, damit du jedesmal erneut erzählen kannst, mit Wasser in den Augen, als sei es gestern gewesen, von der Frau, die mit ihren zwei Kindern, die rechts und links von ihr auf dem Traktor saßen, hier hinunterfuhr, zurückschalten wollte und den Gang nicht mehr reingedrückt brachte, das Gefälle im Leerlauf immer schneller hinunterschoß, in dieser schreienden Kurve geradeaus, den Abhang hinab.

## STATIK

Die Stützpfeiler des Kartenhauses, in dem einer hockt am wackligen Tisch und lange hin und her überlegt, Spatzenportion für den Holzfäller, was es heut zum Mittagessen gab. Der stumme Untergrund aus festgetretenen Jahrzehnten erbebt vom eigenen Fingerschnippen. Ein Sturzgefährdeter vor den Innenwänden seiner Rumpelkammer, deren Risse er abklopft nach einem Namen, einem Begriff. Unschlüssig wie er ist, mit krummem Rücken im schiefen Lot, ob der Augenblick bereits verjährt ist, du gestern da warst, letzte Woche, es vor dem Danach war, nach dem Davor. Als Witwer längst vergaß, worum er sich einstens drehte, an welchem Wort sich entzündete, der erste Streit der Jungvermählten. Aber jederzeit, unterm Prüfsiegel der Stirnfalten, auf den gewesenen Pfennig exakt: den Stundenlohn angeben können, den man 1954 bekam als Geselle.

## GESTERN

Gestern war sie da, behauptest du. Aus deinem Mittagsschlaf aufgewacht, sei sie dort im Eck am Tischchen gesessen. Habe nichts gesagt, nichts gewollt, nur fern gelächelt, als sie ihr aufgestelltes Bild auf deinem Nachttisch sah. Sie war wieder so jung wie damals, als sie dich nach der zweiten Woche deiner Kur in Bad Kissingen besuchte, dabei das geblümte Sommerkleid trug. Ihr saßet auf der Caféterrasse unter einem weiten Sonnenschirm, wo sie ihr Tortenstück nicht zu Ende essen konnte, weil es über und über bedeckt war von Wespen, von ihrem dunklen, zahllosen Gewimmel. Dieser wimmelnde Klumpen auf dem Kuchenteller, den ihr anschautet. Dunkelsummend, von keiner Bedienung abgetragen, eine in Ruhe gelassene Markierung, ein Pol, in der Tischmitte zwischen euch.

## ZEITKRUMEN

Mit deiner Tagesdecke im Sessel. Du siehst den Nebel durch ein Milchglas. Das Kind in dir hat die Erinnerungstür zur Speisekammer geöffnet, hinter der es zu dieser Jahreszeit zwischen den gestellten Mausefallen nach Kraut riecht. Du stehst auf deinem windig aufgebauten Gerüst aus Stühlen und Kisten. Hast dir eine Scheibe vom altbackenen Brot heruntergesäbelt und ißt dazu hastig mit den Fingern aus dem Schmalzhafen und dem Gselztopf. Ein Einmachglas aufzumachen, traust du dich nicht. Die Dose mit den Weihnachtsgutsle ist in irgendeinem Schrankdunkel versteckt. An das Geräucherte, an einer Stange aufgehängt, langt deine Armlänge nicht hin. Bevor du dann diese Tür wieder lautlos abschließt und den Schlüssel zurücklegst unter das Kopfkissen der Mutter, liest du noch die Brotkrümel, die dich schon einmal verraten haben, vom Boden auf. Die Brotkrümel. Die Zeitkrumen.

## DIE SCHWARZHAARIGE

Vom Narrenschiff werden die Rettungsboote zu Wasser gelassen. Ich weiß nicht, soll ich lachen, losheulen oder es ihm glauben. Er liegt vor mir in seinem Schlafkahn, hat seine Nachtwindel an, die Lunge rasselt noch immer. Bringt nur ein Auge auf. Das Hörgerät auf dem Nachttisch. Der Rollstuhl wacht am Bettende. Eine Schwarzhaarige aus Owingen, sagt er, habe ihn abgeholt, trotzdem es in einem fort so arg schneite. Die ganze Nacht hätten sie durchgetanzt und gefeiert. Um sechs in der Früh erst sei er zurückgekommen, sagt er, auf seinen ahnungslosen Wecker deutend, einen Restschimmer im Augenwinkel. Könnte er sich von alleine drehen auf die andere Seite, drehte er sich jetzt. Weg von mir, zur Weite der wolkenlosen Wand hin. Einer verklingenden Musik nachlauschend, fortschlafend, heimdämmernd.

## DIE PFERDEKUH

Unvermittelt, von irgendeiner Tiefenschicht herauf, als suche er in sich nach einer verschwundenen Zeitmarkierung: daß er 1949, mit achtzehn, einmal den Knecht gespielt habe in einem Theaterstück. Im Saal der Sonne sei das gewesen. Er wisse nur noch, wie er um einen Tisch herumgesprungen und in einen Teppich eingerollt worden sei. Am Verwechslungsende dann lauter Pärchen zueinanderfanden, halt wie immer jeder Kunibert eine Kunigunde abbekam. Seine, um dreizehn Jahr älter, eine verblühende *Kriegerwitfrau*, die in einer Nebenszene ihm entgegnen mußte: Tu deine Griffelfinger da weg. Die Pferdekuh, so habe das Stück geheißen.

## DIE ZUGFAHRT

Als ich heute eintrat, schaute er auf seine Anhöhe, ins fließende Licht, zur Septemberlandschaft des Wandkalenders hinaus, mich an, und meinte, daß bis jetzt noch gar kein Schaffner gekommen sei. Ich spürte den Ruck, zog den Stuhl heran und fuhr, ohne ein Billett zu haben, mit ihm mit. Es ging in die Richtung, in die seine abgestellte Schnabeltasse wies. Als ich ihm irgendwann vor Rührung übers Gesicht strich, die Wangen streichelte, murrte er: Mach mich doch nicht so schwarz, sonst gefalle ich meiner Reisebekanntschaft da drüben nicht mehr. An der schönsten Stelle des Neckartales hatten sich am Stoppelrand des Tapetenfeldes Störche zum Abflug gesammelt.

## SITZWACHENPROTOKOLL

Das tropfende Ticken im tickenden Tropfen. Den Infusionsständer zieren zwei unbeirrte Weihnachtskugeln und lahmes Lametta. Wandgestalten, die sich noch vom gestrigen Delir erholen, lugen hinterm Sesselschatten hervor. Vor ihm der Teller mit dem Sumpfmoor des pürierten Essens. Vergessen am Bettende ein großer Anhänger, den man doch abladen müsse, bevor es vollends dunkel werde. Sein Orientierungsblick hinauf zur zugewehten Zimmerdecke: daß der Weg *gar nemme*, also überhaupt nicht mehr, zu sehen sei vor lauter Schnee.

## ERZÄHLFADEN

In der Dokumentenmappe, die mir das Heim aushändigte, während ich sein Zimmer ausräumte, befand sich, ausgestellt vom Versorgungsamt Rottweil, sein Schwerbehindertenausweis, ein unbefristet gültiger Lappen in speckiger Abgegriffenheit, den er als frühverrenteter Montagearbeiter, der sein halbes Arbeitsleben lang nur Autoscheiben eingesetzt hatte, stets bei sich trug. Auf dem gestempelten Lichtbild spiegelten seine verschmierten Brillengläser die auf ihn zukommende Leere. Drei Wochen davor, kurz vorm Achtundachtzigsten, den er nicht mehr erleben sollte, lag er noch ansprechbar in diesem Bett. Krank geschrieben sei er, sagte er zu mir von dort herauf mit einem windschiefen Lächeln. Und daß er das ausnützen und diese Woche jedenfalls nicht mehr zum Schaffen gehen würde. Ich sagte mit ruhiger Stimme, auf keinen Fall gehst du diese Woche noch schaffen, und zog den Vorhang zurück. Draußen verbarg sich der Himmel hinter einer wolkenlosen Bläue. Es vergegenwärtigen, es präsensieren, präzisieren: schrieb ich an diesem Abend mit dem abgenagten Bleistiftstummel in mein Notizbuch, ohne zu wissen, was damit gemeint war.

## TRANSTRÖMERZEILEN

Die schwarzen Schuhspitzen, deren Orientierungssinn. Und die Checkliste des Pfarrers beim Trauergespräch. Ein Nacheinander wird gereiht. Welche Lieder gesungen werden sollen. Ja, wir sind nur Gast auf Erden. Draußen die Vokalisen der Vögel. Nein, kein Lebenslauf als Zahlenabgleich. Lieber hätte ich dem Anfang das Schlußwort erteilt, seinem Alterskinderhort gedankt, ein Wiegenlied ausgesucht. Und vorne neben der Urne das verwackelte Bild aufgestellt, wie er beim Ofenentfachen auf die Knie gehend ins Feuer blies, dabei auf allen vieren einen Pferderücken machte, den der kleine Rodeoreiter bestieg. *Bis das Licht mich einholte / und die Zeit zusammenfaltete.* In Granit gehaucht, eingraviert in Luft, gemeißelt ins Wasser, standen über der Todesanzeige diese Tranströmerzeilen. Vom Pfarrbüro dann, im Kasten des Gemeindeaushangs, tags darauf kirchlich übersetzt mit: Der Herr ist mein Hirte.

## HEIZDECKE

Auf der Schmerzskala von null bis nachts. Matratzenschoner, die teurer waren als ein ganzes Bett, homöopathische Wundermittel und Wärmeflaschen, die man auch als Kühlaggregate verwenden konnte. Was habt ihr nicht alles mitgebracht von diesen Verkaufsfahrten. Und übrig davon blieb allein diese Heizdecke. Wie jemandes Mitbringsel, der weiter nie fortkam. So vergessen, sie einfach mitzugeben ins Erdreich hinein, blieb sie hier liegen. Zusammengelegt, am Fußende einer leeren Betthälfte: ein Bündel an einem fernen Gestade.

## ÜBERNACHTUNGSGAST IN EINEM LEEREN HAUS

Das Knarren von Pflegestufen. Die Treppe hinauf bis unter die Schrägen des Dachs. »Ein Haus ist nur die Begrenzung eines Raums, nicht der Raum selbst. Letzterer ist rein innerlich.« Zeilen, einst unbedarft unterstrichen, die mir jetzt einfielen. Der Rücken tut weh, als hätte ich diese ganze Nacht in einem engen Mastkorb verbracht, in einer Waagschale gelegen. Im sechzigsten Lehrjahr meines Daseins, im Jahr des Bitterklees, als Erbverwalter eingesetzt, der alles durch drei teilt, mußte ich noch einmal in meinem Jugendzimmer übernachten. In diesem verstaubten Dunkel bin ich wachgelegen. Habe darin noch einmal ausprobiert, wie lange sich, wie früher unter Wasser, die Luft anhalten läßt. Erinnerte im Halbschlaf die Szene mit der Ohrfeige, welche die kleine Schwester erhielt, weil sie mit der Kinderschere die langen Schnurrhaare des Katers abgeschnitten, gekappt hatte, der sich daraufhin des Nachts nicht mehr räumlich orientieren konnte. Was ist das für ein jahrelanger Ozean gewesen, auf dem sie mit ihrem Bügelbrett trieb, schrieb ich lange nach meinem Auszug, als die Verlassenheit hier zu Mutters Bügelzimmer geworden war. Mein schweigendes Atmen, mein atmendes Schweigen, es klang, als würde über das kaputte Haustelefon ein Ferngespräch geführt. Weiß noch jemand außer mir und einer blinzelnden Aurora: daß die Morgenkrümel in den Augenwinkeln unserer Kindersprache Schlafdreck hießen.

## UMSCHAU

### CHRISTOPH PARET: WETTBEWERB MIT TOTEN

#### Über eine eigentümliche Rezeptionstheorie Boris Groys'

Ist es trotz oder wegen der Publikationsflut unserer Tage, daß die Ratgeber, die ich mir eigentlich wünschen würde, partout nicht erscheinen wollen: »Stillschweigen. Wie Sie zu Ihrer eigenen Schreibblockade werden«, »Das leere Blatt – eine Utopie«, »Schreib-Enthemmung? 120 geniale Tips sich zurückzuhalten«. Jedenfalls muß es mittlerweile als Ereignis allerersten Ranges angesehen werden, wenn ein Text einmal nicht geschrieben wird. So erklärt sich die Aufmerksamkeit, die der in Sinn und Form veröffentlichte Briefwechsel zwischen Hans Magnus Enzensberger und Theodor W. Adorno jüngst erfahren hat. Adornos angekündigte Kritik des Godesberger Programms der SPD ist nie erschienen, da mochte Enzensberger als Herausgeber des Kursbuchs noch so sehr drängen, bitten und ermutigen. Der gegenwärtige Herausgeber Armin Nassehi teilte seiner Leserschaft gutgelaunt mit, er habe die Probleme seines Vorgängers nicht. Adorno habe sich auf eine Weise geziert, »die heutigen Autorinnen und Autoren wohl nicht mehr zur Verfügung« stehe. Man gönnt es ihm. Die Autoren von heute lassen sich nicht lange bitten. Kein Potential, das unausgeschöpft bliebe, keine Gelegenheit, die verpaßt würde. Ohne mich hier über die Gründe auslassen zu wollen: Nicht zu schreiben ist ein Luxus, den sich kaum noch jemand leisten kann. Die nachfolgenden Generationen werden es uns hoffentlich danken und über uns sagen, wir hätten alles gegeben, was wir konnten, und dann hätten wir weitergemacht. In Anbetracht des Umstands, daß an Geschriebenem kein Mangel besteht: Gibt es etwas Kostbareres als unterbliebene Schriften, also Momente, in denen einer davon Abstand nahm zu schreiben? Was ließ Adorno zögern?

Der erstaunlichste Hinderungsgrund bekundet sich im Eingeständnis: »Über einem solchen Text liegt der Riesenschatten der ›Kritik des Gothaer Programms‹ von Marx, und ich bitte es nicht als anmaßend zu betrachten, wenn ich hinter diesem Vorbild nicht zurückbleiben möchte.« Hier haben wir sie also, die Schreibhemmung allererster Güte namens Karl Marx! Was Adorno innehalten ließ, war weniger Rücksichtnahme auf lebende Leser als auf die Schriften eines Toten. Diese Rücksicht scheint uns in der Tat abhanden gekommen zu sein. Wer wollte sich, so Nassehi, »noch als Licht im Schatten von Vorgängertexten stilisieren, die zu übertreffen auch eine negative Dialektik nicht in Frage stellen könne. Solche Sprecherpositionen gibt es aus guten Gründen nicht mehr.« Es gab einmal eine Zeit, in der man die alten Texte nicht nicht überbieten wollen konnte. Wobei die »guten Gründe«, warum es damit nun vorbei ist, von Nassehi nicht ausgeführt werden. Ich bin jedenfalls geneigt, Nassehis Verdikt ein wenig abzumildern: Einer, der sich wie Adorno in einen »Riesenschatten« gestellt sieht, muß sich nicht gleich für die Sonne selbst halten oder sich als »Licht stilisieren«. Besteht nämlich ein alternativer Weg, sich für ein großes Licht zu halten, nicht gerade darin, die Existenz von »Riesenschatten« zu leugnen? Was ist vermessener: das Ansinnen, es mit jemandem wie Marx aufzunehmen, oder aber der Entschluß, ihn zu ignorieren?

Adornos Verlegenheit ist eine doppelte. Gewiß, es ist ihm etwas peinlich, sich dem Vergleich mit einem Marx-Text auszusetzen (»ich bitte es nicht als anmaßend zu betrachten ...«), doch diese Betretenheit setzt eine andere voraus: Hier sah sich jemand von einem Text aus der Vergangenheit derart in Verlegenheit gebracht, daß ein eigener Text nicht zustande kam. Was hat es mit dieser Besorgnis auf sich, Ansprüchen nicht gerecht zu werden, die aus der Geschichte in die Gegenwart hineinragen? Und gehören solche Ansprüche nunmehr selbst der Vergangenheit an? Ich kenne keinen Text, der darüber mehr Aufschluß gibt als Boris Groys' »Politik der Unsterblichkeit. Vier Gespräche mit Thomas Knoeffel« von 2002:

»Als Philosophen oder als Künstler stehen wir vor allem im Wettbewerb mit den Toten. Im Grunde wollen wir, daß Hegel oder Kant uns sagen: Auf diese Idee bin ich nicht gekommen, wie wunderbar hast du das gemacht. Unsere eigentlichen Leser sind die Toten. Auch wenn wir meinen, Platon oder Kant überwunden zu haben – wirklich beseitigen können wir sie nicht. Aber wir können auch nicht von ihnen anerkannt werden, wie wir es uns insgeheim wünschen.«

Damit geht Groys über das hinaus, was die Rezeptionsästhetik als Erklärung des geschichtlichen Lebens literarischer Werke in Anschlag gebracht hat. Kontextualisierende (Kunst-)Theorien stoßen rasch an ihre Grenzen, wenn es um die Frage geht: Warum gehen einen die Texte längst Verstorbener in jedem Sinn des Wortes an? Warum kann uns ein Werk betreffen, »das als bloßer Reflex einer längst überwundenen gesellschaftlichen Entwicklungsform nur noch das Interesse des Historikers verdienen würde«, wie Hans Robert Jauß in »Literaturgeschichte als Provokation« schrieb? Die Antwort auf die Frage, aus welchen Gründen Werke jenseits ihres Entstehungskontexts rezipiert werden, fiel bei der Rezeptionstheorie seltsam zirkulär aus: Sie werden rezipiert, weil sie rezipiert werden. Jauß: »Das literarische Ereignis hat im Unterschied zum politischen nicht für sich weiterbestehende unausweichliche Folgen, denen sich keine nachfolgende Generation mehr entziehen könnte. Es vermag nur weiterzuwirken, wo es bei den Nachkommenden noch oder wieder rezipiert wird – wo sich Leser finden, die sich das vergangene Werk neu aneignen oder Autoren, die es nachahmen, überbieten oder widerlegen wollen.«

Doch warum sollte man ein Werk nachahmen, überbieten und widerlegen wollen, wenn man nicht zunächst im Bann des Eindrucks stünde, daß es *von sich aus* fortwirkt, ob nun als verpflichtende Instanz, Herausforderung oder verhängnisvoller Irrtum? Jauß' Fehler ist die Annahme, daß die »Pflege« der Tradition den Lebenden obliege und daß diese augenblicklich verfallen würde, wenn sich nicht jede Generation dazu bereit erklärte, sie sich von neuem anzueignen. Die Vitalität einer Denktradition hängt jedoch weniger davon ab, ob man sie rettet, sondern eher davon, ob man sich *vor ihr* oder *in ihr* rettet. Wenn es nämlich Groys' »Wettbewerb mit den Toten« gibt, dann bedürfen diese weniger des Beistands der Lebenden, als daß die Lebenden vor den Toten bestehen müssen. Ironischerweise hätte die Rezeptionstheorie also den Rezipienten nicht stark genug gewichtet. Sie hätte sich mit der Auskunft begnügt, daß die Meisterwerke gelesen und wiedergelesen würden. Sie hätte nicht zugestehen wollen, daß sie insofern groß sind, als sie uns lesen: *Sie* sind der eigentliche Rezipient und Adressat unserer Schriften. »Unsere eigentlichen Leser sind die Toten«, schreibt Groys. In Jauß' Gedanken von der »Aktualisierung literarischer Texte durch den aufnehmenden Leser« bleibt die Möglichkeit der Aktualisierung *aktueller* Texte durch aufnehmende *tote* Leser ungedacht.

Demnach bestünde die angemessene Reaktion auf eine Standardfrage wie »Was hat uns Hegel heute noch zu sagen?« nicht darin, sie zu beantworten, sondern zurückzuspielen: »Was hätten Sie Hegel denn zu sagen?« Das Schicksal solcher Texte ist in dem Moment zu ihren Ungunsten entschieden, da sie vor der Gegenwart in der Rechtfertigungspflicht stehen, anstatt daß sich die Gegenwart in ihrem Licht erklären muß. Anders gesagt: Hegel, Kant oder Marx anzuerkennen, impliziert immer schon den Wunsch, von ihnen, oder wenigstens in ihrem Sinne, anerkannt zu werden. Alle »guten Gründe« sind in dem Falle schon die ihrigen, nämlich Gründe, die man ihren Texten entnehmen kann. Wer also fragt, warum er die Texte von Toten ernst nehmen sollte, hat sich bereits darauf festgelegt, daß er nicht gewillt sei, hinsichtlich ihrer ernst genommen zu werden. Das bedeutet nicht, daß die Frage falsch ist, wohl aber, daß sie nicht neutral ist. Und es bedeutet auch, daß es sich gar nicht um eine echte Frage handelt, weil sie die Antwort immer schon in sich trägt. Zudem wäre es viel zu harmlos, sich zu fragen, ob man beim Schreiben den Schriften der großen Toten Rechnung tragen sollte. Gerade Adorno hat in dem Moment, der uns hier interessiert, gezeigt, daß ihnen Rechnung zu tragen bisweilen auch bedeuten kann, gar nicht zu schreiben.

Die »Relevanz« vergangener Texte für die Gegenwart entscheidet sich nicht an der Frage, inwieweit die Toten recht hatten oder falsch lagen. Wenn sie nämlich relevant sind, dann weil sie nicht aufhören, einem recht zu geben oder weil sie einen weiterhin aufs Glatteis führen. Noch immer muß man sich ihrer Irrtümer erwehren, noch immer ihre Bestätigung einholen. Gewiß ist es problematisch, derartiges zu sagen. Unleugbar tut sich hier eine verdächtige spiritistische Tendenz kund. Dabei ist aber weitaus mehr im Spiel als die Frage, ob jemand ernstlich an die Gespenster namens Kant, Hegel oder Marx glaubt. Es geht darum, ob diese Gespenster an einen selbst glauben.

Die besondere Ironie besteht darin, daß es Groys nicht bloß darum geht, eine »karrieristische« und falsche Form des Philosophierens von einer sachorientierten, wahren zu unterscheiden. Groys ist erklärter Pragmatist, wenn nicht gar Neoliberaler, der in den Begriffen des Wettbewerbs denkt. Würde er den Neoliberalismus für irgend etwas kritisieren, dann allenfalls für das Unlautere eines Wettbewerbs, zu dem allein Lebende Zugang haben, obgleich die Toten recht besehen die stärksten Konkurrenten sein müßten.

Es gibt ein weiteres anti-neoliberales Element: Die Toten, und nicht der »Markt«, sind die letzte Instanz: »Wenn ich von der Pragmatik des philosophischen Erfolgs spreche, dann meine ich damit weniger den Erfolg bei den Lebendigen als den Erfolg bei den Toten.« Wobei diese Pragmatik nicht sonderlich pragmatisch anmutet: Philosophieren soll hier nämlich heißen, die berühmten Toten noch einmal töten zu wollen und rückwirkend ihre Bestätigung einzuholen, und dies im vollen Bewußtsein der Tatsache, daß der eine Wunsch dem anderen widerspricht und beide unerfüllbar sind. Man weiß deshalb nicht recht, ob der Kampf gegen die Toten überflüssig oder aussichtslos ist, »denn auf der einen Seite sind sie, Gott sei Dank, tot, aber auf der anderen Seite gehen sie uns immer weiter auf die Nerven«. Ein solcher Kampf trüge gleichermaßen lächerliche wie heroische Züge. Man fragt sich unwillkürlich: Was wäre das Ziel? Groys' Antwort: in gewisser Weise selbst tot sein.

»Was ich unter Genuß verstehe, ist die Möglichkeit, nachdem man sein Grab gebaut hat, darin ruhig zu liegen und dieses Grab zu genießen, noch bevor man tot ist. Bei vielen Autoren, die ihre philosophischen Konstruktionen schon gebaut haben, spürt man das Gefühl: Meine Grabstätten sind bereits da, alles bleibt erhalten. Dann tritt eine gewisse Entspannung ein, die Bereitschaft zur ungezwungenen Plauderei – eben ein bißchen angenehmes Leben im Tode.«
Das Verhältnis zum eigenen Tod würde ein chiastisches sein: Philosophieren hieße vom Wunsch geleitet sein, nach dem Tode fortzuleben, im Gegenzug jedoch zeit seines Lebens tot zu sein. Man muß das vor dem Hintergrund des grassierenden Biographismus lesen, der glaubt, uns daran erinnern zu müssen, daß die großen Toten ganz normale Menschen mit gewöhnlichen kleinen Leben gewesen seien. Peter Sloterdijk hat in diesem Zusammenhang von der »Liquidierung des alteuropäischen Theoriesubjekts« gesprochen, wodurch »nun auch die theoretischen Menschen wieder wie Leute von nebenan erscheinen, sollten sie auch Albert Einstein, Max Weber, Claude Lévi-Strauss oder Niklas Luhmann heißen«. Ironischerweise bestünde diese Liquidierung darin, den Theoretiker ins pralle Leben zurückzuholen, weshalb Sloterdijk mutmaßen konnte: »Nicht alle Subjekte von Reanimationen begrüßen ihre Rückkehr ins volle Leben, ja, ich hege den Verdacht, sie bedauerten ihre Zurückholung aus dem schönen Tod der Interessenlosigkeit in die Arena der kognitiven Realpolitik.« (»Scheintod im Denken«, 2010)
Mit Groys will ich zweierlei zu bedenken geben: Erstens hätte Philosophie weniger mit dem »schönen Tod der Interessenlosigkeit« zu tun, sondern bedeutet, sich für Tote zu interessieren, wenn nicht gar, sich für Tote interessant zu machen. Zweitens würde die Verwandlung des Theoretikers in einen Normalsterblichen ihn nicht notwendigerweise seines Status als Theoretiker berauben. Vielmehr verwandelt er sich erst dadurch, daß er etwas Definitives geschrieben hat, in einen normalen Menschen, mit dem sich ungezwungen plaudern ließe. Vor diesem Zeitpunkt wird er dagegen ein anstrengender Zeitgenosse sein, der sich seinen Platz erkämpfen muß. Normalität gäbe es nicht vor der Theorie und als deren Quelle; normal und entspannt wäre der Theoretiker erst nach seinem Tod, der ihm in Gestalt der eigenen Konstruktionen entgegentritt. Hier begegnet einem übrigens ein weiterer Grund nicht weiterzuschreiben: Man hält nicht deshalb inne, weil man glaubt, vor gewissen Toten nicht bestehen zu können, sondern weil man glaubt, als Toter selbst Bestand zu haben.
Groys gibt nirgendwo ausdrücklich zu, mit der Erhaltung seiner Grabstätte zu rechnen, hat aber für das Titelbild als Leiche posiert, die mit offenen Augen im Bett liegt, während auf dem Beistelltisch die, wie man es ihm gern wünschen würde, definitiven Papiere liegen. Dazu paßt nicht ganz, daß er am Ende des Gesprächs bestreitet, am Wettbewerb mit Toten teilzunehmen: »Wenn die Philosophie eine Lebensform und ein Wettbewerb ist, dann bedeutet die philosophische, kontemplative Haltung in bezug auf die Philosophie die Nicht-Teilnahme an diesem Wettbewerb. Ich befinde mich viel lieber auf der Zuschauerbühne.« Kontemplativ sein kann man demnach nicht erst, wenn die eigenen Konstruktionen gebaut sind, sondern auch indem man anderen dabei zusieht, wie sie die ihren errichten. Doch wer macht das eigentlich noch?
Wenn Nassehis Behauptung stimmt, daß man mittlerweile davon Abstand nimmt, Vorgängertexte als Bezugspunkte des eigenen Schreibens zu begreifen, würde einem solchen Zuschauer nicht viel geboten. Diese Erfahrung kann man tatsächlich machen: Sobald die Texte der Vergangenheit als mehr oder minder unbeträchtlich

gelten, büßen paradoxerweise auch diejenigen der Gegenwart ihre Wirksamkeit ein. Zwar würde sich Nassehi, wie er schreibt, Enzensbergers Satz »verzeihen sie meine ungeduld: es ist aber nicht ein redakteur, der hier drängt, es ist die sache selbst« gern für die eigene Autorenkorrespondenz ausbedingen, zugleich muß er aber eingestehen, »daß sich im Kontakt mit Autorinnen und Autoren heutzutage viel seltener geschichtsphilosophische Wucht oder gar ein Fenster für eine Offenbarung auftut«. Die Sache selber drängt nicht mehr zum Text, sie drängt am Text vorbei. Als hätte man in dem Moment, da man sich der Bürde der Vergangenheit entledigte, nicht nur an Unbefangenheit gewonnen, sondern sich zugleich um alle Relevanz für die Gegenwart gebracht. Ein weiterer Grund, weshalb Adorno den Text über das Godesberger Programm schuldig blieb, bestand darin, daß er beim Verfassen seiner »Negativen Dialektik« ins Stocken geraten war. Ihre Fertigstellung erforderte höchste Konzentration. Die heutigen Autoren des Kursbuchs würden Nassehi zufolge auch deshalb kaum eine Anfrage ausschlagen, weil sie nun einmal nicht damit beschäftigt seien, eine »Negative Dialektik« zu schreiben. Schade eigentlich. Für Groys hatte sich die Situation deshalb schon 2015 ins Gegenteil verkehrt: »Wenn ich früher an meinen Tod dachte, war ein unangenehmer Gedanke immer der, daß, wenn ich sterbe, in der Kultur noch viel geschehen wird. Heute fühle ich mich glücklich, denn die Kultur ist früher gestorben als ich. Also kann ich glücklich sterben in der Überzeugung, daß nach meinem Tod nichts mehr passieren wird, was mich hätte interessieren können.« (Boris Groys, Frank M. Raddatz: »Geld schlägt Wort«, in: Lettre International 2015/111)

Im Abstand eines guten Jahrzehnts präsentiert er somit zwei Versionen vom Glück des Theoretikers, die auch zwei unterschiedliche Weisen sind, sich mit der eigenen Sterblichkeit abzufinden: Bei der einen besteht sein Glück darin, sich schon zu Lebzeiten in den Archiven der Kultur begraben fühlen zu können, bei der anderen darin, Zeuge zu werden, wie diese selbst begraben werden.

## ALBERTINE TRUTMANN: SANSKRIT-LYRIK AUF DEUTSCH?

### Von der Schwierigkeit, Murāris Gedichte zu übersetzen

Die Kunst des literarischen Übersetzens ist in den letzten Jahrzehnten immer mehr ins Blickfeld der Kritik getreten und damit zusehends auch als eigenständige Leistung anerkannt worden. Die gelungene Neuübersetzung eines bekannten Werks wird vom Lesepublikum als Geschenk angesehen. Von diesem Prozeß ist die Lyrik nicht ausgenommen. Die Anforderungen sind hoch, gilt doch, daß die adäquate Übersetzung eines Gedichts ihrerseits ein Gedicht sein muß, was in der Mehrzahl der Fälle eine Neuschöpfung bedeutet.

Auch die Lyrik wenig bekannter Sprachen, etwa aus vergangenen Epochen und Kulturen, kann so wieder lebendig werden. Ist es der Mühe wert? Ich glaube ja und möchte im folgenden einen Dichter aus dem alten Indien vorstellen, mit den Besonderheiten seiner Sprache und den damit verbundenen Übersetzungsfragen.

Es handelt sich um Murāri. Er war Brahmane, lebte im Osten Indiens, vermutlich im heutigen Orissa. Sein Wirken fällt in die Zeit zwischen 700 und 950 n. Chr. Murāris Gedichte fanden bei zeitgenössischen

Poesieliebhabern große Anerkennung. Davon zeugt die Tatsache, daß viele von ihnen Eingang in die älteste bekannte Anthologie von Sanskrit-Lyrik fanden, den »Subhāṣitaratnakoṣa« (Versschatzkasten, vor 1100 n. Chr.). Von einem unbekannten Dichter sind die Worte überliefert, er schätze, dem Lebensende nah, Murāris Worte höher als die Verse des berühmten Vorgängers Bhavabhūti (frühes 8. Jh. n. Chr.).

Murāri selbst machte klar, was er von seiner Dichtung hielt, und zwar in seinem einzigen überlieferten Werk, dem Drama »Anargharāghava« (Das Schauspiel vom kostbaren Raghusproß): Er stellt es auf die Stufe des Veda, der ältesten poetischen und rituellen Schriften. Diesen Anspruch leitet er wie folgt her. Das Drama handelt von Rāma, einer Inkarnation Viṣṇus. Prinz Rāma besiegt nach vielen Kämpfen und Abenteuern die Dämonen, die Feinde der Götter, und tritt, mit seiner treuen Gattin Sītā vereinigt, seine angestammte Herrscherrolle an. Seine Geschichte hat zahlreiche dichterische Darstellungen erfahren. Am Anfang steht das Rāmāyaṇa von Vālmīki, ein Epos, das stilistische Merkmale der späteren Kunstdichtung enthält. Die Sanskrit-Lyriker beziehen sich voller Verehrung auf Vālmīki und das Rāmāyaṇa. Murāri bezeichnet sich im Prolog als Jung-Vālmīki und seine Sprache als tiefgründig und betörend. Dies sind zwei Schlüsselbegriffe der Sanskrit-Poesie. Er geht aber noch weiter. Der Überlieferung nach hat Vālmīki seine Dichtung in vollendeter Form »erschaut«, er war ebenso Seher (ṛṣi) wie Dichter (kavi). Damit steht sein Werk auf der Stufe des Veda – und mit ihm Murāris Drama. Das hat weitreichende Implikationen für seine Dichtung. Der Veda, die alte Ritualliteratur, war der Urgrund dichterischen Schaffens, und zwar durch seine Sprache. Diese galt als ursprüngliche, nicht von Menschen gemachte Verbindung von Laut und Bedeutung. Ihre normsetzende Kraft blieb auch nach ihrer Ausbreitung in Literatur, Recht, Wissenschaft, Verwaltung erhalten. Im Alltag spielte sie kaum eine Rolle. So überrascht es nicht, daß sich Murāri bewußt schwierig ausdrückt: seltene Wortbedeutungen, eigene Wortbildungen, Rückgriffe auf die vedische Sprache und auf Wendungen der Grammatiker. Wie es den Regeln von kāvya entspricht (auf deutsch als Kunstdichtung bezeichnet), will Murāri in den vier Versen eine Vorstellung, einen Gedanken schlüssig ausdrücken. Das gelingt ihm, doch das poetische Erzeugnis wirkt oft unnatürlich. So liebt es Murāri, poetische Bilder und Überlieferungen, die das Gewebe der Sanskrit-Lyrik bilden und von den Dichtern kunstvoll abgewandelt werden, in ihre Bestandteile zu zerlegen und neu zusammenzusetzen. Dabei ergibt sich Überraschendes. Ein Beispiel: Der Cakora, eine Rebhuhnart, nährt sich, so heißt es, von Mondstrahlen. Wenn nachts unter einem dichtbelaubten Baum das Mondlicht zerstückelt am Boden liegt, schreibt Murāri, die Schnäbel der Cakoras hätten es zerfetzt.

Bevor wir uns weiter mit Murāri beschäftigen, müssen die Eigenarten von kāvya erläutert werden. Ihre Blüte erreichte die Gattung zwischen dem 2. und dem 13. Jh. n. Chr. Gemeint ist ein von einem einzelnen nach bestimmten Regeln geschaffenes, schriftlich festgehaltenes Werk. Die gebundene Form ist nicht entscheidend, es gibt auch Prosawerke im kāvya-Stil. Die Versmaße unterscheiden sich in der Regel nach Länge und Kürze der Silben, die Verse können siebzehn und mehr Silben zählen. Die Strophe ist stets vierzeilig, in sich abgeschlossen und entfaltet mit großem sprachlichem Schmuck eine schlüssige, unerwartete Einsicht, oft in einem einzigen Satz. Diese will nicht nur den Verstand, sondern Herz und Sinne des Publikums erreichen, ja überwältigen. Beides haben Sanskrit-Lyriker – und einige wenige

Lyrikerinnen – in vielen Fällen hervorragend vermocht.
Dem Schmuck der Dichtung, »alaṃ-kāra« (Genugtun), hat die Poetik große Beachtung geschenkt. Man unterscheidet lautlichen Schmuck (śabda-alaṃkāra) wie Alliteration, Binnenreim (der Endreim tritt in kāvya erst spät auf), und inhaltlich-formalen Schmuck (artha-alaṃkāra) wie bildhafte Rede, Mehrsinnigkeit, indirekten Ausdruck.
Die literarische Form von kāvya ist vielfältig: Romane in Prosa, Einzelgedichte, meist als Gruppe einem Thema folgend, wie die berühmten drei Śataka (Hundertschaften) des Bhartṛhari (3. oder 4. Jh. n. Chr.) oder das Amaruśataka (7./8. Jh. n. Chr.), ein Hauptwerk der erotischen Sanskrit-Lyrik. Der auch dem nichtindischen Publikum bekannte Meghadūta »Die Wolke als Bote« von Kālidāsa (4./5. Jh. n. Chr.) ist ein kleines Epos. Die Kunstepen bestehen ausschließlich aus Gedichten, während im Drama die Gedichte neben Prosamonologen und -dialogen stehen. Hinsichtlich der Themen, die in Epen behandelt werden müssen, wie auch zur Dramaturgie gab es strenge Vorschriften.
Wie konnte mit diesem Regelwerk eine lebendige Lyrik entstehen? Das hat in erster Linie mit der Sprache zu tun. Sanskrit war wie gesagt nie Alltagssprache und erlebte dadurch keine Abschwächung seines Formenreichtums. Die Satzstellung ist frei. Der Bildung von zusammengesetzten Wörtern sind kaum Grenzen gesetzt, mehrgliedrige Substantive und Adjektive übernehmen die Funktion von Sätzen. Diese Strukturen erlaubten eine ungewöhnliche Dichte des Ausdrucks und große Vielfalt. Zudem hat die Auseinandersetzung der Sanskrit-Poetik mit dem Vergleich, der das Hauptelement des genannten inhaltlich-formalen Schmuckes ist, wohl das Sprachbewußtsein der Dichter geschärft. Die Übersetzung und Analyse eines Gedichts von Murāri soll dies aufzeigen:

DUNKELHEIT

Wolkendunkle Holzwurmmassen
zerfressen Himmelsbalken.
Mehl fällt aus den Löchern,
täuscht Strahlen vor.

Oder sind die Löcher –
Sterne?

(Anargharāghava 2.53,
Subhāṣitaratnakoṣa 889)

Der Dichter reiht Vergleiche und metaphorische Identifikationen aneinander. Die wortgetreue Übersetzung von Karin Steiner (Anargharāghava. Das Schauspiel vom kostbaren Raghusproß. Harrassowitz, Wiesbaden 1999) verdeutlicht die verschiedenen Vergleichsformen: »Als seien die Weltgegenden von der Holzwurmmenge in Gestalt der ziemlich tiefen Finsternis zernagt, fällt ihr Staub durch die Löcher, jene Sterne, scheinbar als [deren] Strahlen.« (In eckigen Klammern eine Ergänzung gegenüber dem Sanskrittext.)
»Holzwurmmenge in Gestalt der ziemlich tiefen Finsternis« ist eine metaphorische Identifikation, im Sanskrit durch eine Wortzusammensetzung ausgedrückt. »Als seien die Weltgegenden (...) zernagt« enthält eine Vergleichspartikel. Was Steiner mit »Weltgegend« wiedergibt, kann auch »Holz« bedeuten; es liege »ein nicht übersetzbares Wortspiel« vor. Die metaphorische Identifikation »durch die Löcher, jene Sterne« hat auch im Sanskrit die Form einer Apposition. Die Übersetzung »scheinbar als [deren] Strahlen« entspricht der Wendung »durch Vortäuschung von Strahlen« im Sanskrit.
Auch in meiner Übersetzung wähle ich verschiedene Lösungen für die unterschiedlichen Vergleiche oder verzichte auf den Ausdruck des Vergleichs (Zeilen 1 und 2). In der ersten Strophe, vor allem in der ersten Zeile, soll sie der Dichte des Sanskrits entsprechen. Murāri verbindet in der

ersten Zeile zudem Assonanz und Alliteration, was ich durch die Wiederholung der Vokalabfolge – o – u – teilweise aufgenommen habe.

Noch ein anderer Aspekt war für mich bestimmend. Trotz der sprachlich ausgefeilten Form ist die Anmutung des Gedichts bezaubernd schlicht und konkret. Wodurch? Auch dieser Frage sind die Dichter und Theoretiker des Sanskrit nachgegangen. Sie erkannten, daß die Schönheit eines Gedichts nicht nur durch die bewußte Wahl von Lauten und Lautgruppen einerseits, anspielungsreiche indirekte Sprache anderseits erklärt werden kann. Für dieses unbestimmte »Mehr« fanden sie den Begriff »rasa« (Geschmack, Stimmung). Er stammt aus der Dramentheorie und meint die Einheit der ästhetischen Erfahrung, die durch die Darstellung auf der Bühne vermittelt wird. Konstitutiv dafür ist die innere Bereitschaft des Publikums. »Rasa« ist die Verwandlung eines Gefühls in unmittelbare und universelle Wahrnehmung und ist auch für das Gedicht zentral. Doch wie wird »rasa« vermittelt? Dem ging der kaschmirische Gelehrte Ānandavardhana (2. Hälfte des 9. Jhs. n. Chr.) nach. Er sah in »dhvani« (Klang, Andeutung, Evokation) den dafür entscheidenden Aspekt und nannte ihn die Seele der Dichtung. Dhvani ist auch der Sinn, der über die alleinige Wortbedeutung der poetischen Figuren hinausgeht. Beim Wechsel in eine andere Sprache muß er aufgespürt und weitergegeben werden.

Jede einzelne kāvya-Strophe entfaltet einen bestimmten rasa. Die Hauptstimmung eines Dramas wie des Anargharāghava ist die heroische, aber es kommen auch andere vor: Eros, Mitleid, Grauen. Den Gedichten steht ein weiter Bereich von Themen offen: der Mond, die Tageszeiten, das Gebirge, junge Frauen, Blumen, Tiere. Die lyrischen Passagen bringen die Handlung nicht voran – ein Grund, weshalb Sanskrit-Dramen von westlichen Gelehrten oft abschätzig beurteilt wurden –, doch sie offenbaren die Gefühle der Personen und verleihen so der Handlung Tiefe.

Ziel meiner Übersetzung ist es, die poetische Qualität des Textes zu bewahren, unter Beachtung der Besonderheiten von Murāris Sprache. Grundlage dafür sind die wissenschaftlich genaue Kenntnis des Textes und die Berücksichtigung der indischen und der westlichen Tradition bei der Interpretation strittiger Stellen. Sodann suchte ich nach dem adäquaten Ausdruck der Stimmung und spürte den poetischen Mitteln des Dichters mit meiner eigenen Sprache nach.

Die Wiedergabe der Versmaße, die zum Teil fünf oder sechs Längen bzw. Kürzen in Folge aufweisen, ist nicht möglich, deshalb wählte ich freie Verse. Der Rhythmus spielt dabei eine große Rolle. Auch das Spiel mit der Zeilenlänge und dem Zeilenende ist eine Möglichkeit, dem Spannungsbogen, den das Sanskrit durch sprachliche Dichte erreicht, mit einer eigenen Form zu entsprechen. Ein weiteres Murāri-Gedicht soll dies aufzeigen:

MORGENDÄMMERUNG

Zwei drei Sonnenstrahlen –
Lotosblättchen, das Ohr
der Morgenröte zu schmücken –
wandern jetzt, so lieblich!
den Himmel hinauf.
Auch dieser Lotos hier,
ob seine Energie wohl winzig scheint,
will leben
Er öffnet seinen Kelch,
der schwer ist vom Gewirr
hinausdrängender Bienen,
und breitet seine Blüte
weit und frei.

(Anargharāghava 2.4,
Subhāṣitaratnakoṣa 960)

Es ist ein Topos der Sanskrit-Lyrik, daß nektarsammelnde Bienen abends im sich schließenden Taglotos gefangen bleiben. Wenn die Sonne aufgeht, öffnen sich die Lotosblüten wieder, und die Bienen gelangen in die Freiheit. In der ersten Gedichthälfte wird der beginnende Sonnenaufgang beschrieben. Die vereinzelten Sonnenstrahlen werden jungen Lotosblättern gleichgesetzt, diese wiederum einem »spielerischen Ohrschmuck des Ostens« (Steiner). Ich habe diese Beschreibung in einen eingeschobenen Verbalsatz gekleidet. Die Wanderung der Sonnenstrahlen erhält durch den Ausruf »so lieblich!« (im Sanskrit bloß ein Adverb) eine gewisse Leichtigkeit. In der zweiten Hälfte steht der Zartheit eines bestimmten Lotos, der wörtlich »nur ein bißchen atmet«, die aufgeschreckte Menge der Bienen gegenüber. Das Schlüsselwort ist »utsukatā« (Sehnsucht, Streben). Ich ziehe es zum Lotos, obschon auch eine Anknüpfung an die Bienen möglich wäre. Meiner Ansicht nach liegt das Gewicht auf der Befreiung des Lotos zum erblühten Leben. Deshalb gebe ich den Instrumental von »utsukatā«, der die Aktivität des Lotos beschreibt, mit einem Satz wieder: »will leben«, und schließe das Gedicht – das Ende einer Strophe hat in der Sanskrit-Lyrik stets besonderes Gewicht – wie Murāri mit der Beschreibung seines Erblühens.

## MARCEL BEYER: »UND WIE GEHT DER GESANG«

### Laudatio auf Anja Kampmann

I Dann gerät auf der Strecke zwischen Riesa und Chemnitz in der Regionalbahn RB 45 ein junges Paar in den Blick, und eine Szene entsteht, »die hände in den händen des jungen / mannes ihr gegenüber« und »etwas wie lachen«, und dann hält der Zug in Mittweida, die zwei steigen aus und nutzen den Zwischenhalt, um am Bahnsteig eine Zigarette zu rauchen. Es ist Januar.
Er trägt weiße Sneaker. Mehr erfährt man nicht über ihn. Sie dagegen wird genauer betrachtet: mit ihrem dünnen Pullover, ihrer Tätowierung, die im Ansatz darunter hervorschaut, der Schopf oder Scheitel eines Sängers, so wie ihr eigener Scheitel am Haaransatz nachwachsendes helles Haar gegen den schwarzgefärbten Rest erkennen läßt, womit sie vorführt, daß sie zu jenen gehört, die sich darauf verstehen, Mangel in Mode zu verwandeln, Mangel an Geld für eine neuerliche Tönung oder für Ansatzspray.
Dann schweift der Blick aus dem Zugfenster über das Gelände, die Sitzbank, die Birke, das Bahnhofsgebäude aus dem Jahr 1900, Garagendächer und letzter Schnee, woraufhin die Szene verweht. Der Zug wird sich wieder in Bewegung gesetzt haben, sei es auf dem Weg nach Chemnitz, sei es nach Riesa und weiter nach Elsterwerda.
Man muß nicht irgendwann einmal zu Jahresanfang mit der Regionalbahn durch das ländliche Sachsen gefahren sein, wo man sich daran gewöhnt, auf den äußersten Rand stets irgendwo in der Mitte zu stoßen.
Man muß nichts verbinden mit jener vielgestaltigen Frisurenmode, die sich im Laufe der Zeit um eine möglichst kontrastreiche Zweifarbigkeit entwickelt hat.
Man muß nicht einmal wissen, wo Mittweida auf der Landkarte zu finden wäre – eine kleine Stadt, die zu besuchen weder das junge Raucherpaar im Sinn hat noch das lyrische Ich in Anja Kampmanns Gedicht »mittweida, im januar«. Von Fahrgästen, die in Mittweida aus- oder einsteigen, ist darin keine Rede. Ein Ort, den zu besuchen

einem nicht einfiele. Man schaut aus dem Zugfenster, raucht rasch eine Zigarette am Bahnsteig 1 oder 2, dann ist Mittweida auch schon vorbei.

II Auf der anderthalbstündigen Fahrt mit der RB 45 von Chemnitz nach Elsterwerda wird man die kurzen Aufenthalte in Orten wie Oberlichtenau, Schweikershain, Steina, Limmritz, Ostrau, Zeithain oder Tiefenau kaum dazu nutzen können, Fragen an das Stadtbild, die Ortsansässigen, die Landschaft zu richten, gar auf Antworten zu warten. Nicht einmal der Name gibt etwas preis, wenn der Zug morgens um 7 Uhr 12 und abends noch einmal um 22 Uhr 43 in Chemnitz Kinderwaldstätte hält.
Statt dessen kann man sich selber fragen, und tatsächlich wüßte auch ich die Antwort gern, was diesen seltsamen Reiz ausmacht, dem Dichterinnen und Dichter erliegen, sobald sie mit der Provinz im Osten Deutschlands in Berührung kommen. Der Reiz eines sich seit 1990 von Eisenach in Richtung Osten ausdehnenden Raumes, unterschiedliche Kulturen, Sprachen, Geschichte durchmessend. Die Spur weitet sich, wird breiter und breiter, bis man sich irgendwann verliert oder das Schwarze Meer eine Richtungsänderung erzwingt.
Diese sprach- und ding- und landschaftsmagische Sphäre beginnt dort, wo bis 1990 die nahezu unüberwindbare Teilung Europas in Ost und West verlief, und sie tut sich genau in dem Moment auf, als diese Teilung Vergangenheit wird. Daß in der blanken Wirklichkeit vor 1990 wenig von einer solchen Magie bemerkbar war, läßt sich daran ablesen, wie selten die DDR-Literatur Vorstöße ins Geheimnis unternimmt – Wolfgang Hilbig und der späte Franz Fühmann kommen einem in den Sinn, mit ihrer Aufmerksamkeit für das Leuchten im Schmutzig Verwunschenen, im Verschwitzt-Verwunschenen.
Wende ich mich heute an der ehemaligen deutsch-deutschen Grenze nach Westen, spüre ich von diesem Reiz ebensowenig – und das, obwohl der Blick von Thüringen nach Hessen in die Brüder-Grimm-Gegend, in eine Märchen- und Erzählgegend reicht. Möglich, das Phantasma namens Osten umreißt eine Brüder-Grimm-Gegend des industriellen und post-industriellen Zeitalters. Möglich, hier wären Jacob und Wilhelm im 21. Jahrhundert unterwegs.

> als wir noch wußten wer wir waren (...)
> fuhren wir ins vogtland (...)
> das war bevor die zukunft kam

Der Weg führt in den Osten, und selbst wenn man irgendwo stranden sollte mitten im Binnenland, eröffnet sich damit offenbar die Möglichkeit eines Gedichts. Streunen und Stranden, scheint es, kommen der Sprache entgegen. Streunen und Stranden ziehen die Ortsnamen, ziehen die Bahnsteigszenen an. Man wird unsicher, ob auf jedem Ortsschild der unsichtbare Zusatz »Heute war schon« geschrieben steht oder ob man eine Ahnung bekommt, daß hier die Welt von übermorgen bereits begonnen hat.
An der vielbeschworenen reichen Kulturgeschichte allein liegt es nicht. Nach kulturhistorischen Spuren kann man an vielen Orten lange suchen, und am Ende findet man sich doch nur auf dem Parkplatz des Penny-Markts wieder. Auch die vierzigjährige Klammer, die den bald ebensolange verschwundenen Staat DDR im Rückblick einer eigenen, mit dessen Ende abgeschlossenen Zeitrechnung zu unterwerfen scheint, führt, wie mir klar wird, als Erklärungsversuch nicht weit. Mag der Reiz irgendwann vergangen sein – seine Spur reicht weiter zurück. Das zeigen etwa Jürgen Beckers Erfurter Erinnerungen an die Zeit von Mitte der dreißiger bis Mitte der vierziger Jahre: Erinnerungen an eine Kindheitsgegend vor Gründung der DDR, die im Moment der Wiederbegegnung nach 1990 beginnen, die Sprache mit ihrem Glühen wie mit ihrer Düsternis einzufärben.

Hiergebliebene, Davongekommene, Zugezogene und Durchreisende – alle werden sie berührt vom Geheimnis in der Geheimnislosigkeit, auf das man in diesen Landstrichen stößt. Oder gestoßen wird, wie man zu erfahren glaubt, wenn man im Zug sitzt und mit einem Mal das Bedürfnis hat, Stift und Notizbuch hervorzuholen. Noch in der weitesten Ebene glaubt man, hinter der nächsten Wegbiegung warte eine Entdeckung, die vor einem noch kein Mensch gemacht hat.

und wie geht der gesang
wenn keiner ihn mehr braucht.
kartoffeln
geschält. die mahlzeit gekocht
sonnenschirm dreizehnter stock
geranien.

III Dann sieht man Bilder vor sich. Photographien. Ein Paar in Mittweida, im Januar, dem das lyrische Ich seine Aufmerksamkeit schenkt, ohne sich damit selbst ins Bild zu rücken. Anja Kampmann taucht ein in diesen Raum, der sich 1990 aufgetan hat, und mitunter entsteht der verwirrende Eindruck, sie hätte sich in einer Zeit, als sie noch nicht auf der Welt war, in einem Land, in dem sie nicht aufgewachsen ist, für das Schreiben gewisse Techniken und eine Auffassung von Ästhetik angeeignet, wie sie hier, in der früheren DDR, ausgearbeitet und immer weiter verfeinert wurden.
Beim Lesen mancher ihrer Gedichte ist mir, als betrachtete ich Beispiele der sozialdokumentarischen Photographie, die in der DDR eigenen Pfaden folgte. Vor dem Hintergrund einer dem Realismus verpflichteten Kunstauffassung entfalteten diese abgelichteten Arbeitswelten, Familienkonstellationen, Alltagsszenen eine ganz eigene Wirkung.
Figur und Hintergrund, Augenblick und Zeitverlauf, Realität und Imagination finden im Bruchteil einer Sekunde vor dem Kameraobjektiv zusammen.

was ihr nicht wußtet
daß die zeit vielleicht für einen moment
stehenblieb
und das bild dieser nacht der geruch
der spraydose und von vergossenem bier
für immer dort bleiben wird
und wie all das für euch selbst
unerreichbar
sich davonstiehlt, mit der zeit.

Ablichtungen dessen, was sich vor der Linse abspielt – aber doch zugleich auch Kompositionen, angefertigt aus vorgefundenem Material, dessen Arrangement ohne Eingriff des Photographierenden entsteht. Je länger man solche Photos betrachtet, desto merkwürdiger erscheinen sie. Irreales blitzt auf im Bild vom Realen.
Ich weiß nicht, ob Anja Kampmann sich mit dieser Traditionslinie auseinandergesetzt hat, ob sie ihr Anregung gibt, ob – wer weiß – zum Beispiel jenes Gedichtbild vom Bahnsteig in Mittweida am Ende gar nicht auf eigener Beobachtung beruht, ob es vielmehr eine Photobeschreibung darstellt, den Blick auf einen Blick.
Wenn unter der Überschrift »A & V«, diesem im Osten alltäglichen Begriff, der es bis heute nicht in den westdeutschen Sprachgebrauch geschafft hat, die Hände eines Mannes am Stehtisch beim Bäcker zu Überlegungen führen:

und falls er manfred hieß und
möbelpacker war
und faltet die hände

– wenn im ukrainischen Dnipro, der Schwarzmeerküste schon ein ganzes Stück näher, ebenso Hände die Aufmerksamkeit auf sich ziehen:

geschwister, ein junge und ein kleines
mädchen
halten sich an den händen
vor einer säule die silbrig glänzt
wie alle säulen hier

– und wenn an einem frühen Morgen erneut das seltsam starr und zugleich flüchtig wirkende Ambiente eines Bahngeländes Bilder auslöst:

du denkst
an einen gott
in gummistiefeln
am bahnschwellenrand wo die bäume
den blick versperren
auf die weitere fahrt

– dann stehen mir unwillkürlich Arbeiten der Photographin Evelyn Richter vor Augen, die von Leipzig aus den Blick einer ganzen Generation von Photographen geschult hat. Ihre Herangehensweise wurde als »teilnehmend, aber nicht unkritisch« beschrieben, und mir scheint, selbst wenn dies nur eine Phantasie ist, Anja Kampmann gehört zu ihren Schülerinnen.
Die sozialdokumentarische Photographie bevorzugt den starken Kontrast. Hartes Schwarz und hartes Weiß geben dem vermeintlichen Abbild der Wirklichkeit etwas Zeichenhaftes. Die Welt schreibt sich selbst auf weißen Grund. Und sei es in Form eines schwarzgefärbten Haarschopfs, dessen Ansatz schon heller nachwächst.

IV »wir hatten fragen die wir selbst nicht kannten«, heißt es in Anja Kampmanns Gedicht »runde«. Indem der Weg Richtung Osten zurückgelegt wird, meldet sich auf die immerzu gestellte Frage »Wer seid ihr?« mit der Zeit ein inneres Echo: »Wer war ich?«
Verwandlungsprozesse werden in Gang gesetzt, laufen unablässig ab, auch wenn man sich ihrer nur halb bewußt sein mag. Und man ist noch einmal ein anderer, sobald man die vertraute Umgebung verlassen hat und sich in einer Gegend, in einer Gesellschaft, in sozialen Milieus bewegt, die man nicht in- und auswendig kennt. In diesem Wechselspiel greift das lyrische Ich aus in eine Zeit, als es vom »Osten« noch so gut wie nichts wußte, als es noch nicht in der Regionalbahn RB 45 durch Mittweida fuhr, als es noch nicht auf die Idee gekommen wäre, in die Ukraine oder nach Mazedonien aufzubrechen.
Da es beginnt, Herkunft, Kindheit und Jugend gegen die akuten Gegenwartsbilder zu setzen, Gegenwartsbilder aus einer nicht vollends vertrauten Welt gegen Vergangenheitsbilder aus einer Welt, in der alles so vertraut erscheint, daß man so gut wie nichts mehr wahrnimmt, gibt Anja Kampmann ihrem lyrischen Ich Werkzeuge und Verfahren an die Hand, die sich womöglich erst mit ihrer Osterfahrung entwickelt haben. Als könnte sie mit Hilfe einer ostdeutschen Traditionslinie der Photographie durch die eigene Vergangenheit streunen, nimmt sie Szenen, Atmosphären auf, die schon lange nicht mehr existieren, die sich schon lange in Nichts aufgelöst haben.

DIE BLICKE

zurück: der korn befreit die geister
kimme und kraftfeld der wut man geht
zu fuß in diese schlacht zurück

Bilder der alten BRD, Bilder auch aus noch älteren Zeitschichten, in Verse verwandelt mit dem Gespür der sozialdokumentarischen Photographie der DDR – manche Momente in den Gedichten könnten verwirrenderweise tatsächlich gut auch Osterinnerungen sein, sofern man hier und da ein Kulissenteil, ein Versatzstück beiseite schiebt. Mit einem Mal kann man so selbst in der weitesten Ebene hinter der nächsten Wegbiegung eine Entdeckung erwarten, die noch kein Mensch gemacht hat.
Dies hat damit zu tun, daß Anja Kampmann soziale Milieus durchdringt. Mit geschärftem Sinn bewegt sie sich zeitlich an jenen Punkt zurück, an dem alle Gleichaltrigen dasselbe Dorffest besuchen, in den gleichen Jeans, ähnlichen Schuhen und Jacken, mit ähnlichen, wenn nicht identischen Erwartungen, Sehnsüchten.

von küssen
war die rede aber die rede
schloß keinen von uns ein.

Anja Kampmann bewegt sich an jenen Punkt zurück, an dem noch nicht entschieden ist, wer aus dieser Jugendrunde irgendwann in der Zukunft an der Kasse des Penny-Marktes sitzen, wer in die nächstgrößere Universitätsstadt ziehen und Ingenieurwissenschaften studieren, wer sich nach Osten wenden und dort, in Leipzig, Gedichte und Romane schreiben wird.

V Nicht nur ich habe – hier im Zusammenhang mit dem rauchenden Bahnsteigpaar – bemerkt, Anja Kampmanns lyrisches Ich verhalte sich meist sehr zurückhaltend, es rücke sich nach Möglichkeit nicht in den Mittelpunkt einer Szenerie, indem es sich selbst zur Sprache brächte. Dieses lyrische Ich betrachtet, ordnet ein, phantasiert – und häufig ist es nicht nur Teil einer Gruppe, eines »Wir«, sondern scheint fast mit der Alltagsszene, mit der Situation, mit der Zivilisationslandschaft zu verschmelzen. Es scheint aus den Gefilden heraus, die keine Sehnsuchtssphären mehr sind, überhaupt erst Gestalt zu gewinnen. Man glaubt, dieses lyrische Ich sei ein Verwandter jener vielen Namenlosen, die Anja Kampmanns Gedichte bevölkern,

eine frau mit gebäck

und:

müde freundinnen
in kurzen jeans

und jene frau an die du später
nicht mehr denken wirst.

Man glaubt, es sei ein Verwandter auch jenes Mannes mit seinen Möbelpackerhänden, dem die Sprache den Namen Manfred anprobiert.

Vielleicht haben wir es hier mit einem lyrischen Ich zu tun, das ein Leben als Arbeitsmigrant führt: immer dort, wo Arbeit zu erledigen ist, immer mitten im Zentrum, aber einem Zentrum von morgen – und dann wird es den Ort wieder gewechselt haben, oder einem Zentrum von gestern, das zu verlassen sich noch keine Gelegenheit geboten hat. Als Person ist es so gut wie unsichtbar, erkennbar allein an dem, was es tut, was es in Bewegung setzt, erkennbar allein an den Veränderungen, die es bewirkt. Sei es, daß aus einem schmutzigen Teller ein sauberer Teller wird, sei es, daß sich ein idyllischer Flußlauf, der sich, von Norden her kommend, über die Zeit ins Gestein gegraben hat, in eine Landschaftspostkarte verwandelt, über die sich in naher Zukunft eine Autobahn spannen wird.
Die Putzkräfte entlang der Streunerschneise, das Personal in der Küche, im Warenlager, in der Logistik, in einer von der Straße nicht einsehbaren Werkstatt im Hinterhof. Nur am frühen Morgen und am Abend werden diese Menschen sichtbar, an der Bushaltestelle, auf dem Heimweg, draußen irgendwo am Ufer des Sees.

paar wege in ihrem letzten gelb, es regnet
die straßen im wind drei uhr nachts

Wie ließe sich aber das besondere Berufsprofil dieses lyrischen Ichs konkret umreißen? Ich glaube, es ist als Scout für die Schriftstellerin Anja Kampmann tätig. An den Orten, die es uns zeigt, sucht es nach nichts. Doch es ahnt, es nimmt damit Orte in Augenschein, an denen die Prosaautorin Anja Kampmann etwas suchen könnte. Das lyrische Ich als Kompagnon beim Erspüren von Temperaturen der Gegenwartsgeographie. Seine Ortserkundungen gelten Temperaturwechseln an der Oberfläche, die vermuten lassen, das Heute werde von einer schwer zu verortenden Nachwärme gespeist.

der nachfahrfahr reist im gedicht
geht in den hohen norden
und steht wie wir am ort
den niemand mehr
verlassen kann
nun geh, hau ab

Was auch immer dem lyrischen Ich ins Auge sticht – es ahnt, hier könnte sich mehr verbergen, hier könnten Geschichten angedeutet sein, die über Ödnis und Provinz und in der Zerstörung begriffene Natur hinausweisen. Möglicherweise finden sich jene Figuren, die beim Zwischenhalt in Mittweida am Bahnsteig eine Zigarette geraucht haben, irgendwann an einem völlig anderen Ort, in einer völlig anderen Landschaft wieder. In Montenegro vielleicht. Und

wenn alles nur aufnehmen ist
und das sprachband der geschichte
für einen moment verstummt.

– gleichen ihre Hände denen eines Mannes ohne Namen, der eines Morgens beim Bäkker neben dem A & V sein Mettbrötchen ißt.

## GÜNTER THIMM: NICHT IMMER KIEFER AM WALDRAND

Wie erscheinen Bäume im Gedicht? Bisweilen stehen sie im Wald; und in Waldgedichten sieht man dann, vor lauter Wald, oft die Bäume nicht. Da geht es beispielsweise um ihr Rauschen, wie in Peter Hilles »Waldstimme«, und nur die Wipfel spielen eine Rolle. Auch wo der Wald als zivilisationsfernes Refugium der Stadt gegenübergestellt wird, gehen sämtliche Bäume gleichsam in ihm auf und verleihen ihm so noch mehr Geschlossenheit: »Da draußen, stets betrogen, / Saust die geschäftge Welt, / Schlag noch einmal die Bogen / Um mich, du grünes Zelt.« Dann aber gibt es umgekehrt Baumgedichte, in denen Baum oder Bäume ganz für sich stehen. Das von Brecht angestoßene »Gespräch über Bäume« kommt weithin ohne Wald aus, und auch spezifische Baumarten spielen hier keine Rolle; Bäume stehen darin synekdochisch für die Natur. Schließlich gibt es Baumartengedichte, in denen weder Baum noch Wald, sondern spezifische Baumarten vorkommen, die etwa für eine bestimmte Region typisch sind (zum Beispiel die märkische Kiefer) oder eine besondere symbolische Bedeutung haben. Es ist nicht verwunderlich, daß Gottfried Benn sich zur Pappel hingezogen fühlte und ein herrliches Gedicht über sie geschrieben hat, denn sie symbolisiert unter anderem den Tod, das Weibliche und das Dichten. Dieser Erzindividualist schreibt natürlich auch nur über eine einzige Pappel und fragt polemisch: »Und wer sah Pappelwälder?«
Und dann sind da, in Benns brüsker Absage schwingt es schon mit, natürlich Kombinationen zwischen diesen drei Arten von Gedichten. Gottfried Keller verbindet in seinen »Waldliedern« das Waldgedicht mit dem Baumartengedicht, indem er erst den Eichenwald und dann den Föhrenwald bedichtet: »Aber auch den Föhrenwald / Laß' ich mir nicht schelten / Wenn mein Jauchzen widerhallt / In dem sonnerhellten!« Im Unterschied zu den »in lang gestreckten Zeilen« (Peter von Matt) rauschenden Eichen, denen die »jungen Dichter« ihren künftigen Ton ablauschen können, sind die Verse nun von volksliedhafter Kürze: »Heiter ist's und aufgeräumt / Und das Wehn der Föhren, / Wenn die Luft in ihnen träumt, / Angenehm zu hören!« (Daß es unter ihnen ähnlich »aufgeräumt« aussieht wie bei den Fichten, bereitet heute den Waldschützern Kopfschmerzen.) Am

Ende vergleicht Keller die aufgereihten Föhren – deren Harz ja angenehm duftet – mit einer Kirche: »Weihrauchwolken ein und aus / Durch die Bäume wallen – / Bin ich in ein Gotteshaus / Etwan eingefallen?« In diese Kiefernkirche legt Keller nun rücklings sein lyrisches Ich hinein wie einen christianisierten Pan, der im ersten der Waldlieder noch selbst die Eichen in antiker Weise dirigiert hatte: »Also streicht die alte Geige Pan der Alte laut und leise, / Unterrichtend seine Wälder in der alten Weltenweise.« Das Föhrengedicht wirkt, als habe Keller der antiken Phantasie vom Eichenwald ein christliches Pendant an die Seite stellen wollen: »Wenn mein wildes Kirchenfest / Hier ich will begehen!«

Rund ein Jahrhundert später, 1957, bedichtet Albrecht Goes die Kiefer auf eine Weise, an der sich der Übergang von der Tradition in die Moderne beispielhaft zeigt.

IMMER KIEFER AM WALDRAND

Immer Kiefer am Waldrand
Ausgesetzt immer
Beiden: der Kälte, der Glut –
Jetzt dem feuchtzornigen Sturm,
Jetzt dem schweren Gesetz der
Nichts-als-verrinnenden Zeit,
Breit ist – o Jahrlast – der Stamm,
Leicht nur und offen die Krone, ach
Wenig Zuflucht im Wetter.

Wenig Zuflucht, ich weiß,
Ist ein erschrockener Mann.

Nur die Liebenden, wenn
Ihnen das Wort sich versagt,
Fühlen, da sie sich halten
(– komm nur, lehne dich an! –)
Fühlen im rissigen Holz
Preisgegebenen Lebens
Jähe Verwandtschaft.

Nicht nur die Stimmung hat sich fundamental gewandelt: Keller setzt die Föhren »Schlanken Riesenkindern gleich« und umgibt sie mit unerschütterlicher Heiterkeit: »Schmach und Gram umfängt sie nie, / Nimmer Lebensreue; / Schnell und mutig wachsen sie / In des Himmels Bläue.« Das Gegenteil bei Goes: Mit seinem »rissigen Holz« ist der alte, »breite« Kiefernstamm (»o Jahrlast«), den seine »leichte« und »offene Krone« kaum schützen kann, den Elementen wehrlos »preisgegeben«, findet »Wenig Zuflucht im Wetter«. Hinzu kommt die gänzlich veränderte Topologie. Bei Keller steht die einzelne Föhre in einem Wald unter ihresgleichen und ist selbst im Ernstfall noch hineingenommen in diese bergende Gemeinschaft: »Wenn ein Stamm im Sturme bricht, / Halten ihn die Brüder; / Und er sinkt zur Erde nicht, / Schwebend hängt er nieder.« Goes dagegen hat die Kiefer aus dem Zentrum des Waldes an die Peripherie gerückt, an den ungeschützten Waldrand, den Übergang ins freie Feld; unsicher ist auch, ob sie, die ebenfalls einem »feuchtzornigen Sturm« ausgesetzt ist, wenigstens teilweise noch von »Brüdern« umstanden ist und von ihnen aufgefangen würde, denn von einem Kiefernwald ist bei Goes nicht mehr die Rede.

Um die metaphysische Obdachlosigkeit der Kiefer herauszustreichen, wird der Titel in der ersten Zeile wiederholt, ihre andauernde Randständigkeit (dreimal »immer«; der wiederholte »Waldrand«) unterstrichen und ihr ontologischer Status gleich im zweiten Vers auf den Punkt gebracht: Sie ist »Ausgesetzt immer«. Das folgende Enjambement aber stiftet überraschend Verbindung: Denn mit »Beiden« (Kälte und Glut) ist die Kiefer nicht mehr nur »ausgesetzt«, sondern nun *etwas* »ausgesetzt«; und in diesem zweifachen, also zunächst einmal verstärkten Ausgesetztsein liegt gleichzeitig auch etwas Tröstendes. Denn diese »Beiden« treten als Paar auf, das sich alternierend um die Kiefer zu kümmern scheint: »Kälte« und »Glut«

stehen in einer Zeile und werden zwischen Doppelpunkt und Gedankenstrich weiter zusammengerückt; der »Sturm« und die zehrende »Zeit« sind in dem anaphorischen »Jetzt« parallelisiert; »Krone« und »Stamm« werden schließlich dadurch aufeinander bezogen, daß sie »Leicht« und »Breit« jeweils direkt untereinander im Vers stehen. Dreimal zu zweien – wie die Nadeln der Kiefer stets paarig angeordnet sind. Gegen diese eher unterschwellig wirkende Beruhigung ist die abschließende Klage gesetzt, die die Gefahren bündelt und, wie zu Beginn, die Schutzlosigkeit der Kiefer betont; die Interjektion (»ach«) verstärkt dies, indem sie den Vers zum längsten im Gedicht macht und ihm dadurch besonderes Gewicht verleiht.

Wenn sich die Kiefer also selbst nicht schützen kann, wenn in der Natur »wenig Zuflucht im Wetter« zu finden ist, so geht der Blick hinaus auf den Menschen: »ein erschrockener Mann« kommt dafür allerdings nicht in Frage, »Nur die Liebenden«. Schon in der ersten Strophe hat Goes auf sie angespielt, da schwangen sie in den paarig angeordneten Elementen mit, nun sind sie buchstäblich da. Die Klammerzeile teilt die Strophe in zwei gleich große Teile: Im ersten Teil sehen wir ein Bild ungestörter Einheit zwischen den Liebenden: ein reines, wortloses »Fühlen«, »da sie sich halten«. Im zweiten Teil dann die Kontaktaufnahme mit dem Baum, die in eine plötzliche, unerwartete Nähe zu ihm führt. In gewisser Weise scheint die Klammerzeile nur eingefügt, um dann übersprungen, ja überwunden zu werden. Das läßt sich an der Satzstruktur ablesen: Der Hauptsatz »Nur die Liebenden (...) Fühlen« wird im ersten Teil durch zwei Nebensätze aufgehalten, die ungeschiedene Einheit der Liebenden so bis zum Äußersten gestaut. In der Klammer selbst, inmitten der Gedankenstriche, könnten zunächst auch nur die Liebenden, einer zum anderen sprechend, ganz zusammengerückt sein; gleichzeitig bricht aber die eingeschobene Klammerzeile – wer spricht hier eigentlich? – die Einheit der Liebenden auch auf, indem sie zum Anlehnen, wohl am Baum, auffordert. Und erst jetzt, dreifach verzögert, wird mit dem zweiten, anaphorisch um die Mittelzeile herum gruppierten »Fühlen« der Hauptsatz wieder aufgenommen und endlich realisiert: Durch die Kontaktaufnahme mit dem »rissigen Holz« der Kiefer strömt gleichsam Vergänglichkeit in die bisher geschlossene Blase der Liebe. In der schönen Formel vom »Preisgegebenen Leben« begegnen sich die Kiefer, die den Elementen ausgeliefert ist, und die Liebenden, die durch sie der Vergänglichkeit ihrer Liebe innewerden. Die »Jähe Verwandtschaft« müßte umgekehrt aber auch bedeuten, daß die beiden in der Gesellschaft genauso »ausgesetzt« sind, daß sie sich ihr genauso »preisgegeben« fühlen müßten wie die Kiefer den Naturgewalten. Dem »erschrokkenen Mann« aber, der sich für so wenig zufluchtstauglich hält, wird zuletzt ein Obdach gewährt. Nur einmal, in der zweizeiligen Mittelstrophe, meldet sich das lyrische Ich direkt zu Wort (»ich weiß«), um sich dann wieder diskret zurückzuziehen und den Liebenden das Feld zu überlassen. Als Mensch gehört er aber – im Zusammenhang des Gedichts – eher zur dritten Strophe als zur ersten, in der es fast ausschließlich um die Natur geht. Ohne die Kluft zwischen ihm und den Liebenden zu überbrücken, scheinen sich die zwei Zeilen der zweiten Strophe aber doch auch bei den sieben Zeilen der dritten Strophe gleichsam anzulehnen; das Gedicht würde so – nur für einen Moment – aus zwei neunzeiligen Strophen bestehen, deren erste in »Wenig Zuflucht« endet, deren zweite mit denselben Worten anhebt, um sie dann aber doch in der »Jähen Verwandtschaft« von Mensch und Natur zu realisieren. Und gehen wir – sehr spekulativ – noch einen Schritt weiter:

Ist in diesem Moment des Zusammentretens der beiden Strophen nicht auch der Dichter selbst, der hinter dem lyrischen Ich und dem »erschrockenen Mann« stehen mag, aufgehoben in der zweiten, das Gedicht rundenden neunzeiligen Strophe, getröstet in einer sich realisierenden poetischen Form?

Die Liebenden in diesem Gedicht sind eine abgeschwächte Version von Bertolt Brechts »Die Liebenden« (Goes erwähnt Brechts »Kranichlied« auch in »Sieben eigene Gedichte und ein Wort dazu«). Während diese »im Fluge beieinander liegen«, lehnen sich die beiden hier nur an; aber auch dort »scheint die Liebe Liebenden ein Halt«. Auch sie sind verschiedenen Bedrohungen ausgesetzt, »Wo Regen drohen oder Schüsse schallen«. Und »Die Wolken, welche ihnen beigegeben«, lassen sich ihrer Funktion nach mit der Kiefer hier im Gedicht vergleichen: Sie stabilisieren die prekäre Einheit der Liebenden, signalisieren aber gleichzeitig auch deren Flüchtigkeit. In seinem einflußreichen Essay »Das lyrische Weltbild der Nachkriegsdeutschen« (1962) hat Peter Rühmkorf Goes mit seinem Gedichtband »Die Herberge« unter die »Bewisperer von Gräsern und Nüssen« (Gottfried Benn) eingeordnet, heute würde man wohl von »Baumflüsterern« sprechen, und damit aus der modernen Lyrik aussortiert. Der Naturlyrik jener Zeit wirft er ein »Mißverhältnis« vor zwischen ihrem »mediokren Heilsprogramm« und »den tatsächlichen Depressionen, Ängsten und Schwermutsanwandlungen des seine gesellschaftliche Unverbundenheit erlebenden Subjekts«. Das mag, angesichts von »Immer Kiefer am Waldrand«, ungerecht erscheinen. Denn spiegelt sich in der ausgesetzten Kiefer nicht auch das gesellschaftliche Los des lyrischen Ichs und der Liebenden? Und werden sie nicht alle angesichts der Natur ihrer Sterblichkeit inne, die von einer eher links-progressiven, tapfer voranschreitenden »Großstadt- und Bewußtseinspoesie« gerne mal rechts liegengelassen wird? Es ist eben vielleicht eine andere, sanftere, nicht der Großstadt, sondern dem Land verbundene Moderne, die das Schreiben über Natur nicht nur als Flucht aus der Geschichte und vor gesellschaftlicher Verantwortung betrachtet, sondern das Verhältnis von Mensch und Natur neu zu bestimmen sucht.

Verbunden fühlen könnte sich Goes zudem mit einem eigensinnigen Vertreter der französischen Avantgarde, der 1952, also nahezu zeitgleich, sein »Notizbuch vom Kiefernwald« veröffentlichte. Über die Randständigkeit der Kiefer schreibt Francis Ponge – in der Übersetzung von Peter Handke: »Es ist ein Unterschied, ob eine Kiefer für sich wächst oder in Gesellschaft. Ein Unterschied ist es auch, ob sie sich im Innern des Walds oder am Saum befindet. Und ich fühle mich ziemlich hingezogen zu jenen Kiefern am Rand, die in ihren dem Wald zugekehrten Teilen zwar zu gewissen Abstrichen gehalten sind, in ihren auf die Felder, ins Leere, in die unbewaldete Welt hinausgehenden Teilen jedoch sich frei entwickeln können.« Noch eine »Kiefer am Waldrand« findet sich in einem Gedicht von Wolfdietrich Schnurre, das dieser 1956 veröffentlicht hat:

FROST

Der Große Wagen ist umgekippt;
schief,
deichselabwärts, so hängt er
über der Kiefer am Waldrand.
Im Lichtschein der Lampe
sitzt der Dichter und schreibt;
glaubt,
daß ers heilen könne, das Leid.
Durch den Wald geht der Frierende,
die Axt unterm Mantel; ihm hilft
kein Dichter, kein Sternbild,
er friert.

Obwohl ein Jahr vor Goes veröffentlicht, wirkt Schnurres »Frost« wie ein Gegenentwurf zu »Immer Kiefer am Waldrand«. Der Dichter wird hier selbst als ein idealistischer Versöhner vorgeführt, der schreibend das ausgerenkte Sternbild einrenken und so die Kiefer am Waldrand mit den Sternen am Himmel wieder zu einem intakten Ganzen zusammenfügen möchte; bei Goes war der Dichter bestenfalls indirekt hinter dem lyrischen Ich spürbar geworden. Dafür war der versöhnende Impuls aber um so deutlicher, der die Liebenden mit der Kiefer, das lyrische Ich mit den Liebenden jeweils zu einer Einheit verschmelzen wollte. Schnurre geht einen anderen Weg: Hier tauchen zum Ende hin nicht »die Liebenden« auf, sondern »der Frierende«, und dieser droht – bewehrt mit einer Axt – die Kiefer zu fällen und damit das ganze Bild zum Einsturz zu bringen. Gegen sein existentiell-kreatürliches Frieren, es ist das letzte Wort im Gedicht, vermag der Poet, selbst wenn er Sternbilder reparieren könnte, nichts auszurichten.

In den zahlreichen Anthologien, die Texte zu Baum und Wald versammeln, sind immer wieder auch Gedichte abgedruckt. Dabei stehen Wald-, Baum- und Baumartengedichte ungeschieden nebeneinander, was für Abwechslung sorgt, zumal die Grenzen nicht immer scharf zu ziehen sind. Trotzdem könnte es sich lohnen, mal eine Anthologie mit Baumartengedichten einzurichten. Wie aber die vielen Gedichte, in denen eine Baumart bloß beiläufig vorkommt, von denen trennen, in denen sie als solche selbst thematisiert wird?

Die wohl bekannteste Föhre der deutschen Lyrik steht in Brechts »Legende von der Entstehung des Buches Taoteking auf dem Weg des Laotse in die Emigration«: »Und die drei verschwanden schon um eine schwarze Föhre«, heißt es von dem Lehrer, dem Knaben und dem Ochsen, bevor sie dann doch innehalten und dem Zöllner schließlich die »einundachtzig Sprüche« aushändigen. Diese Föhre spielt wohl eine zu geringe Rolle, als daß sie in die Anthologie aufgenommen werden könnte. Neben dem Umstand, daß die Baumart im Mittelpunkt steht, könnte ihre symbolische Bedeutung ein Kriterium sein. Denkbar wäre eine Ersatzprobe: Ließe sich die spezifische Baumart im Gedicht durch eine andere ersetzen? Könnte bei Goes etwa auch eine »Fichte am Waldrand« stehen, ohne das Gedicht in seinem Gehalt zu beschädigen? Ich kann mir keine andere Baumart vorstellen, die durch ihr oft leicht gekrümmtes Haupt, ihre offene, zerzauste Krone und dadurch, daß sie so aus dem Waldzusammenhang herausgerückt ist, Verlorenheit und Erlösungsbedürftigkeit besser ausdrückt als die Kiefer. Und wenn man auch Kellers Gedicht über den Föhrenwald den *Waldgedicht*-Anthologisten überlassen müßte, so fänden doch unbedingt Aufnahme: die »Kirsch-Blüthe bey der Nacht« von Barthold Hinrich Brockes und Enzensbergers »kirschgarten im schnee«; »Die Taxuswand« von Annette von Droste-Hülshoff und »die eibe« von Norbert Hummelt; Oskar Loerkes »Tannen« und Peter Huchels »Unter der Kiefer«, »Die Lärche« von Günter Eich, Rainer Malkowskis »Schöne, seltene Weide« und Kurt Drawerts »Pinien«. Und ganz am Ende könnte vielleicht »die blutbuche« von Jan Wagner stehen: »ich schloß die pforte / und lief vorbei an sonnenwarmen zäunen / (...) durch einen wald und bis zu jenem baum / (...) der aufstieg aus der wiese wie ein traum.«

# ANMERKUNGEN

*Isabel Fargo Cole*, geb. 1973 in Galena (Illinois/USA), Schriftstellerin und Übersetzerin, lebt in Berlin und schreibt hauptsächlich auf deutsch. Zuletzt erschienen die Romane »Die grüne Grenze« (2017) und »Das Gift der Biene« (2019). Siehe auch Sinn und Form 4/2019 und 3/2021.

*Franz Fühmann* (1922–1984), Schriftsteller, Mitglied der Ostberliner Akademie der Künste und viele Jahre im Redaktionsbeirat von Sinn und Form. Sein Werk erscheint im Hinstorff Verlag. Aus dem Archiv der Akademie der Künste (Franz-Fühmann-Archiv 158) © Hinstorff Verlag GmbH, Rostock. Zeichensetzung und Orthographie folgen dem Typoskript. Die drei Worte in eckigen Klammern auf S. 16 bezeichnen eine ungesicherte Lesart. Siehe auch Sinn und Form 6/1998 und 5/2005.

*Ingo Schulze*, geb. 1962 in Dresden, Mitglied der Akademie der Künste, lebt in Berlin. 2021 erschienen »Dresden wieder sehen. Mit einer Laudatio von Volker Braun«, »Die Kuh Ute. Illustriert von Hanna Zeckau« und »Kakoj Koschmar оДег You Are Welcome. Illustriert von Julia Penndorf«. Siehe auch Sinn und Form 2/2018 und 2/2019.

*Volker Braun*, geb. 1939 in Dresden, Mitglied der Akademie der Künste, lebt in Berlin. Zuletzt erschienen die Aufzeichnungen »Handstreiche« (2019) und der Gedichtband »Große Fuge« (2021). »Luf-Passion« entstand als Kommentar zur Eröffnung des Berliner Humboldt-Forums, eine gekürzte Fassung erschien am 22. September 2021 in der Berliner Zeitung. Siehe auch Sinn und Form 3/2011 und 4/2013.

*Sebastian Kleinschmidt*, geb. 1948 in Schwerin, 1991–2013 Chefredakteur von Sinn und Form, lebt bei Berlin. 2019 erschienen »Hans-Georg Gadamer – Philosophie des Gesprächs«, 2021 »Verse verstehen. Zehn Versuche«. Druckfassung eines am 12. August 2021 im Schweriner Dom gehaltenen Vortrags. Siehe auch Sinn und Form 1/2018 und 6/2019.

*Ruth Johanna Benrath*, geb. 1966 in Heidelberg, Lyrik, Prosa, Hörspiel, lebt in Berlin. Zuletzt erschienen das Kinderbuch »Hase und Mond. Eine Geschichte für Odilia« (2020) und der Prosaband »Wimpern aus Gras« (2011). Siehe auch Sinn und Form 2/2019 und 2/2020.

*Julien Gracq* (1910–2007), französischer Schriftsteller. Auf deutsch erschienen zuletzt die Romane »Der Versucher« (2014) und »Das Abendreich« (2017). Aus »Préférences« (Vorlieben). Die deutsche Übersetzung des Bandes unter dem Titel »Entdeckungen« (1965) enthält den Essay nicht, der 1967 für eine französische Übersetzung des »Heinrich von Ofterdingen« geschrieben und 1969 in die erweiterte Neuausgabe von »Préférences« aufgenommen wurde. Siehe auch Sinn und Form 1/2019.

*Christine Wolter*, geb. 1939 in Königsberg, Schriftstellerin und Übersetzerin, lebt in Albavilla (Como). Zuletzt erschienen die Gedichtbände »Geografia sentimentale« (2013) und »Meine Korrespondenzen« (2020). Siehe auch Sinn und Form 5/1978.
Erläuterung: S. 76 *den Mann, der mit Krieg / und Ideologie* Papst Bonifaz VIII.

*László F. Földényi*, geb. 1952 in Debrecen/Ungarn, Essayist, Übersetzer, Professor an der Akademie für Theater und Film, Budapest. Auf deutsch erschienen zuletzt »Lob der Melancholie. Rätselhafte Botschaften« (2019) und »Der Maler und der Wanderer. Caspar David Friedrichs Urkino« (2021). Druckversion des 7. Carl E. Schorske Vortrags, gehalten am 13. Juni 2017 im Wien Museum. Siehe auch Sinn und Form 5/2016 und 3/2017.

*Eugène Ionesco* (1909–1994), rumänisch-französischer Schriftsteller. Eine sechsbändige, von François Bondy und Irène Kuhn edierte Werkausgabe erschien 1985 bei Bertelsmann. Aus dem Band »Elegii pentru fiinţe mici«, der 1990 im Bukarester Verlag Editura Jurnalul Literar neu aufgelegt wurde. Die Rechteinhaber konnten trotz sorgfältiger Recherche nicht ermittelt werden, berechtigte Ansprüche werden abgegolten.

*Alexandru Bulucz*, geb. 1987 in Alba Iulia (Rumänien), Lyriker, Übersetzer, Herausgeber, lebt in Berlin. Zwei Gedichtbände sind bisher erschienen: »Aus sein auf uns« (2016) und »was Petersilie über die Seele weiß« (2020).

*Christoph Meckel* (1935–2020), Schriftsteller und Grafiker. Zuletzt erschienen »bildpost. 100 briefe und postkarten aus sechs jahrzehnten« (herausgegeben von Martina Hanf, 2018) und »Eine Tür aus Glas, weit offen. Gesammelte Prosa« (herausgegeben von Wolfgang Matz, 2020). Mit Dank an Wulf Segebrecht und mit freundlicher Genehmigung von Gila Funke-Meckel. Siehe auch Sinn und Form 3/2018 und 3/2020.
Erläuterungen: S. 102 *Armut ist ein großer Glanz …* Meckel übernimmt die Bildunterschrift von George Grosz. In Rilkes »Stunden-Buch« (1903) lautet der Vers: »Denn Armut ist ein großer Glanz aus Innen«; S. 105 *Seine Chance ist das bloße Vorhandensein* Meckel bezieht sich hier auf eine Begegnung mit Paul Celan 1956 in Paris: »In leuchtender Bitternis, die ihm eigen war, sagte er einen Satz, den ich nicht vergaß: ›Die Chance meiner Verse ist ihr Vorhandensein‹« (»Rede für Judith Herzberg«, in »Dichter und andere Gesellen«, 1998).

*Marie-Luise Bott*, geb. 1954 in Gießen, Slawistin und Publizistin, Vorsitzende der Christoph-Meckel-Gesellschaft, lebt in Berlin. 2021 übersetzte und edierte sie den Briefwechsel Boris Pasternak – Marina Zwetajewa 1922–1936. Siehe auch Sinn und Form 6/2017 und 4/2019.

*Jürgen Becker*, geb. 1932 in Köln, wo er auch lebt, Lyrik, Prosa, Hörspiel, Mitglied der Akademie der Künste. Jüngste Veröffentlichungen: »Graugänse über Toronto. Journalgedicht« (2017) und »Gelegenheiten. Aufsätze und Gespräche, Reden und Rezensionen« (2018). Im Frühjahr 2022 erscheint im Suhrkamp Verlag »Die Rückkehr der Gewohnheiten. Journalgedichte«. Siehe auch Sinn und Form 2/2012 und 4/2013.

*Walle Sayer,* geb. 1960 in Bierlingen/Kreis Tübingen, Schriftsteller, lebt in Horb-Dettingen. Zuletzt erschienen »Mitbringsel« (2019) und »Nichts, nur. Gedichte und Miniaturen« (2021). Siehe auch Sinn und Form 4/2019 und 4/2020.

*Christoph Paret,* geb. 1985 in Schwäbisch Hall, wissenschaftlicher Mitarbeiter am Institut für Philosophie der Universität Wien. 2021 erschien »Die Fabrikation der Freiheit: Über die Konstruktion emanzipativer Settings«.

*Albertine Trutmann,* geb. 1943 in Basel, Herausgeberin und Übersetzerin von Sanskrit-Lyrik, lebt in Zürich. In ihrer Übersetzung erschienen »Rubinenstaub. Die hundert schönsten Gedichte aus dem Subhāṣitaratnakoṣa« (1999), »Kālidāsa Śakuntalā. Drama in sieben Akten« (2004) und »Bilhaṇa, Gestohlene Lust« (2011).

*Marcel Beyer,* geb. 1965 in Tailfingen/Baden-Württemberg, Erzähler, Lyriker, Essayist, Mitglied der Akademie der Künste, lebt in Dresden. Jüngste Veröffentlichungen: »Das blindgeweinte Jahrhundert – Bild und Ton. Essays« (2017) und »Dämonenräumdienst. Gedichte« (2020). Rede zur Verleihung des Rainer-Malkowski-Preises an Anja Kampmann am 6. September 2021 in München. Siehe auch Sinn und Form 1/2014 und 2/2015.

*Günter Thimm,* geb. 1969 in Schramberg/Schwarzwald, unterrichtet Deutsch und Philosophie am Internat Solling in Holzminden/Weserbergland. 2002 erschien »›Das Chaos war nicht aufgebraucht‹. Ein adoleszenter Konflikt als Strukturprinzip in Brechts Stükken«. Siehe auch Sinn und Form 6/2018 und 1/2020.

Alle Beiträge sind, soweit nicht anders angegeben,
Erstveröffentlichungen oder Erstübersetzungen.